TV-Journalistin Dr. Claudia Ludwig
mit Anna und Matteo

„Dreimal großes Gl

Liebe Leserinnen und Leser,

gleich werden Sie einen kleinen, gesprenkelten Jagdhundmischling aus dem Süden Europas kennenlernen, der mindestens dreimal großes Glück hatte: weil er überlebt hat, weil er in die Obhut von verantwortungsvollen Menschen kam und weil er zu den Glückspilzen zählte, die auf die hoffnungsvolle Reise gen Norden geschickt wurden. Eine Reise ins Leben. Denn rund um das Mittelmeer, aber auch in Osteuropa ist ein Hundeleben nicht viel wert.

Die meisten Hunde aus dem Süden, die gerettet werden können und hier bei uns ein schönes Zuhause finden, fügen sich erstaunlich schnell in ihr neues Leben ein. Doch einige sind besonders ängstlich – ein Phänomen, das bei Hunden aus Südeuropa deutlich häufiger und intensiver auftritt als bei ihren Artgenossen in hiesigen Tierheimen. Entweder aufgrund schrecklicher Erlebnisse oder – noch schlimmer – weil ihnen selbst grundlegende Erfahrungen mit Mensch und Umwelt fehlen. Und sie haben häufig speziell vor Männern Angst. Hunde, die so panisch sind wie Winni, findet man allerdings sehr selten.

Hatte ich gesagt, dass Winni dreimal großes Glück hatte?

Nein, er hatte es mindestens viermal! Denn er ist auch noch bei Astrid/Antonia gelandet. Der entscheidende Volltreffer! Wer sonst hätte so viel Geduld und Nerven, Zeit und Arbeit investiert, um aus einem so extremen Angsthasen ein fröhliches Kerlchen zu machen? Und wahrlich nicht jeder hätte bei dieser Marathon-Aufgabe so viel Kompetenz und Konsequenz an den Tag gelegt!

Astrid Pfeiffer hat aber auch noch andere Talente: Sie kann wunderbar erzählen. Sie schafft es, sich so einfühlsam in ihren Ich-Erzähler Winni hineinzuversetzen, dass dessen Vermenschlichung, die zwangsläufig mit diesem Stilmittel einhergeht, akzeptabel ist. Denn vor allem durch Winnis Sichtweise und seine Kommentare macht es so viel Vergnügen, seine Geschichte zu lesen. Eine Geschichte, die interessant und lehrreich ist, traurig, aber auch voller Humor. An vielen Stellen habe ich schmunzeln und lachen müssen. Und als ich es schon gar nicht mehr vermutet hatte, sind mir auch die Tränen gekommen.

Trotzdem oder gerade deswegen wünsche ich Ihnen jetzt ganz viel Spaß beim Lesen und danke der Autorin für ein zauberhaftes Buch, das eine Bresche für die großartigen Hunde aus dem Süden schlägt. Denn auch wenn unsere Tierheime mehr als gut gefüllt sind, dürfen so liebenswerte Wesen wie Winni nicht sterben, nur weil sie am falschen Ort das Licht der Welt erblickt haben. Oder?

Herzlichst, Ihre

Claudia Ludwig

Frankfurt, August 2012

Astrid Pfeiffer

Winni Winzig

Ein Buch über uns alle

Fotos: privat, www.schanz-fotodesign.de
Foto Claudia Ludwig: Sascha Deforth/BLV Verlag
ISBN 978-3-9814579-0-2
www.winni-winzig.com

Grisu, der bezaubernde kleine Jagdhund aus einem Land im Süden, ist ein Außenseiter. Ein Tollpatsch, dem das Pech an den Pfoten klebt. Plötzlich gerät er in tödliche Gefahr: Bauer Kostas' Kumpane lassen ihn und seine Familie in der Wildnis zurück – allein, angebunden an einen Baum. Erst im letzten Moment springt er dem Tod von der Schippe.

Grisu zieht in die Fremde, zu Antonia und Paul. Er bekommt ein tolles Zuhause, zwei patente Geschwister und einen neuen Namen: Winni Winzig. Alles an ihm ist winzig – seine Gestalt ebenso wie seine Selbstachtung, sein Mut und der Respekt der anderen. Auch im neuen Leben scheint er der Dümmste, Schwächste und Ungeschickteste zu sein, ein echter Versager. Der Rangniedrigste im Rudel, ein Omega-Hund.

Winni vermisst seine Mutter, die mit ihrer Liebe und Weisheit immer für ihn da war. Sein schlimmster Feind aber ist die Panik. Vor Menschen, dem Verlassenwerden und davor, schon wieder einen peinlichen Fehler zu begehen.

Winni schwankt zwischen Trauer und Hoffnung, Verzweiflung und Selbstironie. Doch Antonia ist sicher: In diesem unglücklichen kleinen Knopf steckt ein fröhlicher Hund mit Kampfgeist und tollen Talenten! Für sie gibt es nur noch ein Ziel: Winni soll glücklich werden!

Für Baby-Chefchen

Inhalt

Für Winni

Für Caro, Lord, Tatum
und all' die anderen,
die schon so lange warten
in ihrem Land im Süden

Teil 1

Das Land im Süden

Geschwisterliebe

W*uuuuutsch…!*
Na toll. Wer liegt auf der Schnauze?

Ich.

Das wie vielte Mal wird das heute wohl gewesen sein – das fünfte? Könnte hinkommen.

Ich frage mich, warum Hundegott oder wer auch immer dafür zuständig ist mir Beine wachsen hat lassen, wenn sie mir andauernd im Weg sind. Das abgenagte Stöckchen, das meinen Brüdern beim ›Wer-ist-der-Stärkere‹-Spielen entglitten und in meine Richtung gerutscht ist, liegt ein paar Pfotenlängen von meiner Nase entfernt. Ich hätte es mir so gern geschnappt, aber mein Sprung, auf Sandkornbreite genau vorausberechnet und deshalb eigentlich eine todsichere Sache, ging voll daneben.

Schuld war dieses Erdloch. Obwohl ich weiß, dass es schon immer an dieser Stelle gewesen ist, bin ich mit meiner linken Vorderpfote hineingetreten und umgeknickt. Wenn ich geahnt hätte, dass ich heute so steif bin in den Gelenken, hätte ich meine Anlaufstrecke verlängert. Fehlte gerade noch, dass ich mich ernsthaft verletze und wieder mal tagelang hinke.

Meine Geschwister kichern hinter vorgehaltenen Pfoten und werfen sich verstohlene Blicke zu. Natürlich merke ich das, und es macht mich jedes Mal wieder traurig, obwohl ich es schon so oft erlebt habe, dass man meinen könnte, ich müsste mich doch daran gewöhnt haben. So, dass es mir egal ist. Aber das fällt mir schwer.

Ich grüble viel darüber nach, welchen Sinn das alles haben könnte. Warum kommt man eigentlich auf die Welt, wenn das Leben *so* ist?

Mama, die unser Treiben von ihrem sonnigen Liegeplätzchen in der Ecke aus beobachtet hat, rappelt sich auf und trottet zu mir herüber. Sie sieht mich liebevoll an: »Ach Grisu, lass' die doch lachen, so sind sie nun mal. Das ändert sich schon noch, wenn sie älter werden und anfangen, über das nachzudenken, was sie tun. In meinen Augen bist du jedenfalls nicht der Tollpatsch, für den du dich hältst. Du bist ein kluger kleiner Hund, nur eben sehr schüchtern, und deshalb manchmal ein bisschen – naja, sagen wir: ungeschickt. Also ich finde das sehr sympathisch!«

Mama ist immer so lieb zu mir. Natürlich weiß ich, dass es in Wirklichkeit viel schlimmer ist. Aber es ist trotzdem nett von ihr.

Ihr Blick trifft meinen Bruder Filippo. »Seit wann machen wir uns über jemanden lustig, der hinfällt? Hast du Grisu schon gefragt, ob er sich wehgetan hat? Hast du ihm aufgeholfen? Hast du dich entschuldigt? Nein? Na dann, *wird's bald*!«

Filippo hasst es, Fehler zuzugeben. Er murmelt etwas in die Handvoll schwarz-weißer Barthärchen, die zu seinem großen Verdruss nach allen Seiten weit von seinem Kinn abstehen. Es klingt wie ›T'schuldigung, wehgetan?‹.

Die Leidensmiene, die er dabei aufsetzt, soll uns vor Augen führen, wie sehr es ihn quält, dass er meinetwegen vor der ganzen Familie bloßgestellt wird. Wo es doch so furchtbar viel Spaß macht, sich auf Klein Grisus Kosten zu amüsieren. Da fühlt man sich richtig groß und stark!

Meine Geschwister und ich, das ist so eine Sache. Ich traue mich nur sehr selten, sie zu fragen, ob ich mitspielen darf, weil Filippo immer gleich meckert. ›Du machst jedes Spiel kaputt!‹, so in der Art. ›Ständig vergisst du die Regeln, obwohl ich sie dir schon x-mal erklärt hab'.‹

Unglücklicherweise hat er da Recht, zumindest zur Hälfte. Ich stehe auf Kriegsfuß mit den Regeln, aber nicht, weil ich sie vergesse, sondern weil ich vor lauter Angst, mich zu blamieren, nur noch Gedankensalat im Kopf habe.

Wenn mich die Sorge packt, etwas falsch zu machen, fühlt sich jeder Schritt an, als ob meine Beine sich in ›Wer-ist-der-Stärkere‹-Stöckchen verwandelt hätten. Und so sieht es auch aus, findet Filippo. Ich war schon immer kleiner und wackeliger auf den Pfoten als meine Brüder, und deswegen falle ich viel leichter hin.

An guten Tagen gebe ich mir nach einer ausgedehnten Bedenkzeit einen Ruck und stürze mich ins Getümmel, was meinen Brüdern ziemlich gegen den Strich geht. Sie schubsen mich so lange herum, bis ich aufgebe. Keine Ahnung, warum sie das tun. Ich lege mich doch jedes Mal, wenn ich jemandem im Weg stehe, hastig auf den Rücken und strecke alle Viere von mir!

Sich dem Stärkeren zu unterwerfen ist nämlich das oberste aller Hundegebote, hat Mama mir eingeschärft. Schon bei unseren Vorfahren, den Wölfen, bedeutete das: ›Du brauchst mich nicht anzugreifen! Ich erkenne an, dass du der Chef bist!‹

Manchmal geht Mama dazwischen, wenn sie sieht, dass mir die Sache über den Kopf wächst. Aber es ist mir natürlich unangenehm, dass sie mir ständig helfen muss. So wird mich nie jemand ernst nehmen.

An normalen oder schlechten Tagen, und das sind mit Abstand die meisten, setze ich mich lieber gleich an den Rand und schaue zu.

Filippo verachtet mich, weil ich ein Versager bin, und wahrscheinlich kann man ihm das nicht mal verübeln. Mit mir war von Anfang an etwas verkehrt. »Du bist gar kein richtiger Hund«, hat er einmal zu mir gesagt. Das hat mich dann doch verletzt, glaube ich, denn ich träume oft davon.

Mama versucht mit bewundernswerter Ausdauer, mich aufzumuntern. »Du denkst viel zu viel nach, mein Kleiner. Filippo ist halt ein Angeber. Den Wesenszug muss er von seinem Vater geerbt haben. Vergiss' deine Sorgen, spiel' einfach mit!«

Wenn es doch so einfach wäre.

Einen kleinen Trost gibt es trotz allem. Ich glaube nämlich, irgendwo tief in ihren Herzen mögen sie mich doch.

Wie ich auf einen scheinbar so abwegigen Gedanken komme? Tja, neulich, da hat sich ein fremder Hund auf unseren Hof verirrt. So ein Halbstarker, ungefähr doppelt so alt wie wir. »Der will bestimmt Ärger machen«, hat Filippo gesagt. Und tatsächlich: Der Fremde nahm Anlauf und sprang an der niedrigsten Stelle über den Zaun des winzigen Geheges mit dem verfallenen Schuppen darauf, in dem wir eingesperrt sind, seit ich denken kann. Wahrscheinlich hat er schon von der Straße aus gerochen, dass ich das schwarze Schaf der Familie bin, und ist deshalb stracks auf mich zu marschiert.

Gerade wollte ich mich auf den Rücken werfen, da rasten sie auch schon an mir vorbei, Mama, Filippo und die anderen, mit wütendem Gebell und aufgestellten Nackenhaaren. Das hatte der fremde Hund wohl von draußen übersehen, dass wir so viele sind! Ich habe Mama noch nie so wütend erlebt.

Er klemmte seinen Schwanz zwischen die Hinterbeine, legte die

Ohren an und suchte hektisch nach einem Fluchtweg. Fast wäre er auf der Schnauze gelandet bei seinem überstürzten Versuch, sich mit einer Mischung aus Hechtsprung und Purzelbaum über den Zaun zu retten. Erst als er sicher war, dass wir ihm nicht folgen, blieb er stehen und riskierte einen Blick zurück. »Ist schon gut, was regt ihr euch denn so auf«, brummte er, gähnte beschwichtigend und schlich schlecht gelaunt davon. Wahrscheinlich ist er einfach nur einsam, der Arme. Einer der vielen, die alleine auf der Straße leben. Mama hat uns von ihnen erzählt. Also, ich kann mir ein Leben ohne Mama nicht vorstellen.

Na, jedenfalls war dieser Anfall von Geschwisterliebe eine ganz große Ausnahme.

Mama sagt, ich war schon immer ein kleiner Einzelgänger, still und in mich gekehrt, was aber kein Grund sein sollte, mich zu schämen. »Im Gegenteil, das ist doch ein überaus achtbarer Charakterzug«, hat sie gesagt. »Ganz besonders gefällt mir dein verträumter Blick. Als ob du mit deinen Gedanken ganz weit weg wärst – an einem Ort, an dem es nette Spielkameraden und leckeres Futter gibt.«

Hier bei uns bestimmen grobe Geschwister und vertrocknete Brotkanten mein Leben.

Filippo kam als erster von uns Fünfen auf die Welt. Er war von Anfang an der Größte und Stärkste. Deshalb ist er unser Anführer und immer an vorderster Front, wenn es etwas zu regeln gibt. Er hat die größte Klappe, selbst dann, wenn er Mist baut, und das kommt durchaus vor. Dann ist alles Mögliche schuld, nur nicht er. So wie kürzlich, als er den Trinkwassereimer umgestoßen hat. Das war wirklich schlimm für uns, weil wir nie wissen, wann wir neues Wasser bekommen, und die Milch aus Mamas Bauch ist schon vor langer Zeit versiegt, weil sie selbst so wenig zu essen hat.

Mein zweitältester Bruder Ilias ist der Tüftler unter uns. Er findet für fast jedes Problem eine Lösung und ist außerdem ein ganz lustiger Kerl. Leider traut er sich nur selten, sich für mich einzusetzen, was ich gut verstehen kann, denn es gibt nichts, was ich tun oder ihm anbieten könnte, um mich für seinen Beistand erkenntlich zu zeigen. Wieso sollte er also meinetwegen Scherereien mit Filippo riskieren?

Makis, mein dritter Bruder, ist ein sehr friedfertiger Charakter, aber auch ein ziemlicher Faulpelz. Er spielt Filippos grobe Spiele nur mit, weil es ihm zu anstrengend ist, x-mal vergeblich *Nein* zu sagen und dann auch noch für jedes Nein heftig in die Seite geknufft zu werden.

Und dann gibt es noch Sofie, meine große Schwester. Unsere kleine Prinzessin, wie Mama sie scherzhaft nennt. Sie schafft es fast immer, ihren Willen gegen unsere Brüder durchzusetzen, weil sie auf ihre Art viel schlauer ist als alle drei zusammen. Leider ist sie ziemlich etepetete. Sie muss *unbedingt* zu jeder Tages- und Nachtzeit perfekt aussehen und putzt mit bemerkenswerter Ausdauer an ihrem schwarz-weiß gesprenkelten Fell herum. Dabei bekommen wir doch sowieso nie Besuch, bis auf den Unruhestifter neulich, und der hatte anderes im Sinn als Sofies makelloses Äußeres zu bewundern.

Ich mag meine Schwester trotzdem; sie ist meistens einigermaßen nett zu mir. Sie erklärt mir die Regeln neuer Spiele so lange, bis ich glaube, sie halbwegs begriffen zu haben, und besänftigt Filippo, wenn ich einen Wimpernschlag später wieder vergessen habe, wie es geht.

Dass wir Geschwister trotz allen Ärgers zusammengehören, sieht man an unserem Fell: Wir haben alle schwarz-weißes, wenn auch ganz unterschiedlich gezeichnet. Ich bin der Schwärzeste und Hübscheste, sagt Mama. Ein zierliches Persönchen, schwarz mit winzigen weißen Sprenkeln, vor allem vorn an den Schultern und an den Hinterbeinen, mit traurigen braunen Augen und schwarzen Schlappohren. Ich muss mich da ganz auf sie verlassen, weil ich mein Gesicht nicht sehen kann, selbst wenn ich mich so sehr verbiege, dass ich Probleme habe, den Kringel anschließend wieder aufzubekommen. Mama sagt, wenn man die vielen, vielen winzigen weißen Härchen um meine Nase herum betrachtet, könnte man denken, ich habe meine Schnauze in einen Topf mit weißem Pulver gesteckt und danach versucht, es wegzuputzen, aber ein Hauch davon ist für immer kleben geblieben. Das Weiße läuft in einem schmalen Streifen auf meiner Stirn zusammen.

Mama ist auch zierlich und gesprenkelt, zwar in Braun und Weiß, aber Braun ist ja auch sehr hübsch, oder? Nur den weißen Streifen habe ich bisher vergeblich auf ihrer schmalen Stirn gesucht.

Was die Form meines Kopfes angeht, bin ich sowieso mehr

nach meinem Papa geraten, sagt Mama. Jener geheimnisvolle Jagdhund, den ich nie zu Gesicht bekommen habe. Will ich auch nicht; Mamas Stimme klingt so komisch, wenn sie von ihm spricht. Irgendwie hart.

»Er hat einen richtigen Quadratschädel«, sagt sie. »Schade, dass – ganz anders als bei dir – so wenig Hirn drin ist.«

Da hat sie sicher Recht. Jedenfalls hat er noch nie nach uns gefragt, obwohl er ganz in der Nähe wohnt.

Mama sagt, das geht vielen Hundefrauen so. In unserem Land gibt es jedes Jahr eine Flut von Kindern, die niemand will. Die armen Knirpse werden lebendig in Müllcontainer geworfen oder auf andere scheußliche Art in den Hundehimmel befördert. Mama weigert sich, uns diese Dinge genauer zu erklären.

Jedenfalls ist sie froh, dass wir da sind, hier bei ihr, gesund und munter, wenn auch ein bisschen mager. »Was würde ich bloß ohne euch machen?«, sagt sie manchmal, wenn wir gerade um sie herumsitzen und ihren Geschichten lauschen. Mama ist mein Ein und Alles!

Und dann ist da noch Pluto. Er gehört nicht richtig zur Familie, aber er war schon da, als ich auf die Welt kam, und deswegen ist er so etwas wie ein Onkel für mich. Pluto könnte man auf den ersten Blick für einen ziemlich eingebildeten Typen halten. Schaut man aber genauer hin, kann er einem richtig leidtun. Essen und Trinken bekommt er genauso wenig wie wir. Und wenn Kostas – so heißt der Bauer, bei dem wir unser Dasein fristen – findet, dass Pluto ihm im Weg steht, setzt es einen Fußtritt. Der einzige Unterschied zwischen Pluto und uns ist, dass er manchmal ins Haus darf und wir nicht. Und er geht mit auf die Jagd, im Gegensatz zu Mama. Seitdem wir aus ihrem Bauch geplumpst sind, sitzt sie nur noch mit uns hier in diesem Käfig. Kostas wusste nicht, dass Mama in anderen Umständen ist, als er sie zu sich holte. Er hat ihr das nie verziehen.

Diese armselige Gestalt prügelt sogar auf ihre fünf klapperdürren Kühe ein. Am schlimmsten ist es, wenn er zu viel Schnaps getrunken hat, und das kommt beinahe täglich vor. Schnaps ist ein Zeug, das die Menschen um den Verstand bringt, sagt Mama. Man riecht es quer über den ganzen Hof. Es ist kaum auszuhalten; viel schlimmer als die schmutzigen alten Lumpen, auf denen wir schlafen. Trotzdem geht es uns richtig gut im Vergleich zu vielen anderen Hunden in unserem Land, die überhaupt nichts bekommen, findet Mama. Kein Futter, kein Wasser, keine Medizin. Nicht mal einen Unterschlupf. Angebunden an einer kurzen Kette sollen sie irgendein wertloses Grundstück bewachen, an dem nie jemand vorbeikommt. Sie werden einfach vergessen.

Ich habe lange darüber nachgedacht, warum das so ist. Schließlich habe ich Mama gefragt. Mama sagt, die Menschen wissen nicht, dass wir Schmerz, Trauer, Einsamkeit und Verzweiflung empfinden wie sie selbst. Sie können also nicht wirklich etwas dafür, dass sie so grausam sind zu uns, und deshalb müssen wir geduldig mit ihnen sein und das Beste aus unserem Schicksal machen.

Um seinen Schnaps kaufen zu können, baut Kostas mehr schlecht als recht Gemüse an. Mama sagt, es sieht so runzlig aus, dass sie sich fragt, ob sie ihn damit auf dem Markt im Dorf überhaupt haben wollen. Manchmal verdurstet ihm die halbe Ernte, weil er zu betrunken ist, sein Feld zu bestellen. Zu seinem Glück besitzt er ein paar unverwüstliche Olivenbäume, die auch ohne sein Zutun Früchte tragen.

Wenn er noch mehr Schnaps braucht, und das ist oft der Fall, dann geht er am frühen Morgen mit Pluto in den Wald, um Hasen und Vögel zu erschießen. Das nennt sich Wilderei und ist streng verboten, sagt Mama, aber das stört Kostas wenig. Alle im Dorf wissen, dass er es tut, und viele von ihnen tun es auch.

Und wenn doch einmal wieder der Polizist vorbeischaut, steckt Kostas ihm eine Flasche Schnaps und einen toten Hasen zu, damit er wieder verschwindet. Mama sagt, wenn der bei jedem Ganoven so tolle Sachen zugesteckt bekommt, kann er sich bald zur Ruhe setzen. Dann teilen sie uns einen neuen Polizisten zu, und das Gleiche geht wieder von vorne los. So ist das in diesem Land.

Aber zurück zu Pluto. Glücklicherweise ist er ein guter Jäger. Sonst erginge es ihm schlecht, so wie Mama. Sie hat es nicht übers Herz gebracht, die Tiere des Waldes in den Tod zu treiben, und deshalb so getan, als sei weit und breit kein lebendes Wesen zu erschnuppern. Menschen wie Kostas sind zu einfältig, einen so weisen Hund wie Mama zu durchschauen. Er hat geflucht und nach ihr getreten, bis sie nicht mehr laufen konnte.

Erst gestern hat er im Vorbeitorkeln scheußliche Dinge vor sich hingemurmelt. Sowas wie ›Nutzloses Vieh, bringt mir keinen Cent und brockt mir diese verfressenen Kreaturen ein!‹.

Wahrscheinlich denkt er, ich verstehe ihn nicht, weil ich noch so klein bin. Wie sehr er sich doch täuscht! Mama sagt, ich bin im Denken meinem Alter sogar weit voraus.

Es macht mich wütend, dass Kostas Mama wegen uns beleidigt. Was kann sie dafür, dass sie uns bekommen hat?

So leben wir also in den Tag hinein. Es ist kein Knochenknabbern, aber wenn Kostas uns in Ruhe lässt, ist es einigermaßen erträglich. Mama umsorgt uns, so gut sie kann. Obwohl meine Brüder so rüde mit mir umspringen, gibt es für mich nur eines, das zählt: Wir sind zusammen.

Todesangst

In meinem Bauch liegt ein Gefühl wie ein Stein. Seit heute morgen schon, obwohl eigentlich alles ist wie immer.

Plötzlich passiert etwas.

Mama ist mit einem Schlag hellwach. Sie stellt ihre Ohren so weit auf, wie das bei Schlappohren möglich ist, und beobachtet das Hoftor. Meine Geschwister kläffen wie wild mit ihren quietschigen Stimmchen. Sogar Pluto, der meistens schlapp auf seinem Stammplatz neben der Haustür liegt, springt auf und bellt pflichtschuldig mit.

Da vorne ist jemand! Aus Mamas Erzählungen weiß ich ja, dass noch andere Menschen auf der Welt leben außer Kostas, aber gesehen habe ich noch nie welche. Mama sagt, vor Männern sollte man sich besonders in Acht nehmen, vor allem vor den alten, solchen wie Kostas. Das da vorn sind zwei.

Sie gehen durch das Tor, das wie immer weit offen steht. Einer ruft laut Kostas' Namen. Er ist noch älter als Kostas, buckelig und strahlt etwas Finsteres aus. Er macht mir Angst.

Der andere scheint jünger zu sein, aber kein bisschen netter.

Beide tragen schmutzige, schwarze Stiefel, in die sie die Beine ihrer noch schmutzigeren, wohl ehemals blauen Arbeitshosen gestopft haben. Dazu zerschlissene graue Jacken mit Flicken an den Ellbogen und dunkle Mützen, die altersschwach von ihren Köpfen hängen. Ihre Gesichter sind vertrocknet von der Arbeit in der sengenden Sonne.

Dürfen die hier so einfach reinspazieren?

Kostas kommt aus dem Haus und gibt beiden nacheinander die Hand. Er zeigt – *auf uns*!

Mir stockt der Atem.

Mama versucht, gelassen zu bleiben, doch sie zittert am ganzen Körper. *Was ist mit ihr?*

Die Männer kommen auf uns zu. Der ältere redet auf Kostas

ein und rudert dabei mit den Armen. Ich verstehe kein Wort. Kostas schüttelt den Kopf und krächzt etwas. Seine Stimme würde ich unter Tausenden heraushören, nachts träume ich von ihr. Ich werde sie nie vergessen.

Jetzt stehen sie unmittelbar vor uns, wie Riesen auf der Suche nach einem schwarz-weiß gesprenkelten Häppchen für zwischendurch.

Ich fürchte mich wie noch nie in meinem Leben. Alles an mir schlottert. Ich höre meine Zähne aufeinanderschlagen.

Der Mann zündet zwei Zigaretten an und reicht eine seinem Kumpan, die andere steckt er sich in den Mund. Das Streichholz lässt er auf den Boden fallen, obwohl alles um uns herum knochentrocken ist. Feuer ist gefährlich, sagt Mama. Wenn man es ins verdorrte Gras wirft, brennt in Nullkommanichts das ganze Land. Wir haben zwar Winter, aber der Regen, der nach Mamas Erzählungen sonst um diese Jahreszeit fällt, bleibt diesmal aus.

Es passt zu den Männern, dass sie mit Feuer hantieren. Solchen ist es bestimmt egal, wenn alles kaputtgeht. Sie riechen nach Tod.

Wir drängen uns in eine Ecke und zittern um die Wette. Mama setzt sich schützend vor uns.

Die Männer stehen keine zwei Hundelängen von uns entfernt vor der Gittertür, die zu meinen Lebzeiten noch nie jemand geöffnet hat. Der Bauer befüllt den Trinkeimer für gewöhnlich mit einem langen Schlauch, den er durch ein Loch im Zaun schiebt, und das Brot wirft er oben drüber.

Kostas schaut Mama an und macht eine verächtliche Handbewegung. Er zieht eine Flasche Schnaps unter seiner Jacke hervor und reicht sie dem Buckligen. Der wirft einen prüfenden Blick darauf und nickt. Kostas brummt etwas in seinen verfilzten, grauen Bart. Er spuckt auf den Boden, dreht sich um und geht über den Hof ins Haus.

Die Männer schauen sich an und schneiden Grimassen. ›Was für ein Idiot!‹, dürfte das in etwa bedeuten.

Und wenn schon. Ich kann verstehen, dass die Leute ihn nicht mögen.

In aller Ruhe rauchen die beiden ihre Zigaretten zu Ende.

Und dann geschieht das Unfassbare.

Der Bucklige reißt die Tür mit einer solchen Wucht auf, dass sie aus den Angeln fällt, und poltert herein. Er greift nach Mama.

Mama sitzt da, starr vor Angst. Filippo versucht, den Mann in die Hand zu beißen, aber der schüttelt ihn ab.

Mama ist zu geschockt, um sich zu wehren oder davonzulaufen. Es würde wohl sowieso nichts bringen, sondern die Männer nur wütend machen. Außerdem lässt sie uns nie und nimmer hier allein.

Der Bucklige schleift Mama über den Hof und wirft sie in den Laderaum des Lieferwagens, den die Männer vor dem Tor abgestellt haben.

Mamaaa!

Ich spüre, dass sich mein Mund bewegt, aber ich höre mich nicht. Mir ist, als wäre ich zwei Hunde.

Hundegott sei Dank, der Mann kommt zurück!

Gemeinsam greifen sich die beiden meine Geschwister, schleppen sie zu ihrem Auto und werfen sie Mama hinterher.

Und was ist mit mir?

Mamaaa!

Panik hält meinen Körper fest im Griff. Ich versuche, aufzustehen, aber meine Beine sind verschwunden.

Mein Blick fällt auf Pluto, der vor der Haustür sitzt. Er zuckt hilflos mit den Schultern und schüttelt den Kopf. Ich glaube, er weint. Pluto hat Mama gern.

Die Männer reden kurz miteinander, dann kommt der Bucklige zurück. Er hat Hände wie Schaufeln.

Ich schließe die Augen.

Er packt mich am Nackenfell, mein Ohr verklemmt sich zwischen seinen Fingern. *Auaaa!*

Endlich lässt der Schmerz nach, ich knalle auf eine harte Oberfläche. Hinter mir scheppert etwas, es ist dunkel hier drin. Ich spüre den warmen Körper meiner Schwester. Dann wird alles schwarz.

Ich wache auf, mein Kopf tut weh.

Wo bin ich?

Ich versuche, die Umgebung zu erfassen, ohne mich zu bewegen.

Was ich sehe, treibt mir den Schweiß in die Pfoten: rundum verkrüppelte Bäume und dürres Buschwerk, nichts als Wildnis. Die Sonne brennt vom Himmel.

Hinter mir raschelt etwas. Vorsichtig schiele ich in die Richtung.

Oh Hundegott, meine Familie!

Sie drängen sich unter dem einzigen Baum zusammen, der ein bisschen Schatten wirft.

Ein Stein so groß wie ein Berg fällt mir vom Herzen.

Ich krabble hinüber und lande in einem Haufen pieksender Nadeln; die Baumkrone über uns scheint keine Kraft mehr gehabt zu haben, sie festzuhalten.

Niemand rührt sich.

Mama?

Mama! Sie lehnt an dem Baumstamm. Aber etwas stimmt nicht.

Plötzlich sehe ich es. Ich reibe mit den Vorderpfoten meine Augen und schaue nochmal. Da ist ein Seil, so dick wie meine beiden Vorderbeine zusammen. Das eine Ende ist um Mamas Hals geschlungen und verknotet, das andere um den Baumstamm. Es ist so kurz, dass sie sich nicht mal hinlegen kann. Meine Geschwister kauern sich an ihren Bauch.

Die Erkenntnis trifft mich wie ein Schlag: Wir werden sterben, mitten in der Wildnis. Zuerst verdursten, dann verhungern und anschließend verspeisen uns wilde Tiere zum Abendbrot.

Mama blickt mich an. Für einen Moment flackert ein bisschen Glück in ihren Augen auf. »Komm her, Kleiner«, flüstert sie.

Ich schwanke wie Kostas, wenn er Schnaps getrunken hat.

Die Lage ist aussichtslos. Das Seil ist viel zu dick als dass wir es mit unseren Zähnen und Krallen durchtrennen könnten. Die Knoten sitzen fest.

Trauer legt sich über meinen schmerzenden Kopf. Nicht Verzweiflung, sondern die Trauer, die man fühlt, wenn es keine Hoffnung mehr gibt.

Mein Leben war anstrengend, zugegeben. Aber dass es nun schon zu Ende sein soll, das kommt doch überraschend. Mama hat mir erst gestern noch erzählt, dass ich vor genau sechzig Tagen und Nächten aus ihrem Bauch kam. Das ist so viel wie sechsmal Bis-zehn-Zählen. Bis-zehn-Zählen habe ich oft geübt, während meine Geschwister miteinander ›Wer-ist-der-Stärkere‹ gespielt haben. Mama hat es mir erklärt. Ich weiß auch, dass irgendwann hundert kommt.

Jedenfalls klingt sechzig nach ziemlich wenig, wenn man bedenkt, dass Mama schon fast dreimal hundert Tage und Nächte auf dieser Welt lebt. Dreimal hundert. Das ist mehr als ich mir vorstellen kann. Trotzdem ist sie noch jung für eine Mutter, sagt sie.

Na, jedenfalls bliebe ich gerne noch ein bisschen hier, um mit Mama zusammen zu sein.

Ich drücke mich an sie. Mama lächelt. Wieder sehe ich ein kleines bisschen Glück in ihren Augen, aber nur für ganz kurze Zeit.

Der alte Setter

Die Zeit vergeht quälend langsam. Keine Ahnung, wie lange wir nun schon in diesem unglückseligen Wald auf unser Ende warten. Wenn ich mich richtig erinnere, dann müsste es fünf- oder sechsmal dunkel gewesen sein, seit die Männer uns hierher geschleppt haben, aber sicher bin ich mir nicht.

Das Verlangen nach Wasser erschien mir anfangs unerträglich. Doch irgendwann war das Gefühl verflogen. Alles weg. Gedanken, Gefühle, alles. Hunger, Durst und Verzweiflung spielen keine Rolle mehr, wenn man sowieso sterben muss.

Mein Kopf ist leer.

Da ist etwas! Stimmen!

Ganz weit weg zwar, aber doch deutlich vernehmbar! Filippo fiept. »*Pssst!*«, zischt Mama.

Die Stimmen kommen näher. Ist das der Anfang vom Sterben, dass man sich Dinge einbildet, die es überhaupt nicht gibt?

Aber nein, ich bin mir sicher: Da sind Menschen! Der Wind kommt aus dieser Richtung, ich habe die Witterung deutlich in der Nase. Und ich rieche einen Artgenossen.

Diese Stimmen klingen anders als alle, die ich bisher kennengelernt habe. Eher hell und freundlich. Hoffnung keimt in mir auf, aber ich versuche vorsichtshalber, sie gleich wieder zu ersticken.

Doch, da sind sie! Da vorne, bei dem riesigen Felsen, von dem ich mich plötzlich frage, wie der da hingekommen ist, denn einen Berg, von dem er herabgerollt sein könnte, kann ich nirgends entdecken.

Was für ein schwachsinniger Gedanke, im Angesicht des Todes!

Ein großer, zotteliger Hund mit rotbraunen Haaren, dem heute Morgen wohl niemand gesagt hat, dass er sich noch frisieren muss, bevor er aus dem Haus geht, führt die Gruppe an. So einen hab' ich noch nie gesehen.

Wie auch, wenn man immer nur eingesperrt ist.

Mama springt auf, fällt aber gleich wieder um. Sie ist zu schwach und das Seil zu kurz. »Ein Irischer Setter«, flüstert sie uns zu.

Ich lege den Kopf schief.

»So heißt die Hunderasse. Entfernt verwandt mit uns.«

So zottelige Verwandte?

Der Setter hinkt; sein linkes Vorderbein scheint leicht gekrümmt. Als ob es einmal gebrochen und dann falsch zusammengewachsen wäre. Das passiert manchmal, wenn ein Hund verprügelt oder von einem Auto überfahren wird, sagt Mama. Wenn er Glück hat, überlebt er, doch bei vielen bleiben die Folgen für immer sichtbar. Im Normalfall aber hat ein verletzter Hund in diesem Land keine Chance. Er stirbt unweigerlich, allein im Straßengraben oder später irgendwo in der Wildnis, weil sich eine Wunde entzündet. Ich finde das alles sehr traurig.

Glücklicherweise schweben diese Hunde an einen besseren Ort. Dort, im Hundehimmel, gibt es keine Menschen, hoffe ich jedenfalls.

Pluto wäre es um ein Haar so ergangen; Mama hat uns das erzählt. Ein Lieferwagen hat ihn gerammt. Auf der Straße, von der der Weg zu unserem Hof abzweigt. Eine Frau aus dem Dorf, die ihn kannte, hat ihn gefunden und zu Kostas gebracht. Doch dem fiel nichts Besseres ein, als ihn neben Mama auf das stinkende Lager zu werfen und es sich mit seinem Schnaps auf dem klapprigen Stuhl neben seiner Haustür bequem zu machen. Er hatte keine Lust, Medizin zu holen. Oder kein Geld. Oder beides. Was Geld ist, weiß ich von Mama. Man braucht es, um Schnaps dafür zu bekommen, wenn man gerade keinen toten Hasen zur Hand hat. Mama sagt, es gibt auch Leute, die damit in den Futterladen gehen und ihren Hunden das Essen für die nächsten Tage kaufen. Kann ich mir gar nicht vorstellen. Auf die Idee käme Kostas nie.

Zu Plutos Glück ist das Bein halbwegs vernünftig zusammengewachsen. Mama hat ihm während der ganzen Zeit von ihrem Brot abgegeben und den Wassereimer mit den Zähnen zu ihm gezogen, damit er nicht verdurstet – und zwar ohne einen Tropfen zu verschütten, darauf ist sie stolz. Dabei ist sie doch selbst so spindeldürr, dass man ihre Rippen zählen kann. Sie hat Pluto das Leben gerettet. *Meine Mama!*

Nur ein kleiner, runder Knubbel an seinem Fußgelenk erinnert die beiden noch an dieses schreckliche Erlebnis. Wenn er länger laufen muss, beginnt er zu hinken, aber weil er trotzdem noch ein guter Jäger ist, hat Kostas ihn behalten, anstatt seine Kumpane zu rufen, damit sie ihn für immer wegbringen.

Uns dagegen braucht Kostas nicht.

Es passt zu ihm, dass er zu feige war, uns selbst fortzuschaffen. Konnte es wohl nicht ertragen, uns in die Augen schauen zu müssen. Wie erbärmlich.

Der Setter stapft schnaufend auf uns zu; am anderen Ende der Leine stemmen sich zwei junge Frauen gegen sein trotz des Hinkebeins beachtliches Tempo. Hier gibt es nicht mal einen Pfad. Man kann jederzeit über eine Wurzel stolpern und hinfallen.

Ja, das müssen Frauen sein. Ich habe noch nie welche gesehen, aber da es keine Männer sind, ist das wohl die einzige Möglichkeit.

Der Setter hat sicher schon viel früher als seine Begleiterinnen bemerkt, dass hier jemand Hilfe braucht. Ein kluger Hund erschnuppert Angst aus großer Entfernung. Wenn auch nur ein kleines bisschen Jägerblut in seinen Adern fließt, dann folgt er der Geruchsspur, die wir auf dem Weg hierher hinterlassen haben, ohne groß darüber nachdenken zu müssen. Gerüche zu deuten und Fährten zu verfolgen ist uns angeboren, hat mir Mama erklärt. Wir können das vom ersten Tag an.

Mama kennt sich wirklich aus. Ich bin sehr stolz auf sie!

Endlich steht der Setter vor uns. Ein freundlicher, älterer Herr, das Fell rund um seine Nase leicht ergraut. Er hechelt wie verrückt von der Anstrengung, die hinter ihm liegt. Die beiden Frauen plumpsen keuchend auf den dürren, pieksenden Waldboden. Schweiß rinnt über ihre Gesichter.

Der Setter erholt sich erstaunlich schnell. »Oh Mann, was ist denn mit euch los! Ich nehme an, ihr seid nicht auf Urlaub hier?«

In Mamas Augen blitzt Hoffnung auf. »Kannst du uns helfen?«

»Da bin ich mir ziemlich sicher. Ihr seid nicht die ersten, die wir in einer so verzwickten Lage vorfinden.«

Verzwickt ist gut. Wir schweben in Lebensgefahr!

»Ihr glaubt ja nicht, was ich alles gesehen habe in der Zeit, die ich nun schon mit den beiden zusammenlebe«, sagt er und deutet mit der Nase auf seine Begleiterinnen.

Die versuchen noch immer, zu Puste zu kommen. Sie scheinen noch jünger zu sein, als ich zunächst dachte, was sie mir auf Anhieb sympathisch macht. Möglicherweise sind junge Menschen grundsätzlich weniger gefährlich als alte, egal ob mit Bart oder ohne. Ich nehme mir vor, Mama danach zu fragen.

»Keine Sorge, die sind wirklich nett«, sagt der Setter, als ob er meine Gedanken erraten hätte. »Ich sage ja, wir sammeln öfter mal ausrangierte Hunde auf und bringen sie an einen Ort, an dem sie wieder aufgepäppelt werden. Tierheim nennt sich das. Ich habe selbst eine Zeit lang dort gelebt, bis die beiden aus dem fernen Land ganz oben im Norden des Kontinents gekommen sind und sich hier niedergelassen haben.«

Kontinent? Noch eine Frage für Mama.

»Sie wollten Sonne, Strand und ein leichtes Leben; deshalb haben sie ihr nasskaltes Heimatland für immer verlassen. Stattdessen stolpern sie nun jeden Tag über einen toten Hund. Oder halb tote, so wie euch.«

Der Setter sieht uns verständnisvoll an.

»Ich habe ihnen jedenfalls leidgetan, weil mein Bein kaputt ist. Dieses Auto damals, so ganz genau weiß ich es nicht mehr. Wegen des Schocks, da vergisst man die schlimmsten Momente. Naja, also da haben sie mich eben adoptiert.«

»Ado-was?«

Der Setter lacht. »Das heißt, ich wohne jetzt bei ihnen zu Hause, bekomme leckeres Futter und begleite sie auf lustige Ausflüge wie diesen hier. Irgendwas ist immer los. Klasse, hm?«

Es fällt mir schwer, in meinem Zustand meine Fantasie in Gang zu bringen, um mir auszumalen, was er da erzählt.

Er wirft einen fragenden Blick über seine linke Schulter. Die beiden Frauen sind endlich halbwegs zu sich gekommen und beginnen, sich für uns zu interessieren.

»*Oh je, oh je!*«, sagt die eine und schüttelt den Kopf. Sie ist groß, viel größer als Kostas. Das dunkle Haar hat sie zu einem komplizierten Knoten gebunden; ein richtiges Kunstwerk. Ihre braunen Augen sehen aus wie die Knöpfe der Jacke, die sie um ihre Hüften geschlungen hat. *Knopfaugen*.

»Lisa schau mal, die sind ja ganz dünn«, sagt sie zu der anderen, einer zierlichen Person mit strahlend blauen Augen, blonden Haaren und sonnengebräunter Haut.

Ich riskiere einen Blick an mir hinunter. Tatsächlich, wir sind nur mehr Haut und Knochen. Die Strapaze hier unter diesem Baum hat uns unsere allerletzten Fettreserven gekostet.

»Also Anni, ich glaub', wir bringen sie zu Ioanna ins Tierheim«, sagt die Frau, die Lisa heißt.

Tierheim. Das klingt gut, vorausgesetzt, der Setter sagt die Wahrheit. Aber was ist, wenn die uns nicht wollen? Wenn sie uns zurück zu Kostas bringen? Oder an einen noch schrecklicheren Ort?

Und wer ist Ioanna?

Lisa macht sich klein und watschelt auf uns zu wie Kostas' klapperdürre, gehbehinderte Gans, nur noch langsamer. Dabei guckt sie seitlich ins Gebüsch, was nett von ihr ist, denn Anstarren gilt bei uns Hunden als unhöflich, ja sogar als handfeste Bedrohung. Dank Mamas guter Erziehung weiß ich solche Dinge sehr genau, obwohl ich noch so klein bin. Nur Kostas, der hatte natürlich keine Ahnung. Wenn er uns überhaupt mal beachtet hat, dann hat er uns angestarrt.

Lisa gibt sich alle Mühe, aber wir weichen trotzdem zurück; *trau' schau' wem!* Ich klappere schon wieder vor Angst, obwohl Anni und Lisa einen wirklich vertrauenerweckenden Eindruck machen.

»Sei vorsichtig, der Kleine fürchtet sich halb zu Tode«, sagt Anni und deutet auf mich. Lisa verrenkt sich den Hals, damit wir ihr glauben, dass sie das Gebüsch neben uns hundertmal interessanter findet als uns, und streckt eine Hand in unsere Richtung. Ich glaube, wir sollen daran schnuppern. Eigenartigerweise ist Makis der einzige, der sich traut. Mama ist entsetzt, doch als er sich wieder uns zuwendet, zuckt er mit den Schultern, als wollte er sagen: ›Also ich finde die ganz in Ordnung.‹

Schließlich entscheidet Mama. »Wir haben keine Wahl. Ich muss darauf vertrauen, dass diese Menschen es gut mit uns meinen. Wir gehen mit.« Der Setter nickt aufmunternd.

Mama beißt die Zähne zusammen und erträgt tapfer, dass Lisa ganz nah an ihrem Kopf an dem Knoten herumfummelt, mit dem der Mann das Seil an dem Baum befestigt hat. Plötzlich hat sie ein Messer in ihrer Hand, so eines wie das von Kostas. Mama zuckt, doch Lisa achtet gar nicht auf sie. In mühsamer Kleinarbeit kämpft sie sich durch das Seil. Mir kommt es wie eine Ewigkeit vor, aber Mama hält ganz toll durch.

»Ha!«, ruft Lisa und schwenkt triumphierend das abgeschnittene Seilende. »Das war's dann, Kinder. Ab nach Hause!«

Mama lässt sich von Anni an dem Seil führen; sie ist zu schwach, selbstständig zu gehen oder gar einen Fluchtversuch zu unternehmen. Wir Kinder tapsen mit letzter Kraft hinterdrein. Filippo geht es am schlechtesten, seine große Klappe ist verstummt. Lisa nimmt ihn auf den Arm; er versucht gar nicht erst, sich zu wehren. Der Setter trottet vorneweg und zeigt uns den Weg.

Am Waldrand steht ein Lieferwagen, der aussieht, als würde er keine drei Hundelängen mehr durchhalten. Anni zieht eine Tür auf, tritt beiseite und sagt: »Hopp!« Ich gucke unschlüssig in die Runde. Was heißt das, ›Hopp!‹?

Der Setter fühlt sich angesprochen. Er nimmt ein paar Schritte Anlauf und hüpft erstaunlich flink in den Wagen.

Nun soll Mama hinterher. »Hopp!« sagt Anni freundlich zu ihr und klopft auf die Decke, die im Auto ausgebreitet liegt. Doch Mama macht einen Buckel wie Kostas' alte Eselin und rührt sich nicht vom Fleck.

Wie kommen die darauf, dass wir in sowas jemals wieder einsteigen!

Der alte Setter nickt uns zu. »Kommt nur, ich fahre hier ständig mit. Unser Auto ist mein zweites Zuhause. Macht es euch gemütlich!«

Mama bleibt, wo sie ist, und überlegt angestrengt.

Was, wenn das ein Hinterhalt ist?

Doch Anni nimmt ihr die Entscheidung ab. Sie hebt sie vorsichtig an und schiebt sie in den Wagen. Mama fügt sich in ihr Schicksal.

Während sie im Halbdunkel verschwindet, kämpfe ich schon wieder gegen die Panik, die in mir aufsteigt. Mir ist klar, dass ich da rein muss, weil Mama sonst womöglich ohne mich wegfährt.

Meine Geschwister liegen schon auf der Decke; ich bin wie immer der Letzte. Der, der am längsten mit der Angst leben muss, leer auszugehen, wenn es etwas zu verteilen gibt, oder gar zurückgelassen zu werden, wenn alle anderen weggehen. *Ich hasse das!*

Anni nimmt mich hoch und setzt mich zwischen meinen Geschwistern ab.

Lisa sucht derweil im vorderen Teil des Wagens nach etwas, das sich offenbar besonders gut versteckt hat. »*Sch...* Immer wenn's pressiert, findet man nix!«

Sie hält inne, mustert uns über die Lehne des Fahrersitzes hinweg, als ob *wir* das, was sie sucht, verschwinden lassen hätten können, und überlegt.

Jetzt taucht sie hinunter in den Fußraum; Jacken und allerlei Kram fliegen durch die Luft.

»*Traraaa!* Bitte schön, die Wasserflasche.«

Wasser?!

Tatsächlich: Anni füllt eine riesige, rote Schüssel, die nach Brot und etwas anderem, Fremdartigem riecht – *Menschenessen?* –, bis zum Rand auf und stellt sie vor uns ab. Jetzt gibt es kein Halten mehr. Die Schüssel ist groß genug für alle; Filippo beachtet mich gar nicht. Wir trinken, bis nichts mehr da ist.

Oh je, Mama!

Mama lächelt; sie würde ihr Leben für uns geben. Doch Anni zaubert noch mehr Wasser hervor.

Erschöpft lassen wir uns auf die Ladefläche plumpsen.

Anni schließt mit einem lauten Rumms die Tür, was ihr erst im zweiten Anlauf gelingt; irgendetwas klemmt. Nun sitzen wir also in der Falle.

Der Setter lächelt gütig und stupst mich freundschaftlich mit seiner Schnauze an. Ich bemühe mich, höflich zu lächeln, aber mein Gesicht bleibt starr.

Nach mehreren erfolglosen Versuchen springt der Motor an; wir rumpeln los. Um uns herum klappert und scheppert es. Ich befürchte, dieses altertümliche Gefährt fällt auseinander, bevor wir es auch nur in die Nähe des Tierheims geschafft haben.

Die Fenster befinden sich weit über uns; wir sehen nur den Himmel, selbst wenn wir unsere Hälse lang machen. Mama dagegen, zu neuem Leben erwacht, und der Setter beobachten aufmerksam, was draußen vor sich geht.

Jetzt wird es ruhiger. »Wir sind auf der Hauptstraße«, berichtet der Setter.

»Hauptstraße? Was ist das?«, fragt Filippo.

Mama lächelt. »Das ist eine Straße, auf der viel mehr Autos fahren, als du bisher in deinem Leben gesehen hast.«

»*Zsss.*« Der Setter schüttelt den Kopf. »Ihr Kleingemüse habt ja wirklich noch gar nichts kennengelernt, was?«

Ich blicke Mama fragend an, aber die steht schon wieder mit gespitzten Schlappohren am Fenster und betrachtet interessiert die vorbeiziehende Landschaft.

Hinter Gittern

Die Fahrt neigt sich ihrem Ende zu, das spüre ich. Wir nehmen einen Weg, der noch holpriger ist als der von vorhin; der Wagen kommt kaum vorwärts. Ich stemme mich gegen die Seitenwand.

Schließlich halten wir an, der Motor erstirbt. Ich höre Schritte, jemand macht sich an der Tür zu schaffen. Wieder scheint sich etwas verhakt zu haben, jedenfalls rüttelt derjenige wie besessen.

Die Tür fliegt auf, Lisa schiebt ihren Kopf herein. Sie wischt sich mit dem Handrücken den Schweiß von der Stirn.

»Tut mir leid, wir brauchen mal ein neues Schloss. Na, wie geht's euch?«

Ich bezweifle, dass sie ernsthaft eine Antwort erwartet; die würde ihr sowieso nichts nützen, denn Menschen können kein Hündisch. Nicht mal so nette wie Anni und Lisa. Und sie haben keine Ahnung, dass *wir sie* verstehen, wenn wir wollen.

Mama sitzt da wie versteinert. Sie starrt einen unsichtbaren Punkt neben der geöffneten Türe an, der ihr Halt zu bieten scheint.

Filippo und die anderen sind mutiger als Mama und ich. Vielleicht haben sie das auch von meinem Vater geerbt.

Die kriegen den Mut, ich den Quadratschädel.

Sie versuchen es mit vorsichtigem Schwanzwedeln.

Oh je, jetzt schaut Lisa mich an. Ich drehe meinen Hals bis zum Anschlag bei dem Versuch, ihrem Blick auszuweichen, und beobachte die Fliegen an der Wand. Gleichzeitig verspüre ich einen übermächtigen Drang, in Lisas Richtung zu schielen. Wer weiß schon, ob ein Mensch, der vorhin noch ein feiner Kerl gewesen ist, es sich vielleicht plötzlich anders überlegt hat.

Vertrauen ist Leichtsinn, Kontrolle alles!

Es sieht bestimmt doof aus, aber ich muss das tun. Etwas in meinem Inneren zwingt mich dazu. Ein kleines, boshaftes Teufelchen, nennen wir es Diabo… – nein, besser: *Oli*, das beschlossen hat, mir das Leben zur Hölle zu machen. Das auf meiner Schulter sitzt, mir furchterregende Dinge einflüstert und sich anschließend über mich totlacht, weil ich panisch nach einem Ausweg suche.

Was für ein Quatsch!

Kein Wunder, dass die anderen mich schon immer seltsam fanden.

Lisa öffnet die Tür so weit, bis sie quietschend einrastet; der Setter springt hinaus. »Na los«, ruft er, und schaut uns erwartungsvoll an. Mir stockt der Atem: Filippo tappst tatsächlich los!

»Haaalt!«, protestiert Mama, doch es ist schon zu spät. Mein neunmalkluger großer Bruder, der seinen Schwächeanfall schon vergessen zu haben scheint, landet auf der Nase. Er jammert erbärmlich.

Tja, verschätzt, Schlaumeier!

Im nächsten Moment schon bereue ich zutiefst, was ich da gerade gedacht habe, denn Schadenfreude ist nun mal etwas sehr Verwerfliches, und Filippo könnte sich ja verletzt haben. Ich hätte ihn darauf aufmerksam machen müssen, dass ein so kleiner Hund, der gerade eben dem Tod von der Schippe geschlichen ist, zu schwach ist für so verwegene Kopfsprünge.

Jetzt muss Mama hinterher, sie kann ihn ja schlecht alleine in der Fremde herumstolpern lassen. Zitternd steht sie an der Schwelle und hebt mal die rechte Vorderpfote, mal die linke, als ob sich vor ihr ein bodenloser Abgrund auftut. Unten sitzt Filippo und winselt.

Schließlich hat Lisa Mitleid. Mit einem schnellen Griff befördert sie Mama aus dem Wagen. Mama trägt noch immer das Seil um den Hals, Lisa hält das andere Ende fest in der Hand.

Jetzt sind wir dran, einer nach dem anderen.

Ich will da nicht raus!

Bevor ich mitbekomme, was passiert, stehe ich schon auf der Erde und zittere, als ob ich eine unheilbare Krankheit hätte.

Wahrscheinlich hab' ich die wirklich. Gegen andauerndes Versagen gibt es kein Mittel.

Von allen Seiten ertönt ohrenbetäubendes Gebell. Gibt es so viele Hunde auf der Welt? Ich höre mich laut seufzen, während ich an den ständigen Stress denke, den ich schon mit meinen eigenen

Geschwistern habe. Wie soll das erst werden mit sechzig oder dreihundert oder gar noch mehr fremden Hunden um uns herum?

Auf Mama dagegen scheinen die Hunde beruhigend zu wirken. Sie schluckt ihre Unsicherheit hinunter und nickt mir aufmunternd zu.

Ich schiele zuerst in die eine Richtung, dann in die andere.

Nur nicht den Kopf bewegen, das könnte jemanden auf mich aufmerksam machen!

Wir befinden uns ungefähr in der Mitte eines weitläufigen Grundstücks, das von einem hohen Zaun umgeben ist.

Das Tierheim?

Anni schließt das haushohe, grün gestrichene Eisentor, durch das wir hereingelangt sind. Hier ist jeder Fluchtversuch zum Scheitern verurteilt.

Das Gelände liegt auf einem Berg. Es fällt so steil ab, dass man über die Baumwipfel hinunterblicken kann bis zum Meer. Ich glaube jedenfalls, dass es das Meer ist. Mama hat uns davon erzählt. Es ist blau, die Wellen kräuseln sich im Wind. Ganz weit draußen fahren winzige Schiffe vorbei, die in Wirklichkeit riesig sein müssen. Mich interessiert, wann sie aus meinem Blickfeld verschwinden, aber es dauert zu lange.

Der felsige Boden unter uns ist bedeckt von losen, gelbbraunen Steinen und Sand. An den Rändern des Platzes, auf dem wir stehen, wuchert ein gelb blühendes Kraut so hoch, dass wir Kinder uns prima darin verstecken könnten, selbst wenn wir schon größer wären.

An den Rändern und auf mehreren Geländestufen befinden sich durch hohe Zäune voneinander getrennte Bereiche, in denen Hunde rastlos hin und her laufen. Manche springen mit ganzer Kraft gegen das Gitter, um ein wenig Aufmerksamkeit zu erhaschen, weitere kratzen und scharren; wieder andere wirken eher unbeteiligt. Es sind ganz verschiedene Typen – kleine, große, junge, alte, manche zottelig, andere so kurzhaarig wie wir. Nur ihr Fell glänzt schöner in der Sonne als unseres.

»Wieso sind die in Käfigen?«, frage ich Mama.

»Das sind richtig komfortable Ausläufe, Kleiner. Da müssen Zäune drumherum sein. Wenn man die alle durcheinandersausen ließe, gäbe es einen Haufen Streit. Nicht jeder Hund ist allen anderen sympathisch, das ist ganz normal.«

»Schau mal, wie schön die aussehen!«

»Das könnte am Futter liegen. Wenn man nur Abfall zwischen die Zähne bekommt so wie wir, dann sieht jedes Fell irgendwann aus wie ein alter Fußabtreter.«

Ich habe keine Ahnung, was ein Fußabtreter ist, aber da Mama alles weiß und immer Recht hat, nicke ich zustimmend und wende mich wieder unseren aufgeregten Artgenossen zu.

Hoffentlich sind die Türen alle abgeschlossen.

Nach und nach kehrt Ruhe ein. Ein paar stehen noch am Zaun und beobachten uns, aber mit der Zeit verlieren auch sie das Interesse. Die meisten haben sich ein gemütliches Plätzchen in der Sonne gesucht; andere trinken einen Schluck oder erledigen ein dringendes Geschäft, das sie in der Aufregung glatt vergessen haben.

Die meisten Ausläufe sind riesig, mit schönen Hundehäusern darin und viel Platz zum Toben. Ganz anders als unser schäbiger Verschlag daheim bei Kostas.

Komisch. Für mich ist Kostas' Hof noch immer ›daheim‹, obwohl das Leben dort hart war und er uns unbedingt loswerden wollte.

Ich erzähle es Mama.

Mama lächelt. »Der Ort, an dem du die erste Zeit deines Lebens verbracht hast, brennt sich in deine Seele. Du trägst ihn für immer in dir, auch wenn du später woanders glücklich bist. Das ist Heimat.«

Das Zittern hat aufgehört.

Ich sehe mich genauer um. Auf einer kleinen Anhöhe innerhalb des Hofs fällt mir ein langgestrecktes, weiß-blau gestrichenes Gebäude mit einem flachen Dach ins Auge. Anstatt aus Steinen wie das von Kostas ist es aus einem Material gebaut, das in der Sonne blitzt. Die Eingangstür, zu der eine kurze Treppe hinaufführt, steht weit offen. Schräg gegenüber befindet sich ein kleines, gelbes Haus mit weiß gerahmten Fenstern. Es sieht aus, als wäre es gerade erst gebaut worden.

Aus dem weiß-blauen Haus kommt eine Frau auf uns zu. Sie ist viel älter als Anni und Lisa, mit kurzen, grauen Haaren, scheint aber trotzdem zum friedliebenden Teil der Menschheit zu gehören. Meine Annahme, dass ältere Menschen grundsätzlich gefährlicher sind als junge, gerät ins Wanken.

»Hallo Ioanna«, ruft Anni; Lisa winkt.

Jetzt ist die Frau da. Ich zittere von Neuem, aber weniger schlimm als vorhin.

»Schau mal, die haben wir drüben im Wald aufgelesen, angebunden. Das wär' nicht mehr lange gut gegangen«, sagt Anni. »Können wir sie hierlassen?«

»*Zsss*«, sagt Ioanna und schüttelt den Kopf. »Wir sind rappelvoll, aber ich kann euch ja schlecht wegschicken. Wir kämpfen an so vielen Fronten gleichzeitig. Allein in den vergangenen zwei Wochen haben wir vier halb verdurstete Wachhunde aufgenommen. Kein Sonnenschutz, kein Wasser, ein Strick oder eine Kette so kurz, dass sich die Armen kaum umdrehen können. Und dann die Jagdhunde, so wie die hier.« Ioanna zeigt auf uns. »Allein fünf in einer Woche.«

Sie hält Anni und Lisa ihre rechte Hand mit gespreizten Fingern vors Gesicht.

»Jeder Bauer sperrt ein paar Hunde in seinen Schuppen und hofft auf üppige Vermehrung; es könnten ja ein paar fantastische Jäger dabei sein, mit denen man angeben kann. Die Typen saufen so viel und schießen so schlecht, dass kein Wild sofort tot ist, und dann sollen diese wandelnden Skelette ihnen die Nachsuche abnehmen.«

»Ja aber es gibt doch Gesetze, oder nicht?«, fragt Anni.

»Tja. Trotzdem wird es immer schlimmer. Dabei buttern wir so viel rein wie nie zuvor. Zeit, Geld, Arbeit, Nerven. Allein die fünf hier verursachen einen Riesenaufwand.«

Ich mache nur Umstände, ist mir schon klar.

»Diese irrsinnigen Vermehrungsraten! Streuner, sprich: ehemalige Haushunde, die ausgesetzt wurden, treffen aufeinander, und auf Kettenhündinnen. Das gibt allein hier auf der Insel jedes Jahr Hunderte Welpen. Kastrieren wär' die Lösung, aber das ist ja angeblich gegen Gottes Willen. Mal abgesehen davon, dass die Operation Geld kostet.«

Ioanna verzieht das Gesicht. »Tja, und dann werden die Kleinen halt in einen Sack gesteckt und im Meer versenkt oder sonstwie ins Jenseits befördert. Ganz normale Leute machen sowas, von denen ihr das nie denken würdet, wenn ihr sie auf der Straße trefft. Und dann rennen sie sonntags in die Kirche, ohne dass ihnen jemals der Gedanke kommt, wie sehr sie sich an Geschöpfen Gottes versündigt haben.«

Kostas ist so ein Mensch.

»Tiere – oder sagen wir ganz allgemein: Schwächere, die sich nicht wehren können – sind doch Geschöpfe Gottes, oder? Wer sie respektvoll behandelt, gilt in diesem Land als Schwächling, und das lassen mich die Leute spüren, obwohl ich aus einer angesehenen Familie stamme und in der x-ten Generation auf dieser Insel lebe. Ich wüsste zu gern, wie die mit ihren Mitmenschen umspringen. Minderheiten zum Beispiel, die ihnen nicht in den Kram passen. Wo ist da die Grenze?«

Ioanna redet sich in Rage.

»Diese Gewalttäter bei der Polizei anzuzeigen bringt nichts; es gibt einfach zu viele. Den Behörden ist das egal. Dass unser Land der Wirtschaftsgemeinschaft des Kontinents beitreten durfte, hat nichts geändert. Diese ach so zivilisierte Gesellschaft. Korrupt bis dort hinaus, anständig sein lohnt sich halt nicht. Es machen ja alle so.«

Anni und Lisa schweigen.

»Jetzt haben wir den Zaun auf drei Meter erhöht in der Hoffnung, dass die Leute aufhören, uns ihre Hunde reinzuwerfen. Tja, was soll ich sagen: Heute morgen hatten wir wieder einen daliegen. Drei Rippen gebrochen, rechter Vorderlauf ausgerenkt. Seine erste Bekanntschaft im neuen Leben war der Tierarzt. Der kommt morgen nochmal zum Nachschauen vorbei. Eigentlich brauchen wir bald keinen Doktor mehr; ich bin selbst schon fast einer.« Ioanna grunzt.

»Na obwohl, aufschneiden sollte ich sie vielleicht doch nicht. Keine Ahnung, ob ich beim Zusammennähen noch wüsste, was wo hingehört.«

Stille.

»Jaja, ich hör' ja schon auf. Galgenhumor.«

Mama schaut mich bekümmert an. »Solche Dinge sind nichts für Kinder«, flüstert sie. »Aber was soll ich machen.«

Ioanna schiebt mit dem Fuß einen Stein hin und her. »Na, es gibt auch gute Nachrichten. Schaut mal, das gelbe Haus mit den weißen Fensterrahmen ist unsere neue Klinik. Gerade fertig geworden. Da können wir Operationen machen lassen. Und der Bürocontainer hat einen neuen Anstrich bekommen.« Sie deutet auf das weiß-blaue Haus, das in der Sonne blitzt. »Wir mausern uns zu einem richtigen Musterbetrieb, für hiesige Verhältnisse.«

Ioannas Blick fällt auf uns. »Na, da bin ich aber froh, dass wir euch rechtzeitig gefunden haben. Jetzt kriegt ihr erst mal was zu essen. Der Doktor soll euch morgen durchuntersuchen.«

Mein Blick sucht den alten Setter; er steht hinter mir.

»Doktor – was ist das?«

Der Setter winkt ab. »Ach, ist gar nicht schlimm. Du fühlst dich besser danach. Die Flöhe und Zecken fallen ab und der Durchfall hört auf, falls du welchen hast. Ich hab' nur einmal schlechte Erfahrungen mit ihm gemacht. Da hat er mir einen kaputten Zahn gezogen. Hab' ich zwar verschlafen, wegen der Narkose, aber hinterher hat's ein paar Tage wehgetan. Du hast noch deine Milchzähne, da wird nichts gemacht. Also keine Panik!«

Diese Erklärung beruhigt mich nur ein klitzekleines Bisschen, weil ich weder weiß, was Narkose heißt, noch was Milchzähne sind.

Lisa führt Mama zu einem rostigen Zaunpfahl und bindet das Seil daran fest, wir wuseln hinterher. Ioanna öffnet derweil das Hoftor.

»Na, dann fahren wir mal nach Hause«, sagt Anni zu dem alten Setter. »Hopp!« Der Setter schaut mich an und zuckt entschuldigend mit den Schultern: »Also, ich muss dann wieder. Wir wohnen ein ganzes Stück weiter unten, näher an der Stadt.«

Wie sollen wir ohne ihn zurechtkommen!

Die Wagentür fällt hinter ihm ins Schloss, diesmal beim dritten Versuch. »Macht's gut, ihr Kleinen«, sagt Lisa und steigt vorne ein; Anni sitzt am Steuer. Sie lässt den Motor an, der Lieferwagen holpert auf den Feldweg hinaus. Ioanna winkt und schiebt das mächtige, grüne Tor zu.

Wir sitzen hier fest.

Ioanna bindet Mama los. Die schaltet plötzlich auf stur und versucht, sich loszureißen, doch Ioanna scheint sich mit Fluchtversuchen auszukennen. Sie befördert sie mit geübtem Griff unter ihren Arm. »Tut mir leid, aber ich hab' so viel Arbeit heute; wir können jetzt unmöglich Fangen spielen!«

Sie führt uns an dem weiß-blauen Haus vorbei in einen großen, teilweise überdachten Auslauf. In eine Ecke schmiegt sich eine komfortable Hütte, groß genug für uns alle. Hier sind wir zwar schon wieder eingesperrt, aber das erscheint mir dann doch besser als Fußtritte bei Kostas und Verdursten im Wald.

Unter erbostem Gemurmel löst Ioanna das Seil von Mamas

Hals und wirft es über die geschlossene Tür in den Hof hinaus. »Weg damit! Diese Ganoven!«

Alles ist sauber hier, statt stinkenden Lumpen gibt es ein gemütliches Körbchen mit Decken darin. Meine Geschwister fallen über den randvollen Wassereimer und eine riesige Schüssel mit lecker duftendem Inhalt her. Ja, das muss richtiges Futter sein! Eine Jagdhundnase erkennt Essbares auch, wenn es zum ersten Mal auf den Tisch kommt.

Ich bin erst dran, wenn alle satt sind, wie immer. Meistens mampfen mir meine Geschwister alles weg, während ich mich vor Hunger kaum mehr auf den Beinen halten kann. Glücklicherweise passt Mama auf, dass ich wenigstens hin und wieder mal etwas abbekomme. Sie selbst isst immer erst, wenn wir fertig sind. Kinder haben Vorrang, sagt sie.

Heute ist es genauso: Nach einmal Bis-zehn-Zählen ist die Schüssel leer. Da hab' ich wohl Pech gehabt. Immerhin ergattere ich ein paar Schlucke Wasser. Ich suche mir ein sicheres Plätzchen neben der Hundehütte, rolle mich zusammen und zähle Sandkörner, um meinen knurrenden Magen aus meinen Gedanken zu vertreiben.

Mit einem Auge bekomme ich mit, wie Ioanna nach draußen eilt. Sie schließt die Tür gewissenhaft hinter sich, hastet über den Hof und verschwindet in einem Schuppen im unteren Teil des Geländes.

Jetzt kommt sie wieder! Sie schiebt eine Karre vor sich her, auf die sie einen riesigen Sack gehievt hat. Sie schleppt ihn herein, stellt ihn neben der Schüssel ab und reißt ihn auf.

Essen! Noch mehr Essen!

Mit beiden Händen schaufelt sie Futter in unseren Napf; es rasselt und scheppert, bis die Schüssel überläuft. »So, Freunde, Nachschub!«

»Das Schlaraffenland«, sagt Mama so leise, wie es ihre Art ist. Sie reibt sich mit beiden Pfoten ihre Augen, als ob sie damit rechnet, dass sie danach etwas anderes sieht.

Meine Geschwister setzen zum Sprung an, aber Ioanna geht dazwischen. »Stopp!« Pfeilschnell greift sie zu und erwischt alle vier gleichzeitig an verschiedenen Körperteilen.

»Nun iss' du«, sagt sie zu mir und macht mit dem Kopf eine auffordernde Bewegung Richtung Schüssel. »Und deine Mama.«

Ich schaue Mama an. Sie lächelt und nickt mir zu.

Filippo jault zornig auf.

Wenn der entwischt, geht's mir schlecht!

Ioanna scheint meine Gedanken zu erahnen. »Vertrau' mir, Kleiner!«

Ich rapple mich auf und taste mich zu der Schüssel vor, immer ein Auge auf Ioanna und meine zappelnden Geschwister gerichtet, das andere auf Mama. Nach jedem Schritt überprüfe ich nach allen Richtungen hin, ob ich mich gefahrlos weiterbewegen kann.

Endlich habe ich es geschafft: Mit eingezogenem Schwanz und angelegten Ohren mache ich mich über das Essen her.

Mmmm!

Mein Bauch wird zur Kugel. Eigentlich bin ich längst satt, aber in schlechten Zeiten wie diesen muss man einen Vorrat anlegen. Wer weiß, wann es wieder was gibt!

Nach der Hälfte höre ich auf; Mama soll auch etwas abbekommen. Sie will mir zuliebe verzichten, aber ich weigere mich, auch nur ein einziges zusätzliches Krümelchen anzurühren. Sie seufzt, weil ich so stur bin, aber dann sieht sie ein, dass ich Recht habe. Sie muss bei Kräften bleiben!

Nach kurzer Zeit ist die Schüssel leer.

Ioanna füllt sie noch einmal auf, damit meine Geschwister doch noch ihren Nachschlag bekommen.

Die hauen rein, als ob es die erste Portion nie gegeben hätte.

Ioanna lacht.

»So. Jetzt müsst ihr noch in die Badewanne. Sonst versaut ihr mir die schönen Decken. Ich hab' den Verdacht, ihr habt euch in eurem ganzen Leben noch kein einziges Mal gewaschen.«

Ich denke gerade darüber nach, wie ich herausfinden könnte, was eine Badewanne ist, da ruft Ioanna über den Hof: »Janis, kommst du?«

Janis?!

Ich erstarre.

In der Türe, hinter der das Futter lagert, erscheint ein Mann. Mittleres Alter, schwarze, kurze Haare, sonnengebräunte Haut, dunkle Bartstoppeln. Er trägt eine dunkelgrüne Arbeitshose und einen zu kurz geratenen dunkelblauen Pullover mit durchgescheuerten Ellbogen. Sein Gesicht wirkt freundlich, aber ich lasse mich nicht täuschen.

Jetzt kommt es doch noch, das dicke Ende.

»Kinder, wir gehen baden«, sagt der Mann, der Janis heißt. Er schaut uns prüfend an, einen nach dem anderen. An Filippo bleibt sein Blick hängen.

»Na, du bist sicher der Mutigste von euch Rasselbande. Dann machst du den Anfang, hm?«

Neinnn, Schadenfreude ist verboten …

Unser großer Held sieht plötzlich so steif aus. Janis schnalzt ermutigend mit der Zunge, aber Filippo steht da wie festgewachsen. Jetzt macht Janis kurzen Prozess: Er klemmt Filippo unter den einen Arm, Ilias unter den anderen. Ioanna öffnet ihm die Tür. Er überquert den Hof und verschwindet mit meinen beiden Brüdern in dem gelben Haus. Ioanna schließt unseren Auslauf ab und folgt ihm.

Durch die offenstehende Tür höre ich Filippo winseln, Ilias fiept. Dann wird es still.

Sagt mir endlich einer, was ›Badewanne‹ heißt!

Ich lenke mich ab, indem ich so oft bis zehn zähle, bis mein Kopf vor Erschöpfung auf meine Vorderpfoten fällt. Der volle Magen macht schläfrig, trotz der Aufregung.

Endlich bringt Janis die beiden zurück – pudelnass, aber wohlauf und gemeinsam eingehüllt in ein großes, buntes, altes aber sauberes Handtuch.

Er stellt sein Filippo-Ilias-Paket auf den Boden und rubbelt beide nacheinander gründlich ab. »Gut, dass es heute so warm ist. Sonst werdet ihr mir noch krank, wenn ihr so nass herumlauft.«

Was tut der so besorgt?

Alle Männer, die ich bisher kennengelernt habe, wollten uns an den Kragen.

Der versucht, sich unser Vertrauen zu erschleichen!

Aber darauf fallen wir nicht rein.

Dabei hat er ja sogar Recht: Nass und kalt zur selben Zeit kann ganz schön gefährlich sein. Ich war schon mal krank, kurz nach meiner Geburt, als es nach einem kurzen, aber heftigen Regenguss tagelang eiskalt war. Mama hatte große Angst um mich, weil es mir furchtbar schlecht ging. Aber ich habe mich erholt, zu ihrer großen Verwunderung. »Du bist zwar klein, aber ganz schön zäh«, hat sie gesagt.

Janis lässt Filippo und Ilias laufen. Die beiden machen einen Hechtsprung hinter Mamas Rücken, wie auf Kommando, als ob sie heimlich gemeinsam trainiert hätten.

Auch Makis und Sofie kommen heil von ihrem Badewannenabenteuer zurück. Jetzt bin ich dran.

Janis macht einen Schritt auf mich zu.

Stooopp!

Starr vor Angst und heftig zitternd suche ich nach einer Hintertür, durch die ich verschwinden kann. Wie durch ein Wunder schaffe ich es, zu Mama zu kriechen, bevor meine Beine versagen.

Janis hält mir zwei braune Kügelchen vor die Nase. Sie sehen aus wie die, die wir vorhin in unserer Schüssel hatten, sind aber locker dreimal so groß und duften verdammt verführerisch. »Fisch«, sagt Mama. »Ein Fischbonbon. Habe davon gehört. Menschen benutzen sowas als Köder. Wenn man Hunger hat, ist es schwer, da Nein zu sagen.«

Teufelszeug!

Natürlich bleibe ich standhaft.

Ich starre an Janis vorbei auf die gelben Blumen am Rande unseres Auslaufs und kneife meine Augen zusammen, als müsste ich eine Ameise auf zehn Hundelängen anpeilen. Hundekinder tun das manchmal. Sie glauben, wenn sie dem Blick eines Hundes, der eine Bedrohung darstellen könnte, ausweichen oder sich die Augen zuhalten, dann werden sie für ihn unsichtbar. Der Trick heißt ›*Seh' ich dich nicht, siehst du mich auch nicht!*‹.

Leider versagt die Methode diesmal kläglich. »Kleiner, du hältst den ganzen Betrieb auf. Wir haben hier Dutzende von Hunden, die versorgt werden müssen.« Janis bewegt sich im Gänsegang auf uns zu wie schon Lisa heute morgen, hebt mich – sehr behutsam, wie ich zugeben muss – hoch und trägt mich über den Hof zu dem gelben Haus.

Ich zwinge mich, meine Augen offen zu halten.

Vertrauen ist Leichtsinn, Kontrolle alles.

Wir betreten einen lichtdurchfluteten Raum, alles blitzt vor Sauberkeit. In der Mitte steht ein silbergrauer Tisch, der in der Sonne glänzt wie die Wände des weiß-blauen Hauses. Neben der Eingangstür reihen sich mehrere Schränke aneinander.

Janis setzt mich in eine ebenfalls silbergraue, ebenso strahlend glänzende Wanne. Über mir ragen verschiedene Knöpfe und Rohre aus der Wand; dazu drei Schläuche – ein blauer, ein roter und ein schwarzer.

Ioanna dreht an einem Knopf. Aus dem roten Schlauch plätschert Wasser. Es ist warm, weich und duftet frisch; keine Spur von dem ekligen, grünen Schleim in Kostas' Eimer. Ich glaube, wenn ich weniger Angst vor dem hätte, was danach kommt, fände ich Baden ganz schön. Immerhin tut es nicht weh, bisher jedenfalls.

Ioanna reibt mich mit einer Flüssigkeit ein, die nur – naja, sagen wir: *eingeschränkt* angenehm riecht. Geradezu fad gegen die toten Würmer, in denen wir uns so gerne wälzen.

Um mich herum wächst eine weiße Wolke aus dem Wasser. Ich halte ganz still. Wer weiß, was das für ein Zeugs ist.

Ioanna hustet. »Schau, du kriegst ein richtiges Schaumbad.«

Schaum?

»Keine Angst, der beißt nicht. Das sind nur Luftblasen.« Sie tippt eine an, die fast so groß ist wie ihre Hand. Die Blase platzt mit einem lautlosen ›Puff!‹.

Ioanna ergreift einen Gegenstand, den sie Bürste nennt, und schrubbt mich, als ginge es um ihr Leben. »Verrat' mir lieber nicht, womit ihr euch bisher einparfümiert habt. Das riecht ja fürchterlich!«

Sag' ja nichts gegen meinen schönen Tote-Würmer-Duft!

Schließlich spritzt sie mich mit warmem Wasser ab. Die Schaumwolke schrumpft auf einen kläglichen Rest zusammen.

Sie wickelt mich bis über die Augen in ein Handtuch und übergibt mich an Janis. Wir verlassen den Raum.

Ich höre Filippos Stimme.

Mama!

Völlig benommen sinke ich inmitten meiner Geschwister zu Boden.

Auch Mama übersteht den Waschgang unversehrt.

Janis bemerkt unsere gerümpften Nasen, während wir sie kritisch beschnuppern. Er lächelt. »Tut mir leid, aber Tote-Würmer-Shampoo gibt's bei unserem Lieferanten nicht, und ich fürchte, dabei wird's auch bleiben.«

Der kennt unseren Lieblingsduft?

Janis schließt die Tür sorgfältig ab und verschwindet mit Ioanna im weiß-blauen Haus.

Mama schickt uns ins Bett. Sie legt sich neben uns und hält Wache.

Die Nacht ist vorbei. Ausschlafen kann man hier vergessen; sobald sich irgendwo etwas rührt, steht das ganze Tierheim Kopf. Alles, was eine Stimme hat, kläfft drauflos – die meisten ohne den Grund für die ganze Aufregung zu kennen.

Die Welle flaut wieder ab; jetzt tauschen nur noch hin und wieder mal ein paar Hunde über den Hof hinweg Belanglosigkeiten aus. Wen interessiert schon, dass Alexios' Nerven blank liegen, weil sein Mitbewohner Periklis so falsch singt, und Evgenia einen Migräneanfall befürchtet, wegen der unerträglichen Hitze mitten im Winter?

Meine Geschwister, allen voran natürlich Filippo, müssen *unbedingt* alles mitbekommen. Sie haben jegliche Scheu verloren und kleben mit ihren Nasen am Gitter unseres Auslaufs. Mamas Ermahnungen, doch bitte etwas weniger vorwitzig zu sein, wirken immer nur für kurze Zeit. Ich dagegen beobachte die Dinge lieber aus sicherer Entfernung.

Bis zum Abend läuft alles glatt.

Plötzlich taucht Janis auf. »So, jetzt dürft ihr nochmal mitkommen.«

Schon wieder baden? Wir riechen doch noch nach dem Zeugs von gestern.

Ich muss als erster mit. Das gab's noch nie!

Janis bringt mich in das gelbe Haus, lässt die Wanne aber links liegen und setzt mich auf dem Tisch in der Mitte des Raumes ab.

Plötzlich sehe ich ihn: Ein Mann in einem langen, giftgrünen Kittel macht sich an einem der Schränke zu schaffen. Jetzt dreht er sich um. Er kommt auf uns zu. Er hat weiß-graues Haar, wie Kostas.

Heftiges Schlottern mischt sich mit Zähneklappern, so laut, dass es sicher auch die Matrosen auf den Schiffen dort unten auf dem Meer hören können.

Janis ist ratlos. »Ja Kleiner, das ist doch unser Doktor!«

Tief in meinem Unterbewusstsein meldet sich der alte Setter zu Wort: ›Ach, ist gar nicht schlimm, der Doktor. Du fühlst dich besser danach.‹

Das Schlottern und Zähneklappern wird schwächer, geht in leises Zittern über.

Der Doktor versucht ein paar flotte Sprüche.

Wofür hält der mich! Ich bin zwar klein und ein Tollpatsch, aber kein Dummkopf. Glaube ich, manchmal zumindest.

Sprüche klopfen kann jeder. Wer mein Vertrauen möchte, muss mir erst mal durch Taten beweisen, dass er es verdient!

Er begreift, dass sich an meinem Zustand so schnell nichts ändern wird, und beginnt, an mir herumzuzupfen. Er dreht meinen Kopf in alle Richtungen, schaut in meine Ohren, begutachtet meine Zähne, tastet meinen Bauch ab, schabt mit einem kantigen Gegenstand über meinen Rücken und drückt eine scheußlich kalte, runde, silberne Scheibe, die durch zwei Schläuche mit seinen Ohren verbunden ist, nacheinander auf mehrere Stellen an meiner Brust.

»Also Herz und Lunge sind in Ordnung und Flöhe hat er auch keine. Rein körperlich scheint er ein robustes Kerlchen zu sein. Aber die Seele … der ist ja völlig durch'n Wind!« Der Doktor macht ein Gesicht, als hätte er in etwas Grauenvolles gebissen.

»So, jetzt gibt's noch einen kleinen Pieks. Du bekommst deine erste Impfung. Die ist in der Spritze hier drin. Damit du gesund bleibst.«

Bevor ich darüber nachdenken kann, was ich davon halten soll, zwickt etwas an meinem Po, dann brennt es wie verrückt.

Jetzt ist es aus und vorbei mit mir!

Wenigstens geht es schnell mit dem Sterben. Besser als elend verdursten, einsam unter einem Baum im Wald.

Der Doktor kramt in seinem Schrank herum. Er scheint mich vergessen zu haben. Naja, ein totes Hundekind kann man auch später noch in den Müll werfen. Tot ist tot.

Er kommt zurück und befestigt etwas an meinem Hals. »So, dein Mückenschutzhalsband. Jetzt hast du's geschafft!«

Ich lebe noch?

Mir ist schwindlig; eine pinkfarbene Wolke schwebt an meinem inneren Auge vorbei.

Pink! Vielleicht tötet dieses Ding namens Spritze doch eher langsam.

Janis greift nach mir.

Werde ich jetzt begraben?

Er bringt mich zurück zu meiner Familie.

Ich lebe noch!

Ich plumpse in unser Körbchen und versinke augenblicklich in Tiefschlaf.

Hier lässt es sich leben. Das Essen schmeckt, die Betten sind bequem und riechen gut, Filippo verhält sich immer anständiger zu mir, je älter er wird – was will man mehr. Vielleicht ist ihm aufgegangen, dass er lieber mit mir zusammen ist als tot.

Zu seinem Leidwesen haben wir kein eigenes Spielzeug. Einmal hat Ioanna uns eines dagelassen; eine Mischung aus Gans, Hase und einer rätselhaften Gattung, die mir nie zuvor untergekommen ist. Meine Brüder haben daran gezerrt wie die Wilden. Als Ioanna dann weg war, haben sie die schöne Beute zu winzigen Bröselchen verarbeitet und Teile davon aufgefressen, woraufhin sie schlimmes Bauchweh bekommen haben. Deshalb lässt Ioanna uns nur mehr unter Aufsicht spielen und nimmt die Sachen danach wieder mit.

Meine Geschwister finden das Spielzeugverbot doof, aber ich freue mich, weil es mir den Stress erspart, Regeln verstehen zu müssen und dann doch ausgeschlossen zu werden.

Direkten Kontakt haben wir nur zu unseren nächsten Nachbarn. Mama hält immer wieder mal ein Pläuschchen mit ihnen. Zwei junge Damen; sie haben sich gleich am ersten Tag vorgestellt. »Hallo, schön dass ihr da seid! Das hier ist Despina, aus einem fahrenden Auto geworfen, und ich bin Demi. Meine Menschen haben einen Ausflug auf diese schöne Insel hier gemacht. Dann sind sie mit dem Schiff zurück in die Stadt und haben mich *vergessen*, wenn ihr versteht, was ich meine. Ich habe tagelang am Hafen gewartet, aber sie kamen nicht mehr. Ioanna hat mich aufgesammelt. Ich war sehr traurig, aber inzwischen geht es ganz gut. Ioanna meint, ich finde neue Menschen, die mich für immer lieb haben.«

Mama hat sich erschrocken nach uns umgeguckt, aber es war wieder mal zu spät; ich hab' alles gehört. Also ich weiß nicht – ich käme nie auf die Idee, einen Reisegefährten bei voller Fahrt aus meinem Auto zu werfen. Außer Kostas vielleicht, und seine Kumpane.

Glücklicherweise gibt es nicht nur gefährliche Menschen, obwohl man das denken könnte, bei all' den Schauergeschichten, die hier im Tierheim die Runde machen. Ioanna gehört auf jeden Fall zu den Guten. Sie darf mittlerweile aufrechten Ganges unseren Auslauf betreten, sogar mit Schaufel und Besen in der Hand, was einer hohen Auszeichnung gleichkommt. Janis dulde ich in einem Mindestabstand von ungefähr zwei Hundelängen; er ist und bleibt nun mal ein Mann.

Mama sagt, meine Erfahrungen mit Kostas hätten mich traumatisiert. Das heißt so viel wie ganz arg verängstigt. Deshalb ist mein Vertrauen in männliche Wesen dahin.

Sie selbst fängt an, Janis nett zu finden. Wenn er ihr ein Fischbonbon anbietet, schnuppert sie schon eifrig daran. Beim nächsten Mal will sie es nehmen, das hat sie sich fest vorgenommen.

Ioanna hat Mama einen Namen gegeben; sie heißt jetzt Grazia. »Weil du so zierlich und elegant aussiehst. Graziös. Ein bisschen wie ein scheues Reh«, hat sie gesagt. Mir ist zwar ein Rätsel, warum Mama einen zweiten Namen braucht; ›Mama‹ ist doch sehr hübsch. Und ich weiß auch nicht, was ein Reh ist. Aber Mama findet ›Grazia‹ ganz okay, und deswegen bin ich auch einverstanden. Uns Kinder nennen die Menschen immer nur ›Kleiner‹ beziehungsweise ›Kleine‹, wenn sie Sofie meinen. Mir ist das egal. Hauptsache, ich hab' meine Ruhe.

Der heutige Tag beginnt wie jeder andere. Wir liegen aneinandergekuschelt in unserem Körbchen und dösen vor uns hin.

Aufgeregtes Gebell von allen Seiten reißt uns aus unserem Halbschlaf. Janis, der immer kurz nach Sonnenaufgang hier auftaucht und erst abends wieder verschwindet, holpert in seinem Auto den löchrigen Feldweg herauf, was man schon lange hört, bevor er in Sicht kommt.

Er steigt aus, öffnet die Klappe am hinteren Teil des Wagens und kramt eine Zeit lang dort herum. Schließlich klemmt er sich ein paar Dinge unter den Arm und drückt sie wieder zu.

Ioanna kommt wohl erst später auf unseren Berg. Sie hat ständig wichtige Dinge zu erledigen, unten in der Stadt. Außer Janis und seiner Frau Mira, die er mitbringt, wenn es besonders viel zu tun gibt, sind da noch zwei Mädchen aus einem Land im Norden. Sie sprechen eine andere Sprache als alle anderen, was für uns Hunde kein Problem ist, für die Menschen aber schon. Sie benutzen Hände und Füße und ziehen die lustigsten Grimassen, um Janis klarzumachen, dass der Wasserschlauch den Geist aufgegeben hat oder die Tür zum Futterschuppen jetzt endgültig auseinanderfällt.

Wann immer sie Zeit finden, erkunden die Mädchen zusammen mit einigen unserer Mitbewohner die nähere Umgebung des Tierheims. Despina hat uns das erzählt, als wir uns gefragt haben, wohin all' diese Hunde verschwinden. Es ist ein ständiges Kommen und Gehen, das ich interessiert verfolge, wenn Mama gerade keine Zeit hat, uns Geschichten zu erzählen.

Dabei ist mir etwas Merkwürdiges aufgefallen: Genau die Hunde, die eine Zeit lang besonders ausgedehnte Ausflüge machen dürfen, sind bald darauf wie vom Erdboden verschluckt. Einfach weg, für immer.

Ich habe diese Beobachtung für mich behalten. Die Sache ist mir so unheimlich, dass ich befürchte, sie auszusprechen könnte böse Geister wecken. Mama hat mir zwar ihr Ehrenwort gegeben, dass Geister genauso wie Zwerge und Feen reine Fantasiewesen sind, vor denen niemand sich zu fürchten braucht, aber man weiß ja nie.

Janis verschwindet im weiß-blauen Haus und kommt kurz darauf beladen mit etwas, das ich von hier aus nicht erkennen kann, wieder heraus, geradewegs auf uns zu. »So, ihr Lieben, Brustgeschirre für euch. Genial, hm?«

Ich kenne die. Die Hunde tragen sie, wenn die Mädchen sie zum Spaziergang abholen.

Wofür brauchen wir sowas?

Filippo windet sich in seinem Geschirr wie ein Tausendfüßler mit Bauchschmerzen. Meine übrigen Geschwister nehmen die Sache lockerer, wohl weil sie festgestellt haben, dass Filippo das Ding wieder ausziehen durfte. Mit mir hat Janis noch weniger Probleme, weil ich mich so davor fürchte, dass ich mich nicht mehr bewegen kann.

Mama verfolgt das Geschehen von ihrem Platz neben unserem Körbchen aus, und mich beunruhigt, dass sie so beunruhigt wirkt. Die Sache mit den verschwundenen Hunden fällt mir ein.

Ich schiebe den Gedanken weg.

Abschied

Die Nacht war eiskalt, doch jetzt strahlt die Wintersonne vom Himmel und sorgt für behagliche Wärme. Ein Tag zum Entspannen. Die meisten Hunde liegen in einer sonnigen Ecke oder auf ihrer Hütte und strecken alle Viere von sich.

Plötzlich stürmen Ioanna und Janis aus dem weiß-blauen Haus und überqueren den Hof. Sie wollen ... – zu uns!

Ioanna öffnet die Gittertür und hockt sich vor uns auf den Boden. »Filippo, Ilias, wisst ihr *was?*«

Sieht nicht danach aus, so wie die beiden dreinschauen.

»Wisst ihr was, ihr seid *vermittelt*! Wir haben *suuuper* Familien für euch gefunden. Ihr reist in euer neues Zuhause, in einem reichen Land im Norden. Ist das nicht klasse?«

Filippo und Ilias wedeln freundlich mit dem Schwanz nach dem Motto: ›Ich versteh' dich zwar nicht, finde aber alles gut, was du sagst!‹

Nur Mama sitzt da wie vom Blitz getroffen. Tränen kullern aus ihren Augen. Makis und Sofie haben es auch bemerkt.

»Mama!«, sagt Makis. »Familien – ist das nichts Gutes?«

Mama wischt ihre Tränen weg. »Ich glaube, sie meint Menschenfamilien. Alle Hundekinder gehen eines Tages ihren eigenen Weg, jedes in eine andere Familie. Nur Streuner auf der Straße, die bleiben manchmal ein Leben lang zusammen.«

Mama schluckt. »Macht euch keine Sorgen. Das sind bestimmt sehr nette Leute dort. So wie Ioanna und Janis, und Anni und Lisa.«

»Aber dann lass' uns doch lieber Streuner werden!« Filippo schluchzt laut auf. Ilias, Makis und Sofie fallen in sich zusammen, drei Häufchen Elend. Die Szene kommt mir unwirklich vor, wie ein böser Traum.

Mach' die Augen auf, dann ist es vorbei!

Doch es ist nicht vorbei.

»Ach Filippo, Streuner müssen sich von Müll ernähren, wenn sie überhaupt welchen finden, und sind ständig krank«, sagt Mama. »Willst du ein Leben lang schimmlige Brotkanten runterwürgen? In dem Land im Norden gibt es leckeres Essen und Medizin für jede Krankheit, die du dir vorstellen kannst. Wenn du dir die Pfote vertrittst, kriegst du gleich ein Wundermittel drauf und einen Verband.«

Ich sehe Mama an, dass sie keine Ahnung hat, ob das stimmt, was sie da sagt.

Ioanna öffnet die Tür. Sie nimmt Filippo auf den Arm und streichelt ihn liebevoll. Janis greift nach Ilias, zieht ihn zu sich heran und knuddelt sein Ohr.

»Liebe Grazia«, sagt Ioanna zu Mama, »es ist die einzige Chance. Wir müssen Platz schaffen hier; jeden Tag kommen neue Notfälle an. Deine Kinder werden es gut haben, das verspreche ich dir!«

Mama versteht. Sie hält sich Augen und Ohren zu, bis Ioanna und Janis mit meinen winselnden Brüdern im weiß-blauen Haus verschwunden sind. Kurze Zeit später verlädt Janis die beiden und zwei weitere Hunde in sein Auto und steuert es durch das grüne Tor hinaus auf den holprigen Weg. Ioanna winkt ihnen nach.

Der Wagen verschwindet in einer Staubwolke.

Mama öffnet die Augen, sie sind rot vom Weinen. Sie stupst uns an. »Kommt, wir schaffen das.«

Den Rest des Tages verbringen wir in unserem Körbchen und starren Löcher in die Luft.

Nach zweimal Schlafen und Aufwachen sind Makis und Sofie dran.

Ich drücke ich mich an Mamas Bauch.

Ich bleibe hier!

Mich will sicher sowieso niemand haben.

Nach vier weiteren Tagen holt Ioanna mich ab. Natürlich hatte ich es befürchtet. Ich darf Mama nicht mal richtig Lebewohl sagen. Ioanna findet, es ist besser so.

Janis setzt mich in eine der Boxen, in denen manchmal kranke Hunde hergebracht werden. Sie sind unter dem Vordach des gelben Hauses gestapelt.

Er hat den Boden mit Papierschnipseln ausgepolstert. Durch ein winziges Gitter im oberen Teil fällt etwas Licht herein.

Ich möchte sterben.

Leider gibt es hier drin nichts, was mich ums Leben bringen könnte.

Ich krümle mich in eine Ecke und sperre die Augen weit auf, denn wenn ich sie zumache, sehe ich Mama.

Keine Ahnung, wie lange wir schon fahren. Das Guckloch erweist sich als nutzlos, weil die Box auf dem Boden des Wagens steht, weit unter dessen Fenstern. Gegenüber, in einer zweiten Box, liegt eine kleine, schwarz-weiß gescheckte Hündin. Sie scheint zu schlafen.

Wir halten an einem schrecklichen Ort. Der Lärm ist ohrenbetäubend; man sieht die Pfoten nicht vor Augen. Janis steigt aus und verschwindet.

Er wird uns doch nicht hier zurücklassen?

Die Hündin ist aufgewacht. Ich stelle fest, dass sie zwar klein, aber längst erwachsen ist. »Ah, wir sind im Bauch einer Fähre«, sagt sie. »Janis kommt nachher wieder, keine Angst.«

Sie schaut mich prüfend an. »Ich heiße Eleni. Gehörst du zu den Fünfen von Grazia? Die sollen so hübsch sein und alle schon ein neues Zuhause gefunden haben.«

Ich nicke.

»Habe von euch gehört. Ihr habt Glück gehabt, da draußen im Wald.«

Das ist das Letzte, woran ich jetzt denken will. Trotzdem versuche ich, höflich zu sein. »Fähre? Was ist das?«

»Ein riesiges Schiff«, sagt Eleni. »Ehrlich gesagt, ich bin auch noch nie auf einer gewesen, aber mein Nachbar im Tierheim hat's mir erzählt. Man fährt damit übers Meer. Das Meer kennst du auch nicht, was? Kein Wunder, bist ja erst ein paar Wochen auf der Welt. Stell' dir eine riesengroße Badewanne vor. So riesig, dass man kein Ende sieht. Dort gibt es haushohe Wellen, und das Wasser schmeckt salzig.«

Und ob ich das Meer kenne! Jeden Tag hab' ich es gesehen!

Ich verzichte darauf, Eleni auf ihren Irrtum hinzuweisen, weil ich froh bin, dass überhaupt jemand bei mir ist in dieser ausweglosen Lage. »Weißt du, was mit uns passiert?«

Eleni kratzt sich hinter dem linken Ohr. »Hm. Ich hab' gehört, wir fahren von unserer Insel rüber in die große Stadt, und nachmittags fliegen wir dann mit einem Flugzeug in unser neues Land im Norden.«

»Flugzeug?«

»So ein Ding aus Blech. Sieht aus wie ein riesiger Vogel. Da sitzen Menschen drin, und natürlich Hunde in ihren Boxen. Fliegen geht viel schneller als Autofahren.«

Fliegende Hunde. Das muss ich erst mal verarbeiten.

Männerstimmen hallen durch den Schiffsbauch; das Zittern ist wieder da. Ich verhalte mich mucksmäuschenstill.

»Das sind die Arbeiter von dem Schiff. Die wollen nicht zu uns«, sagt die Hündin. »Hey, ich komme zu einer Familie mit einem riesigen Garten. Bin schon ganz neugierig. Und du?«

Keine Ahnung. *Ich will zu Mama!*

Endlich lässt der Lärm nach.

Janis kommt zurück. Wir rollen ans Tageslicht und kämpfen uns im Schritttempo durch Menschengeschrei und aufgeregtes Hupen. Die Hupe scheint in diesem Land das Wichtigste an jedem Auto zu sein, neben dem Motor und den Rädern. Unser Wassertankwagenfahrer hat sich schon von Weitem durch Dauerhupen angekündigt, damit ihm eines der Mädchen das Tor öffnet. Wir sind jedes Mal kopfüber aus dem Körbchen gestürzt vor Schreck.

Jetzt geht es zügiger voran; wahrscheinlich sind wir auf einer Hauptstraße. Ich denke an Mama und den alten Setter. *›Das ist eine Straße, auf der viel mehr Autos fahren, als du bisher in deinem Leben gesehen hast.‹*

Die Fahrt ist zu Ende, Janis steckt seinen Kopf herein. »Na, wollen wir mal aufs Klo?«

Oh ja, ich platze!

Aussteigen will ich dafür aber nicht. Janis packt mich und setzt mich auf einer Wiese ab, nur ein paar Hundelängen entfernt. Sie liegt wie eine kleine einsame Insel in einem Meer von geparkten Autos.

Gibt es so viele Menschen auf der Welt?

Vor uns ragen Häuser ohne Dach auf, mehrere Stockwerke hoch. »Das ist der Flughafen«, erklärt Janis.

Mein dringendes Geschäft fällt mir wieder ein – und die Tatsache, dass ich mich hier auf völlig fremdem Gebiet befinde. Ich werfe mich in mein Brustgeschirr; ich will zurück zum Auto! Janis, überrascht von meinem plötzlichen Manöver, lässt die Leine locker, um zu verhindern, dass ich mich aus meinem Geschirr winde, und eilt hinter mir her.

Verzweifelt bemüht, trotz heftigen Zitterns das Gleichgewicht zu halten, setze ich mein großes Geschäft direkt neben den Vorderreifen. Heute ist es kein Häufchen, sondern ein See.

Janis seufzt. Er nimmt ein paar Seiten Zeitungspapier und schiebt die Bescherung damit mehr schlecht als recht in eine Plastiktüte. Dann setzt er mich auf den Beifahrersitz, schließt die Tür und hält Ausschau nach einem Mülleimer.

Janis ist die Tüte losgeworden. Er kniet sich vor mich hin, nimmt mich in den Arm und drückt mich.

Was hat das zu bedeuten?

Wir bekommen etwas zu trinken. Janis flößt mir einen Schluck Wasser ein, weil ich weder Hunger noch Durst verspüre, wenn ich Angst habe.

Mit einem Mal werden meine Augenlider schwer wie Futtersäcke, mein Kopf knickt nach vorn. Hinter uns fällt die Autotür ins Schloss. Es ist das Letzte, was ich mitbekomme.

Teil 2

Das Land im Norden

Zuhause

Durch das winzige, vergitterte Fenster trifft ein Lichtstrahl mein linkes Auge. Ich öffne es; das andere braucht noch eine Weile. Mein Körper fühlt sich an, als hätte ich tagelang geschlafen.

Wo bin ich?

Ein lautes Rauschen, dessen Herkunft ich mir nicht erklären kann, dringt zu mir herein. Ich versuche vergeblich, den Kopf zu heben.

Nur noch ganz kurz liegen bleiben.

Doch die Frage, was mit mir passiert ist, lässt mir keine Ruhe. Mein Gehirn springt an: Das Rauschen – das müssen Stimmen sein, so viele, dass es unmöglich ist, sie zu zählen. Jetzt erinnere ich mich: Janis hat mich in diese fürchterliche Box gesteckt!

Auf einen Schlag wird es hell.

Die Tür steht offen, eine menschliche Hand tastet nach mir. Sie ist klein, kräftig und riecht nach Frau. Auf ihr liegt etwas, vermutlich ein Köder, aber die laufen bei mir bekanntlich ins Leere. Ich drücke mich nach ganz hinten an die Wand. Vielleicht denkt die Frau dann, ich bin unterwegs verloren gegangen.

Doch meine Hoffnung zerschlägt sich. Die Hand lässt den Köder fallen, bekommt mein Nackenfell zu fassen und hievt mich vorsichtig, aber unaufhaltsam zur Tür.

Grelles, beißendes Licht macht mich so gut wie blind. Ich spüre mein Geschirr um Brust und Bauch. Wie ich es gehasst habe! Und jetzt ist es plötzlich das einzig Vertraute, das ich noch besitze.

Langsam gewöhnen sich meine Augen an die Helligkeit. Um herauszufinden, wo ich bin, muss ich den Kopf drehen.

Halt still Grisu, überall lauert Gefahr!

Ich zittere wie damals bei Kostas.

Aus dem Augenwinkel nehme ich Beine wahr.

Es hilft nichts, ich muss es versuchen: Ich hebe meinen Kopf, möglichst unauffällig, Stückchen für Stückchen.

Oh Hundegott!

Hier tummeln sich Massen von Menschen; ganz sicher mehr als es in meinem Land im Süden gibt, wenn man alle Dörfer zusammenrechnet. Die meisten eilen mit sorgenvollen Mienen an uns vorbei; ein paar sehen so gehetzt aus, als seien ihnen Kostas und seine Kumpane persönlich auf den Fersen. Vor sich her schieben sie Wägelchen mit prall gefüllten Taschen, Säcken, langen, bunten Brettern, Stöcken mit Schlaufen daran und allerlei anderen Gegenständen in den verschiedensten Farben und Formen.

Schräg vor uns befindet sich eine durchsichtige Tür, vor der dichtes Gedränge herrscht. Diejenigen, die weiter hinten stehen, machen sich lang, um einen Blick nach vorn zu erhaschen. Hin und wieder gleitet die Tür zur Seite und gibt einen Schwall weiterer Menschen frei. Ich muss an Kostas' Wasserschlauch denken. Wenn er den aufdreht, kommt erst gar nichts und dann alles auf einmal.

Die Ankommenden laufen auf die zu, die draußen warten, und fallen ihnen um den Hals. Alle freuen sich wie verrückt.

Merkwürdig.

Die Sprache, die sie sprechen, kenne ich. Es ist die der Mädchen aus dem Tierheim. Ich versuche, ein paar Worte herauszuhören, aber die Bruchstücke, die ich aufschnappe, ergeben keinen Sinn.

Die Leute hier haben wenig gemein mit Ioanna und Janis, und rein gar nichts mit Kostas. Sie tragen edle, saubere Jacken und Hosen. Ihre Haare sind hell, die Augen blau, wie bei Lisa.

Ist es das, das Land im Norden?

Ich will nach Hause!

Die Frau, die mich aus meiner Box gehoben hat, macht sich klein und hält ihre Hand vor meine Nase. Ich nehme an, ich soll sie überprüfen.

Die soll verschwinden!

Das scheint sie zu begreifen; sie lässt von mir ab.

Neben uns zerlegt jemand meine Box in ihre Einzelteile und verstaut sie zusammen mit einer anderen Box auf einem Wägelchen. Mir wird klar: Es gibt kein Zurück.

Mamaaa!

Da drüben ist Eleni! Sie sitzt inmitten einer kleinen Gruppe wildfremder Menschen und verfolgt interessiert das hektische Treiben, während ich tausend Tode sterbe. Zu der Gruppe gehört ein stattlicher schwarzer Hund, der gerade versucht, mit ihr

Freundschaft zu schließen. Ist das ihre neue Familie, die mit dem riesigen Garten?

Plötzlich tut sich etwas. Die Frau hebt mich hoch und steckt mich unter ihre Jacke. Ich spüre ihren Herzschlag. Hier ist es warm und flauschig, eine richtige Höhle. Nur Augen und Ohren schauen oben heraus.

Ich entspanne mich, aber ein leises Zittern bleibt. Wahrscheinlich bin ich schon zitternd auf die Welt gekommen.

»Oh je, du schlotterst ja«, sagt sie. »Schnell raus hier!«

Ihre Stimme gefällt mir. Sie ähnelt der von Anni. »Ein Flughafen ist der falsche Ort für ein so winziges Häufchen Hund.«

Noch ein Flughafen.

Wir bewegen uns gegen den Strom. Auf den ersten Blick erscheinen die Massen undurchdringlich, aber wir laufen einfach weiter. Und tatsächlich: Die Menschen weichen aus; sie strömen rechts und links an uns vorbei.

Meine Blase erinnert mich daran, dass ich dringend ein kleines Geschäft zu erledigen habe. Glücklicherweise kann ich sehr lange zukneifen. Ich bemühe mich, an etwas anderes zu denken.

Auf beiden Seiten fliegen bunt leuchtende Tafeln und Schilder vorbei, das lenkt ab.

»Da ist der Ausgang«, ruft die Frau. Es klingt erleichtert.

Eine Tür gleitet auf; schummriges Licht löst das grelle ab. Ich hebe meinen Kopf.

Autos!

Tür an Tür, so weit das Auge reicht.

Kaufen wir ein Auto?

Die Frau steuert auf ein kleines blaues zu, das mit der Schnauze voran in eine viel zu kleine Lücke gequetscht steht. Sie kramt mit ihrer freien Hand in mehreren Jackentaschen nach etwas, das sehr wichtig zu sein scheint. »Sch... Schlüssel! Ich brauch' mehr Licht!«

Endlich wird sie fündig. Sie drückt auf eine schwarze Kugel, die an dem Schlüssel hängt; an den Seiten des Wagens blinken orangefarbene Lämpchen auf. Unmittelbar vor meiner Nase öffnet sich wie bei Janis' Auto eine Klappe, durch die man ins hell erleuchtete Innere gelangt.

Oh, das hier gehört uns schon?

Sie befreit mich aus ihrer Jacke, was sich zunächst als schwierig erweist, weil sich meine Krallen in ihrem Pullover verhakt haben, und stellt mich behutsam auf einer dicken, weichen Decke ab, die Beine weit neben meinem Körper in den Boden gestemmt, als ob alles unter mir schwankt.

Sie versucht, mich zum Hinlegen zu bewegen, aber ich weigere mich, denn wenn ich ein Bein wegnehme, falle ich um. Schließlich hat sie genug und verfrachtet mich auf den rechten Vordersitz. Hier gefällt es mir besser. Ich rolle mich zusammen, so klein ich kann.

Huaaah … da liegt schon was!

Ich sehe genauer hin: Es ist ein Kauknochen, fast so groß wie ich!

Solche schenkt Janis den Hunden, die alleine wohnen, damit sie sich die Zeit vertreiben können. Zum Beispiel Lord, der Kampfhund. Janis sagt, er muss wohl für immer im Tierheim bleiben, weil er so gefährlich aussieht. Dabei ist er doch so nett! Der Arme liegt den ganzen Tag traurig in einer Ecke. Mama sagt, er liebt interessante Gespräche und ausgiebiges Bauchkraulen, aber Ioanna und Janis haben kaum Zeit dafür.

Ich zupfe zwei-, dreimal an dem Knochen. Riecht wirklich gut. Ich ziehe nochmal, bis ich ihn mit den Vorderpfoten zu fassen bekomme, und fange an, wie besessen daran zu nagen.

Ich muss übergeschnappt sein! Was, wenn der gar nicht für mich ist?

Der Gedanke trifft mich wie ein Schlag. Ich will den Knochen wegschubsen, doch er verkeilt sich zwischen meinen Eckzähnen und meinen Pfoten.

Oh Hundegott, lass' jetzt niemanden dieses Ding haben wollen!

Die Frau steigt neben mir ein und startet den Motor. Während sie den Wagen mit der linken Hand aus dem Parkplatz bugsiert, legt sie die rechte auf meinen Rücken, als ob sie befürchtet, dass ich ihr im nächsten Moment auf den Schoß springe. Anstatt zu erstarren, wie ich es für gewöhnlich tue, wenn ich mich fürchte, kaue ich weiter, als gäbe es für den Eifrigsten zehn Säcke Fischbonbons zu gewinnen.

Übergeschnappt!

Wir rollen in die Nacht hinaus. Das Summen des Motors macht müde. Kauend versinke ich in eine Traumwelt. Mama, Ioanna und Janis stehen vor dem gelben Haus und winken mir zu.

Wach bleiben, Grisu!

Ein kurzes Ruckeln holt mich ins Leben zurück. Wir fahren durch ein eisernes Tor und halten neben einem Haus, dessen Farbe mich an den Himmel über meinem Land im Süden an einem perfekten Sonnentag erinnert. Es ist viel größer und schöner als das von Kostas.

Die Frau klemmt mich unter ihren Arm, wir steigen aus. Wenn es nur nicht so furchtbar kalt wäre hier! Auf dem Boden liegt ein weißes Pulver, das unter ihren Stiefeln knirscht.

Sie klinkt eine Leine in mein Brustgeschirr, trägt mich um die Ecke und stellt mich mitten hinein.

Uaaah, kaaalt!

Je länger ich hier stehe, desto schlimmer wird es. Ich soll mein Geschäft machen, sagt die Frau, aber ich bin so steifgefroren, dass daran nicht zu denken ist. Sie schlägt vor, es später nochmal zu probieren.

Auf dem Treppenabsatz vor dem Eingang streift sie ihre Schuhe ab. Jemand öffnet von innen, wir treten ein.

Alles ist hell erleuchtet, ein freundliches, gemütliches Licht. Das Gelb der Wände erinnert mich an die Blüten am Rande unseres Auslaufs. *Mamaaa!*

Wir betreten ein schönes, großes, herrlich warmes Zimmer. Ein langgestrecktes, knallblaues Sofa beherrscht den Raum. An der Wand gegenüber liegen mehrere schwarze Polster nebeneinander aufgereiht, eines davon mit wunderbaren Spielsachen obendrauf. Wir betrachten es aus der Nähe. »Schau mal, das ist deins«, sagt die Frau und schubst es mit dem Fuß ein Stück Richtung Sofa. »Abwaschbar, sehr praktisch!«

Meins?

Sie setzt mich auf dem Polster ab, kauert sich daneben und schaut an mir vorbei.

Immerhin, ein gutes Zeichen.

Vorsichtig bietet sie mir nochmal ihre Hand zum Schnuppern an, aber so viel Nähe ist mir unheimlich. Immerhin schaffe ich es, meine Angststarre für einen Moment zu überwinden und mich hinzulegen.

Meine Blase meldet sich wieder, aber ich will auf gar keinen Fall nochmal raus und hier drinnen ist Geschäfte machen ganz sicher verboten; das spür' ich. Ich verdränge das Problem.

Je länger ich den Raum betrachte, desto sicherer fühle ich

mich. Gleichzeitig frage ich mich, ob ich da womöglich voreilig bin.

Die Frau gähnt, es muss schon spät sein. Ich gebe mir einen Ruck und wage einen schnellen Blick zu ihr hinüber. Sie ist weder jung noch alt, irgendwas mittendrin. Sonne, Wind und Wetter haben Spuren auf ihrem schmalen Gesicht hinterlassen. Dazu dunkle Augen, die braunen Haare ganz kurz geschnitten mit ein paar frechen Strubbeln vorne. Die tiefe Falte zwischen den Augen bedeutet wohl, dass sie sich viele Sorgen macht, so wie Ioanna.

Bekomme ich wirklich ein eigenes Zuhause?

Das wäre ja geradezu unglaublich. So viele Hunde haben keins, und ausgerechnet ich soll so viel Glück haben?

Die Tür knarzt; sie bewegt sich – ganz langsam, sehr verdächtig. In dem Spalt erscheint ein Kopf.

Ein Mann!

»Hey Antonia«, sagt der Fremde.

Antonia?

»Hallo«, antwortet sie.

Antonia.

Ich mache keinen Mucks.

Hau' ab, du …!

Doch der Mann öffnet die Tür ein Stück weiter und tritt ein.

Er ist größer als alle Menschen, die ich bisher gesehen habe. Seine Haare sind so kurz wie meine; wenigstens das haben wir gemeinsam. Er sieht kein bisschen furchterregend aus, was mich ziemlich verwirrt. Als ich nur Kostas und seine Kumpane kannte und später Anni, Lisa und Ioanna, war die Sachlage klar: Männer sind gefährlich, vor allem alte, Frauen dagegen okay. Aber dann kam Janis, dann unser Tierarzt, der mir letztlich doch nichts getan hat, und jetzt auch noch der hier. Woran erkennt man denn nun die guten Menschen, woran die bösen? Wahrscheinlich sollte ich erst mal um alle einen großen Bogen machen. Sicher ist sicher!

»Hey Paul, schau mal«, sagt Antonia. »Das ist unser neuer Hausgenosse. Mach' dich doch bitte ein bisschen kleiner, dann fühlt er sich wohler!«

Hausgenosse? Von diesem Paul?

Ich war gerade dabei, mich mit dem Gedanken anzufreunden,

bei Antonia einzuziehen. Von einem Mann im Haus war da keine Rede!

Paul macht es sich auf unserem blauen Sofa gemütlich. So sieht er noch harmloser aus.

Sicher ein ausgeklügeltes Täuschungsmanöver, um mich in Sicherheit zu wiegen!

»Also das ist ja ein ganz schöner Winzling«, sagt er. »Ob da mal ein richtiger Hund draus wird?«

Frechheit!

»Stimmt, er ist viel kleiner als auf dem Bild.«

»Naja, hat ja noch Zeit«, sagt Paul. »Vier Monate sind doch kein Alter.«

Während Paul sich mit Antonia unterhält, werfe ich nochmal einen Blick auf ihn. Er scheint sogar einiges mit Janis gemeinsam zu haben. Die zupackenden Hände, die ruhige Art. Trotzdem will ich, dass er geht.

Mein schlechtes Gewissen meldet sich. Mama hat uns ermahnt, genau hinzuschauen, bevor wir ein Urteil über jemanden fällen, aber bei mir geht das regelmäßig daneben. Für mich sind erst mal alle Männer böse, und dann sehen wir weiter!

Einer plötzlichen Eingebung folgend klettere ich auf Antonias Schoß.

Bist du verrückt? Was ist, wenn Schoßklettern verboten ist?

Ist es bestimmt, aber Antonia sieht darüber hinweg; wahrscheinlich weil ich noch neu bin hier und sie mich nicht erschrecken will. Das Gefühl hab' ich schon die ganze Zeit: Sie tut alles, um mich nicht zu erschrecken.

Ich rolle mich ein zu einer winzigen schwarz-weißen Kugel in der Hoffnung, dass ich auf diesem kuscheligen, warmen Plätzchen bleiben darf.

Benni und Fetzi

H*uaaah, bin ich müde!*

Sehr, sehr langsam wache ich auf. Mein Herz bleibt stehen.

Wo ist mein Körbchen?! Mama! Filippo! Sofie!

Panisch rast mein Blick durch den Raum; er bleibt an Antonia hängen.

Oh nein, das Land im Norden!

Sie sitzt am Tisch und starrt gebannt auf eine schwarze, rechteckige Scheibe vor ihrer Nase. Mit den Fingern klopft sie auf einen Gegenstand, der flach auf der Tischplatte liegt. *Klack klack klack klack klack.*

Sie merkt, dass ich aufgewacht bin. »Na, du schläfst ja wie ein Murmeltier. Die ganze Nacht, den Tag, und es wird schon wieder dunkel.«

Falls ein Murmeltier ein Zeitgenosse ist, der zum Schlafen geboren wurde, dann wäre ich gern eines!

Mein schwarzes Polster scheint ein guter Ort für erholsamen Schlaf zu sein. Stoff für böse Träume hätte ich zur Genüge gehabt.

Oli, das Teufelchen, meldet sich zu Wort. *»Freu' dich lieber nicht zu früh, hihihihihi!«*

Antonia setzt sich neben mir auf den Boden.

»Jetzt bist du fit, oder? Dann gehen wir sofort raus, damit du endlich mal für kleine Jagdhunde kannst. Wie hast du das nur so lange ausgehalten!« Sie schüttelt den Kopf.

»Und dann musst du ja noch deine beiden Geschwister kennenlernen.«

Geschwister? Oh nein, bitte nicht noch mehr davon!

Lautes Gepolter reißt mich aus meinen Gedanken. Die Zimmertür knallt gegen den Schrank, was die Vase mit roten Blumen, die obendrauf steht, gefährlich ins Wanken bringt. Herein stürmt ein Hund, der mindestens viermal so groß ist wie ich. Elegante Erscheinung, schlank aber muskelbepackt, mit silbergrauem, glänzendem Fell. Seine Schlappohren reichen aus, um meine und die aller meiner Geschwister zusammen damit zuzudecken. Wirklich, der Typ ist riesig!

Wie der Blitz werfe ich mich auf den Rücken und halte mir die Pfoten vor die Augen. *Seh' ich dich nicht, siehst du mich auch nicht!*

Antonia springt auf. »*Benniii, ab Marrrsch!*«

Widerwillig zieht sich das graue Ungetüm namens Benni zurück und bringt sich hinter Antonias Beinen in Stellung, ohne mich auch nur eine Sekunde aus den Augen zu lassen. »*Rausss!*«, befiehlt Antonia und setzt sich in Richtung Tür in Bewegung, wobei sie Benni vor sich herschiebt wie ein Gepäckstück auf dem Flughafen. Sein Widerstand ist schnell gebrochen; er flüchtet rückwärts in den Flur.

»So«, sagt Antonia und wendet sich mir zu. Sie nimmt ein Brustgeschirr vom Tisch, knallrot, richtig schick; meines aus dem Tierheim ist verschwunden. Sie müssen es mir während meines Murmeltierschlafs ausgezogen haben.

Antonia legt es mir an, hängt eine lange Leine ein und versucht, mich mithilfe eines gemein duftenden Köders durch die Hintertür nach draußen zu locken. »Schau mal, magst du ein Wurstscheibchen?«

Ich entschließe mich mitzugehen, aber nicht wegen des Köders, sondern weil ich inzwischen wirklich dringend aufs Klo muss.

Auf der zweiten Treppenstufe ist Schluss: Ich verweigere, zitternd von den Zehenspitzen bis in die Schlappohren, vor Kälte und Angst vor dem Unbekannten da draußen. Und in das weiße Zeugs steig' ich sowieso nie wieder. »Ach, der Schnee«, sagt Antonia. »Ist neu für dich, hm?«

Da hab' ich auch nichts versäumt, oder?

Sie schlüpft in ein Paar klobige, grüne Schuhe und lupft mich eine Stufe weiter.

Ich schüttle mich. *Brrrh!*

Am liebsten würde ich mit allen vier Pfoten abheben, um die Kälte daran zu hindern, meinen Körper in Besitz zu nehmen, aber ich muss so wahnsinnig dringend klein, dass nichts mehr mich davon abhalten kann. Ich erledige mein Geschäft noch auf der Treppe, unmittelbar neben Antonias Hausschlappen. Antonia findet kleine Geschäfte offenbar trotzdem supertoll; sie lobt mich wie verrückt.

Kaum bin ich fertig, sind wir schon zurück im Haus. Antonia führt mich wieder auf das schwarze Polster mit dem Spielzeug. Ich betrachte die Sachen, ohne sie anzurühren. Es könnte ja sein, dass sie sie plötzlich doch selbst haben möchte, und dann Gnade mir Hundegott!

Da gibt es ein buntes Tau, von dem ich erst noch in Erfahrung bringen muss, wozu es verwendet wird, und ein pelziges, beuteähnliches Ding, das man sicher ganz hervorragend schütteln und durch die Luft wirbeln kann, wenn man sich traut.

Während ich die Spielsachen studiere, öffnet Antonia die Zimmertür.

»So, Benni, komm' und schau' dir deinen neuen kleinen Bruder an. Aber vorsichtig! Ich hätte euch ja gerne im Garten vorgestellt, um es uns allen leichter zu machen, aber es ist wirklich so kalt; da wird mir der Kleine sofort krank. Der ist zwanzig Grad plus gewöhnt.«

Antonia stellt sich zwischen mich und den grauen Riesen. Der tut einen gewaltigen Satz auf uns zu. Antonia, die unmittelbar vor mir steht, um mich notfalls zu beschützen, verdreht die Augen gen Himmel und seufzt. Erst im letzten Moment bremst er ab und schaut sie auffordernd an, als wollte er sagen: ›Darf ich jetzt hin oder krieg' ich dann wieder Ärger?‹

Antonia lässt sich nicht drängen. Sie gibt ihm Zeit, sich zu beruhigen.

Jetzt tritt sie zur Seite und wirft mich dem grauen Riesen zum Fraß vor. Der schnüffelt mich von oben bis unten ab, betrachtet mich eine Zeit lang kritisch und beginnt nochmal von vorne, als ob er nicht glauben könnte, was er da vor sich hat.

Ich sterbe vor Angst. Nur nicht zucken, sonst könnte er auf die absurde Idee kommen, dass ich an Gegenwehr denke. Hoffentlich kennt er das oberste aller Hundegebote! Ich kneife die Augen zu und bete, dass er bald von mir ablässt.

Aha, er hat genug!

Ich spüre noch seine Nähe, aber nicht mehr seinen Atem auf meinem Fell.

Vorsichtig öffne ich mein rechtes Auge. Er hat sich eine Hundelänge von mir entfernt aufgebaut, bereit, mir jederzeit wieder seine Überlegenheit zu beweisen.

Antonia bereitet dem peinlichen Schauspiel ein Ende. »Benni, geh' auf dein Hundebett!« Mürrisch trottet der graue Riese davon und lässt sich auf einem der beiden übrigen schwarzen Polster nieder.

Jetzt wendet sich Antonia mir zu: »Also, Kleiner, das ist Benni, dein neuer großer Bruder.«

Ich will Filippo zurück!

Mein neuer Bruder versucht derweil, mich mit einem stechenden Blick in Luft aufzulösen.

Antonia bemerkt es und lacht. »Der Benni meint immer, er muss den tollen Hecht rauskehren. Dabei ist er eigentlich ganz nett. Du bist halt noch fremd in unserem Revier und er ist selber noch nicht mal ein Jahr alt, ein richtiger Halbstarker. Irgendwo zwischen Kind und Erwachsensein, auf der Suche nach seinem Platz im Leben. Ist ein schwieriges Alter. Aber das wird schon.«

Dein Wort in Hundegottes Ohr!

Sie ruft Benni zu sich, setzt sich zwischen uns auf den Boden und krault uns beide gleichzeitig den Bauch. Ich halte das für überaus weise. Wenn sie mich bevorzugt behandelt, besteht die Gefahr, dass er seinen Frust darüber an mir auslässt, und darauf lege ich nicht den geringsten Wert.

Antonia schickt Benni wieder auf sein Hundebett und geht erneut zur Tür.

Lass' mich bloß nicht mit diesem groben grauen Bruder alleine!

»So. Jetzt haben wir noch jemanden, der dich unbedingt kennenlernen will. *Feeetziii!*«

Etwas Undefinierbares schlittert über die Schwelle.

Eine Fellkugel?

Sieht so aus, und zwar eine kunterbunte. Schwarz, weiß, hellbraun, braun-schwarz gemischt – alles dabei. Die Fellkugel versucht, neben Antonia zu stoppen, findet aber auf dem blankpolierten Holzfußboden keinen Halt und schleudert auf mich zu. Hilflos muss ich erkennen, dass sie mir ungebremst in die Rippen krachen wird, weil ich mich äußerst ungeschickt am Rand des Polsters platziert habe und da auf die Schnelle nicht mehr wegkomme.

Uiii!

Ich höre mich quietschen.

Oh Mann, das tut weh!

»Mensch *Fetzi*! Mach' doch mal irgendwas *langsam*! Du hättest deinem neuen kleinen Bruder beinahe alle Knochen gebrochen!« Antonia stellt die Fellkugel, die Fetzi heißt, meine neue Schwester sein soll und gerade vergeblich versucht, sich zu berappeln, auf die Füße. Fetzi legt die Ohren an und guckt zerknirscht, aber es sieht irgendwie aufgesetzt aus. Da hat es jemand faustdick hinter den Ohren, das seh' ich auf den ersten Blick.

»So, jetzt lauf!«

Diesmal bemüht sich Fetzi, mich am Leben zu lassen, weil Antonia mit strenger Miene zusieht. Sie wirft mir ein ›T'schuldigung‹ hin, aber eines, das an einen alten Knochen erinnert, der so abgenagt ist, dass ihn keiner mehr will. In Wahrheit denkt sie wohl eher ›Was willst denn du hier, du halbe Portion!‹.

Glücklicherweise schaffe ich es trotz meiner Angststarre, rücklings auf den Boden zu rutschen, sodass ich alle Viere von mir strecken und die Lampe bis ins kleinste Detail studieren kann, die über mir von der Zimmerdecke hängt.

Meine neue Schwester überprüft mich noch eingehender als der graue Riese. Endlich lässt sie von mir ab und zieht sich auf das dritte Hundebett zurück.

Ich befürchte, die beiden haben keine Lust auf einen neuen Bruder.

Schon wieder Geschwister, denen ich lästig bin.

Schade. So eine hübsche Schwester. Groß, schlank, weiße Schnauze mit schwarzer Nase, das Schwarze von den Lefzen bis über die Augen, das restliche Fell hellbraun, verziert mit einer Handvoll großzügig verteilter schwarzer Härchen. Bauch, Brust und Beine sind weiß. Letztere sehen aus, als hätte sie heute Morgen in der Eile versehentlich unterschiedlich lange Strümpfe angezogen.

Passt zu ihrem Temperament.

Das Tüpfelchen auf dem i ist die weiße Schwanzspitze.

Fetzi rappelt sich auf und setzt sich mit breiter Brust vor mich hin. »Wo kommst'n du her?«, fragt sie.

Mein Gehirn schickt eine Antwort an meine Schnauze, aber der Ton fällt aus.

»Dir hat's wohl die Sprache verschlagen, hä? Warum liegst du denn immer noch auf dem Rücken? Ich tu' dir nichts. Siehst aus als hättest du ein Gespenst gesehen.«

Vorsichtig lasse ich mich auf die Seite rollen und setze mich auf, aber nur so weit, dass ich mich notfalls schnell wieder unterwerfen kann.

»Also ich bin aus einem Land im Südwesten.«

»Südwesten? Wo ist das denn?«, höre ich mich fragen.

Puh, der Ton ist wieder da.

»Ah, du kannst ja doch sprechen! Aber Ahnung hast du keine, oder?«, stellt sie fest und schüttelt mitleidig den Kopf.

Stimmt, ich hatte schon immer weniger Ahnung als alle anderen. Wenn man andauernd Angst hat, bleibt im Kopf kein Platz für etwas anderes. Trotzdem ärgert es mich, dass sie mich beleidigt. Vorsichtig halte ich dagegen: »Weißt du vielleicht, wo mein Land im Süden liegt, hä?«

Fetzi schüttelt sich wie ein Hund, der gerade aus Janis' Badewanne kommt, und knabbert so energisch an ihrem Fell herum, als ob sie dort genau in diesem Moment einen Floh gefunden hätte – was ich für unwahrscheinlich halte, denn in diesem blankgeputzten Haus überlebt nichts, was mehr als vier Beine hat, auch nicht in Fetzi's Fell.

Sie tut weiterhin so, als hätte sie meine Frage überhört.

Ha, erwischt!

Ich bemühe mich, meine Freude über diesen kleinen Triumph zu verbergen.

Antonia schickt Fetzi auf ihr Hundebett und bringt mich zu meinem.

Wau, mein eigenes Bett!

Eins für Benni, eins für Fetzi, eins für mich. Das muss ich erst mal verdauen.

Benni hadert sichtlich damit, dass ich so Hals über Kopf in sein Leben geplatzt bin. Fetzi dagegen scheint die Sache eher interessant zu finden. Sie hat ihren Kopf auf ihrer rechten Vorderpfote abgelegt und verfolgt das Geschehen mit halb geschlossenen Augen. Ich wette, die kriegt auch im Halbschlaf genauestens mit, was vor sich geht.

Antonia lässt sich auf das blaue Sofa plumpsen und schließt die Augen. Kein Wunder, dass man kaputt ist, wenn man sich einen so komplizierten kleinen Jagdhund aus einem Land im Süden ins Haus holt!

Oli klopft mit spitzen Fingern an meine Stirn und kichert in mein Ohr. *»Du bist lästig, hihihihihi!«*

Antonia drückt einen Knopf an der großen schwarzen Kiste in der Ecke. »Mal schauen, was der Fernseher für uns hat.« Die Kiste spuckt hektische bunte Bilder und schrille Töne aus. Tief beunruhigt versuche ich, neben Antonia unters Sofa zu kriechen. Plötzlich rümpft sie die Nase. »Also Kleiner, ich denk's mir schon die ganze Zeit, irgendwas muffelt hier. Ich glaube, wir müssen dich doch heute noch baden, bevor du mir nachts heimlich auf mein Sofa krabbelst.«

Uaaah, schon wieder baden…

Wohl um ihr Sofa keinem noch so geringen Risiko auszusetzen, überwindet Antonia schlagartig ihre Müdigkeit und packt mich am Schlafittchen. Zur Badewanne geht es die Treppe hinauf, die wir bei meiner Ankunft rechts liegengelassen haben.

Dieses Badezimmer ist ein Traum. Alles strahlend weiß, dazu Handtücher in allen Farben und in der Mitte ein flauschiger, roter Teppich. Die Wanne hat nur drei Ecken, ist aber trotzdem so groß, dass mehrere Hunde gleichzeitig darin Platz finden.

Antonia gibt sich noch mehr Mühe als Ioanna, mich sauber zu bekommen, was ich nachvollziehen kann, weil sie ihr geliebtes Sofa vor meinem Tote-Würmer-Duft schützen muss, während wir bei Ioanna im Freien gewohnt haben. Da kam nur der gröbste Schmutz runter; alles, was an Kostas und die Zeit im Wald erinnerte.

Man müsste mal ein Shampoo erfinden, mit dem man Angst, Pech und Tollpatschigkeit abkriegt.

Mit einem Schwall zu kalten Wassers holt mich Antonia zurück ins Hier und Jetzt. Glücklicherweise bemerkt sie ihren Fehler schnell und stellt auf warm.

Schade, dass der ganze schöne Schaum so schnell davonschwimmt. Wie kurz ein Leben doch sein kann! So wie meines um ein Haar auch geworden wäre, wenn der alte Setter an jenem Tag seinen Spaziergang in eine andere Gegend verlegt hätte.

Das letzte bisschen Heimatgeruch verschwindet im Abfluss.

Energisches Rütteln reißt mich aus meiner Wehmut. Ich finde mich auf einem dicken Handtuch wieder, das Antonia vor der Wanne ausgebreitet hat. Mit einem anderen versucht sie, mich trockenzurubbeln und gleichzeitig zu verhindern, dass ich mich schüttle. Das Handtuch ist nass, sie greift nach einem trockenen.

Das ist meine Chance!

Ich entwinde mich ihrem Griff und schüttle mich so heftig, dass ich ihr mit meinen Ohren auf die Finger trommle, während sie versucht, mich wieder zu packen. Ein nasser Hund *muss* sich schütteln, das ist ein Naturgesetz!

Antonia betrachtet die nassgespritzte Wand und die feinen schwarzen Haare, die jetzt daran kleben. Wenigstens sieht man die weißen nicht. Sie seufzt.

Wir verlassen das Bad und überqueren den Flur. Ganz hinten unter einem kleinen Fenster steht ein Hundebett, das genauso aussieht wie mein komfortables Polster in dem Blaues-Sofa-Zimmer, aber viel größer ist. Sie schiebt Benni und Fetzi, die sich darauf breitgemacht haben, ein Stück nach hinten, packt mich in die rechte vordere Ecke und wickelt mich in ein Handtuch. »Damit du dich nicht erkältest!«

Wie Mama.

»Also, schlaft ruhig schon, ich putz' dann mal das Bad«, sagt Antonia und sieht dabei alles andere als begeistert aus.

Die Nacht auf dem großen Hundebett war erholsamer als ich es für möglich gehalten hätte. Mit fast fremden Hunden auf so engem Raum zusammenzuliegen erschien mir ausgeschlossen, aber hier ist wirklich genügend Platz für alle. Mit meiner Ecke rechts vorne bin ich vollauf zufrieden, weil ich von dort jederzeit das Weite suchen kann, falls Benni und Fetzi mich plötzlich loswerden wollen. Ich vermute, die beiden schlafen sowieso lieber hinten, weil einem da keiner auf die Ohren trampelt.

Wenn ich mal aufstehe, um mir die Beine zu vertreten, ist Antonia sofort da, legt mir Brustgeschirr und Leine an und trägt mich nach draußen. »Jetzt mach dein Geschäft!«, sagt sie dann, und ich gehorche meistens prompt.

Allerdings kostet es mich jedes Mal Überwindung, in diesen verflixten Schnee zu treten, bei *der* Kälte, um *diese* Uhrzeit. Aber irgendwo muss das Geschäft ja hin. Nur ein einziges Mal habe ich vergessen, mich rechtzeitig zu melden, und eine Pfütze auf der obersten Treppenstufe fabriziert. Glücklicherweise hat Antonia sehr verständnisvoll reagiert. Wie immer, wenn ich aus Versehen einen Fehler mache. Sie hat mich noch kein einziges Mal ausgelacht.

Indianerblut

Antonia ruft uns ins Wohnzimmer. Das ist da, wo das blaue Sofa steht, habe ich inzwischen gelernt. Antonia und Paul schlagen sich spaßeshalber um den bequemsten Sofaplatz, wobei Paul schließlich nachgibt und sich mit dem zweitbesten begnügt; wir Hunde rollen uns auf unseren Polstern zusammen. Das Sofa ist uns verboten, was wir bedauerlich finden, weil man darauf wirklich komfortabel liegt. Ich weiß das – wie ich zugeben muss – aus eigener Erfahrung: Heute Morgen sind Antonia und Paul mit dem Auto wegfahren und da bin ich hinaufgeklettert, habe mich in die Ecke gekuschelt und die Gelegenheit für ein Schläfchen genutzt. Natürlich mit einem Ohr an der Haustür, damit ich mich rechtzeitig verziehen kann, wenn die Schlüssel draußen klimpern.

Seit vorhin habe ich allerdings den Verdacht, dass Antonia mich durchschaut. Vielleicht, weil ich ihr knuffiges rotes Kuschelherzkissen mitgehen hab' lassen, das mit den beiden knuffigen roten Händen dran. Ich war so glücklich, als ich es auf mein Hundebett getragen und ein wenig durchgeschüttelt habe, ganz wie es sich für eine so fantastische Beute gehört.

Leider hat Antonia mir das Herz wieder weggenommen und dabei böse geknurrt, wobei mich diese Zurechtweisung einerseits tief getroffen, andererseits auch beruhigt hat, denn ich fühle mich sicherer, wenn mein Gegenüber wenigstens versucht, meine Sprache zu sprechen. Ja, Antonia knurrt, wenn ihr etwas an uns nicht passt, zumindest wenn sie rechtzeitig drandenkt. ›*Grrrh…!*‹, hat schon Mama zu uns gesagt, wenn wir etwas ausgefressen hatten.

Anschließend ist sie auf allen Vieren am Sofa entlanggekrabbelt, hat ein Hundehaar nach dem anderen von der darauf befindlichen Decke gezupft und anschließend mich mit ihrem Blick durchbohrt.

Jetzt, im Nachhinein, wundere ich mich darüber, dass ich den Mut zu dieser Missetat aufgebracht habe. Es war einfach zu verlockend. »Wenigstens färbst du nicht so stark ab wie dein großer

Bruder«, hat Antonia gesagt. Wenn Benni an der Wand entlangschrappt, ist hinterher alles grau. Wahrscheinlich steht er eines Tages strahlend weiß vor uns.

Mein Blick fällt auf Antonia und Paul. Sie liegen da, die Füße auf dem Tisch – bemerkenswerterweise, weil das meines Wissens nach ein Zeichen für schlechte Manieren ist –, betrachten ihre Zehen und grübeln. Zwischendurch mustern sie mich mit schiefgelegten Köpfen, wobei ihre Hälse auf der geknickten Seite tiefe Falten werfen.

Ich gähne geräuschvoll, so wie meistens, wenn ich verwirrt bin oder mich beobachtet fühle. Die beiden schauen erst mich an, dann sich gegenseitig – und prusten los. *»Grchchchch, wie süüüß.«* Jetzt bekommt Antonia auch noch einen Hustenanfall.

Ich hasse es, wenn sich andere auf meine Kosten kaputtlachen und mir den Grund verschweigen. *Hab' ich eine Hundemüsliflocke auf der Nase kleben?*

Na endlich, sie kriegen sich wieder ein!

»Schwierig ist das«, sagt Antonia. »Was passt denn zu ihm?«

»Hm, weiß nicht«, antwortet Paul.

»Es muss doch irgendwas geben!«

»Ja, irgendwas bestimmt.«

»Jeder Hund braucht einen Namen.«

Einen Namen?

Mein Herz pocht laut. Ich hab' doch schon einen. Was haben sie an *Grisu* auszusetzen?

Wenn ich's mir recht überlege, sagen alle immer nur Kleiner zu mir. Im Tierheim war mir das egal, da hatten wir andere Sorgen. Aber so langsam wird's doch lästig. Wenn man sowieso der Kleinste ist, möchte man das nicht auch noch dauernd gesagt bekommen. ›Hey Kleiner, tu' doch mal dies, tu' doch mal das!‹ Andererseits: Sogar Mama hat öfter mal Kleiner zu mir gesagt.

Ich denke zum ersten Mal ernsthaft darüber nach, und plötzlich fällt mir auf: Die Menschen *wissen* ja gar nicht, dass ich Grisu heiße. Das ist schlimm, denn mein Name ist ein Teil von mir und, was noch schwerer wiegt, ein unsichtbares Band, das Mama und mich verbindet. Und jetzt soll ich ihn hergeben, einfach so?

Schon klar, die Menschen meinen es gut mit mir. Aber warum fragt mich eigentlich keiner, was *ich* will?

Antonia und Paul hoffen noch immer auf die rettende Eingebung. Maxi? Pauli? Jimmy? Die Vorschläge, die bisher zur Wahl stehen, finde ich eher mittelmäßig.

Plötzlich springt Antonia auf. »Ich hab's! Manchmal, wenn ich ihn so anschaue, denke ich an Winnetou, den Häuptling der Apachen.«

Paul betrachtet mich eingehend und nickt. »Stimmt, könnte hinkommen.«

Winne-was? Und was bitte sind Apatschen?

»Er ist zwar nur eine Fantasiefigur, aber für mich war er doch irgendwie real, als ich in dem Alter war, in dem man Indianerbücher liest«, sagt Antonia.

Indianer? Hm.

Immerhin weiß ich, was Bücher sind. Ioanna hatte eines. Mit dem hat sie sich zu uns gesetzt, es aufgeklappt und wie besessen hineingestarrt. Mama sagt, man nennt das *Lesen.*

Manchmal kam auch eine fremde Frau aus einem fernen Land im Nordwesten mit ihrem Buch. Sie tat, als ob wir Luft wären. Das macht natürlich neugierig. Mama sagt, die Frau verhält sich absichtlich so, damit wir uns für Menschen interessieren und uns an sie gewöhnen, anstatt sie zu fürchten.

Manchmal hat sie auch den beiden Hunden von schräg gegenüber Gesellschaft geleistet. Die waren noch ängstlicher als Mama und ich. Jemand hatte sie auf der Straße mit Steinen beworfen und schwer verletzt. Dadurch haben sie das Vertrauen in die Menschen verloren, so wie wir. Und natürlich wie Popeye, der große, braune, traurige Jagdhund, der sich nur ganz selten aus seiner Hütte wagt. Er wollte uns nicht sagen, was ihm zugestoßen ist. Die Erinnerung war wohl zu schrecklich für ihn, glaubt Mama.

Einmal habe ich gelauscht, als Ioanna Besucher von auswärts durch das Tierheim geführt hat. Sie sagte etwas wie ›verprügelt und in einen Brunnen geschmissen‹. Ob sie Popeye gemeint hat?

Da haben wir wirklich Glück gehabt, dass Kostas' Kumpane uns nur angebunden haben; sie hätten uns auch irgendwo hineinwerfen können.

Ich bin ja noch ziemlich neu auf dieser Welt, aber eines weiß ich schon: Das Leben ist etwas sehr Gefährliches. Etwas, das man ganz schnell verlieren kann.

Jedenfalls muss Janis in den Brunnen gestiegen sein und Popeye halbtot herausgezogen haben, nachdem aufmerksame, nette Menschen sein Weinen gehört hatten. Dabei hat er sein eigenes Leben aufs Spiel gesetzt. Für einen Hund! Seit ich das weiß, sind meine Vorbehalte Janis gegenüber wie weggeblasen.

Antonias Stimme reißt mich aus meinen Gedanken. Es geht noch immer um Winne-Dingsda. Sie sagt, er war ein dunkler Typ, klein, zierlich, so wie ich. Allerdings auch sportlich, was auf mich ja leider überhaupt nicht zutrifft, und vor allem mutig. Spätestens in diesem Punkt ist es mit den Ähnlichkeiten natürlich ganz vorbei.

Oh je, und Winne-Dingsda fiel schon in jungen Jahren hinterlistigen Mördern zum Opfer! Glücklicherweise hat uns Mama beigebracht, dass Aberglaube einen nur verrückt macht; davon sollte man die Finger lassen. Sonst könnte ich noch auf die Idee kommen, Winne-Dingsdas frühes Ableben als böses Vorzeichen für alle zu deuten, die ungefragt seinen Namen verpasst bekommen. Ich hab' doch meine Begegnung mit meinen Mördern schon hinter mir!

Möchtegern-Mörder.

Wenn man die Sache *so* betrachtet, dann könnte Winne-Dingsda in meinem Fall sogar ein gutes Zeichen sein. Zweimal im Leben Opfer eines Mordanschlags zu werden, das halte sogar ich für unwahrscheinlich, zumindest hier in diesem wohlhabenden Land im Norden mit seinen blauäugigen, blonden Menschen, den feinen Jacken und blauen Sofas. Positives Denken ist zwar nicht gerade meine Stärke, aber vielleicht sollte ich bei der Gelegenheit mal ein bisschen üben.

Antonia schwärmt gerade von Winne-Dingsdas Pferd. Es war hübsch, klug und schnell; ein richtiges Zauberpferd, sagt sie.

Ich stupse Fetzi an der Schulter. »Weißt du, was ein Pferd ist?«

Meine neue Schwester starrt mich fassungslos an. Ich bereue schlagartig, sie wegen einer so armseligen Frage aus ihrem Halbschlaf gerissen zu haben. Meine guten Vorsätze in Sachen Positives Denken sind schon wieder dahin, meine Stimme droht zu versagen. »Tut mir leid, ich kenne nur Hunde, Katzen, Füchse, Vögel, Kühe, Gänse, Hühner und Esel.«

Doch Fetzi überwindet ihren Schock und lässt sich zu einer Erklärung herab: »Stell' dir einen sehr großen Esel vor, der besonders hübsch aussieht und richtig schnell laufen kann.«

Aha, danke.

Das Tier, das vor meinem inneren Auge vorbeigaloppiert, ohne dabei den Boden zu berühren, ist lila. Es hat einen weißen Bauch und ebensolche Strümpfe an, an jedem Bein unterschiedlich lang. *Brrrh!*

Antonia meint also, ich passe gut zu Winne-Dingsda und seinem Pferd. »Winni, der Hund des Apachen.«

Sie lächelt zufrieden. »Winni, Winni, Winni. *Winni Winzig.* Weil er so klein und zierlich ist.«

Oh bitte nicht! Ich bin nicht winzig! Bis auf die weißen Sprenkel in meinem Fell. Und meine Selbstachtung. Und meinen Mut. Und den Respekt, den die anderen vor mir haben. Und so weiter und so weiter.

Paul findet Antonias Idee peinlich. »Typisch Frau, immer muss alles klein und niedlich sein. Der Arme, er wird doch auch mal erwachsen. Mit deinem ›Winzig‹ machst du es ihm nur unnötig schwer. Winni allein genügt doch, oder?«

Antonia öffnet den Mund, wahrscheinlich um zu widersprechen, doch Paul springt auf und nimmt etwas aus dem Regal in der Ecke.

»Fragen wir einfach mal unser Wörterbuch. *Ha!* Da haben wir's: Winzig heißt zwar auch zierlich, klitzeklein, da hast du Recht. Aber als Nächstes steht hier zwergenhaft, was schon ganz schön abwertend klingt, und jetzt kommt's: minimal, unbedeutend, unbemerkbar, ja sogar *lächerlich*!«

Na was wollt ihr denn, passt doch.

Antonia ist zerknirscht. »Sowas hab' ich natürlich nicht gemeint! Aber er ist doch wirklich ein zerbrechliches Persönchen.«

Na, dann bitte nicht fallenlassen!

»Tja, und was machen wir jetzt mit deinem ›Winzig‹?«

»Lass' mich doch wenigstens, solange er so klein ist. Es passt so gut zu ihm; ich krieg' das gar nicht mehr aus meinem Kopf. Wenn er erwachsen wird und mit allen vier Beinen im Leben steht, dann höre ich sofort damit auf!«

Na, dann bleibe ich wohl bis ans Ende meiner Tage Winni Winzig.

Omega-Winni

Mein neues Zuhause erweist sich als Glücksgriff. Wenn ich mich mutig genug fühle, erkunde ich Pfotenlänge für Pfotenlänge jene geheimnisvollen Orte in unserem Haus, die mir bisher verborgen geblieben sind, wobei ich streng darauf achte, jederzeit schnell den Rückzug antreten zu können, wenn mir die Sache über den Kopf wächst. So wie vorhin, da hab' ich mich wahnsinnig erschreckt. Das Ding heißt Spiegel, hat mir Antonia hinterher erklärt. Ich bin daran vorbeigeschlichen, und plötzlich war da ein fremder Hund. Schwarz mit weißen Sprenkeln!

Mit letzter Kraft bin ich in die Ecke hinter der Tür gekrochen in der Hoffnung, dass mir jemand zur Hilfe kommt. Glücklicherweise hat Antonia mich gefunden, und dann haben wir uns gemeinsam die Stelle angesehen, an der ich den Hund entdeckt habe. Dabei ist mir aufgefallen, dass es Antonia zweimal gibt – einmal wirklich, einmal als Spiegelbild. In diesem Moment habe ich verstanden, wer mich da vorhin an den Rand eines Herzanfalls gebracht hat. Ich hatte doch keine Ahnung, dass ich so groß bin!

Antonia meint, neben Benni kommt sich jeder klein vor. »Da kriegst du ein völlig falsches Bild von dir.« Da ich angeblich noch wachsen werde, muss ich wohl in Zukunft den Spiegel zurate ziehen, um hin und wieder mal meine wahre Größe in Erfahrung zu bringen.

Nach diesem Erlebnis war ich schon wieder reif fürs Hundebett, meine Rettungsinsel. Dorthin ziehe ich mich gern zurück, weil ich immer reichlich Stoff zum Nachdenken habe. Zum Beispiel über die Frage, warum der alte Setter an jenem Tag ausgerechnet in unserem Wald spazierengegangen ist. Und warum Antonia *mich* ausgewählt hat und nicht einen anderen Hund, der größer und mutiger ist als ich.

Antonia hilft mir sehr, mich zurechtzufinden. Ich beobachte sie aufmerksam, und deshalb weiß ich auch schon, wo sich Futtersäcke und Spielsachen befinden.

Leider ist Selbstbedienung in diesem Hause verboten. Will heißen: Antonia teilt zu, Antonia nimmt weg. Wir können zwar an das Interessanteste aller Regale heran, aber das gibt jedes Mal ein Donnerwetter. Benni hat mich netterweise gewarnt, worüber ich mich aufrichtig gefreut habe. Ich hätte gedacht, er lässt mich erst mal ins Fettnäpfchen treten.

Eine Ahnung von dem, was uns droht, habe ich bekommen, als Fetzi von ihrer Spielsucht übermannt wurde und ihren gelben Ball aus dem Regal stibitzt hat. »*Grrrh,* tu' den zurück!«, hieß es da kurz und knapp, und Fetzi musste ihn genau an die Stelle legen, wo sie ihn weggenommen hatte. Sie hat ganz schuldbewusst dreingeschaut, aber nur kurz, um Antonia zu besänftigen. Sowas Gefühlsduseliges wie Reue hält bei Fetzi nie lange vor. Einen Augenblick lang ernsthaft zu sein ermüdet sie mehr als Rund-um-die-Uhr-Ballspielen. Sie pfeift auf das, was andere von ihr denken.

Von ihrer Kaltschnäuzigkeit und ihrem Einfallsreichtum hätte ich gerne ein Scheibchen ab. Man merkt, dass sie den größten Teil ihrer Kindheit im Überlebenskampf auf den Straßen ihres Landes im Südwesten verbracht hat. Sie ist ein Hund, der keinen Menschen braucht. Sie weiß sich zu helfen, gibt niemals auf. Benni sagt, sie kann Türen öffnen, indem sie auf die Klinke springt, und heimlich Essen aus der Küche besorgen. Leider hat uns Antonia verboten, uns ohne ihr ausdrückliches Einverständnis im Garten zu vergnügen, und in der Küche haben wir erst recht nichts zu suchen.

Benni ist auf andere Art und Weise ein Vorbild. Antonia sagt, der Rudelführer, bei dem seine Eltern leben, hat ihr Baby-Benni damals in die Hand gedrückt mit den Worten: »Das ist der Coolste von allen!«

Und das stimmt, Fetzi kann es bezeugen: »Der sitzt beim Doktor und fragt: ›Was, das war's schon?‹«

Mein Verhältnis zu Paul ist eine Sache für sich. Ich fürchte mich noch manchmal vor ihm, wenn er vergisst, dass er sich in meiner Nähe langsam bewegen muss. Aber es ist schon viel besser als am Anfang. Wenn Antonia dabei ist, darf er mich sogar streicheln.

Meistens verschwindet er schon morgens an einen geheimnisvollen Ort namens Arbeit und lässt sich erst abends wieder blicken. In der Zwischenzeit kann ich mich seelisch schon mal auf die nächste Begegnung vorbereiten.

Ich habe mich damit abgefunden, dass Paul hier wohnt. Darauf bin ich stolz, denn vor gar nicht allzu langer Zeit hätte ich noch geschworen, dass ich es niemals mehr schaffen werde, einen Mann in mein Leben zu lassen.

Die Tatsache, dass Paul Zugang zu unserem Futtersack hat, erleichtert es mir ganz erheblich, ihn als Teil der Familie zu akzeptieren, zumindest wenn ich gerade großen Hunger habe. Manchmal drückt Antonia ihm unsere Näpfe zum Abfüllen in die Hand, und dann haben wir nur noch Augen für ihn.

Für unsere Mahlzeiten gelten strenge Regeln, wie für so vieles in diesem Hause. Wir müssen warten, bis alle drei Schüsseln vor uns auf dem Boden stehen, in gebührendem Abstand voneinander. »Das gäbe eine schöne Keilerei, wenn drei hungrige Hunde sich vor ihren Futterschüsseln in die Quere kämen«, sagt Antonia.

Dann bekommt einer nach dem anderen die Erlaubnis, loszulegen.

Ohne Antonias Schutz fräßen mir Benni und Fetzi meine komplette Portion weg, genau wie Filippo und die anderen. Der Stärkere bekommt alles, wie bei den Wölfen. Benni ist nicht etwa deshalb so scharf auf meine Schüssel, weil er kurz vor dem Verhungern steht, sondern weil er sich in einem selbst auferlegten, andauernden Wettstreit mit Fetzi befindet, egal worum es geht. Jeder will schneller sein als der andere, mehr abkriegen oder das Bessere erwischen.

Das Warten auf unseren Hundebetten fällt uns schwer. Manchmal stiehlt sich einer von uns in die Küche, um nachzusehen, wie Antonia mit den Vorbereitungen vorankommt. Aber wehe dem, den sie erwischt!

Mit unserer Ungeduld schaden wir uns natürlich selbst. Wenn ständig einer aufspringt, warten wir, bis wir schwarz werden (beziehungsweise weiß, in meinem Fall), weil Antonia den Übeltäter erst mal an seinen ursprünglichen Platz zurückbringen muss, bevor sie sich wieder unserem Essen widmet. Vor allem Fetzi schleicht ständig herum; die hat sich einfach nicht im Griff. Ich würde ihr liebend gerne sagen, was ich davon halte, aber das traut sich nicht mal Benni, weil sie immer gleich eingeschnappt ist, wenn man sie kritisiert. Dann fletscht sie die Zähne und springt einem in die Seite, als wäre man ihr absichtlich auf die

Pfote getreten und hätte ihr dabei unerträgliche Schmerzen zugefügt.

Seinen Frust darüber, dass er so unter Fetzis Fuchtel steht, lässt Benni an mir aus. Alle Pfoten lang zeigt er mir, dass *er* der Chef ist. Er drängt mich zur Seite, obwohl er locker an mir vorbei könnte, zum Beispiel auf der Treppe. Ich lege mich sofort auf den Rücken, wenn er in meine Nähe kommt und einen streitlustigen Eindruck macht. Glücklicherweise funktioniert meine Jagdhundnase so gut, dass ich die Launen meiner Geschwister schon aus mehreren Hundelängen Entfernung wahrnehme. Allerdings deute ich, vorsichtig wie ich nun mal bin, meistens auch harmlose Verstimmungen als ernsthafte Bedrohung, was mich gewaltig stresst, weil ich immer in Hab-Acht-Stellung bleiben muss, um mich rechtzeitig unterwerfen zu können.

Antonia und Paul bemühen sich, Benni zu zeigen, dass er in unserer Familienrangordnung über mir steht und genauso viel Aufmerksamkeit bekommt wie vor jenem denkwürdigen Tag, an dem ich in sein Leben geplatzt bin.

Eine klar geregelte Rangordnung war schon bei den Wölfen überlebenswichtig; das weiß ich von Mama. Jedem Wolf beziehungsweise Hund ist ein fester Platz im Rudel zugewiesen, der zu seinen Eigenschaften und Fähigkeiten passt. Das engt zwar die Freiheit des Einzelnen ein, aber wir nehmen es in Kauf, um kräftezehrende Beißereien um Kleinigkeiten zu vermeiden. Nur so kann das Zusammenleben, das große Ganze funktionieren.

Die Leithündin, auch genannt Rudelführerin, beziehungsweise der Leithund übernimmt die Verantwortung für die Familie. Sie hat immer den Vortritt, zum Beispiel durch Türen oder auf der Treppe; sie sagt wo's langgeht. Wer im Weg liegt, hat aufzustehen und die Chefin durchzulassen. Sie bekommt ihr Essen zuerst, sucht sich den besten Schlafplatz aus. So interessante Dinge wie das angenuckelte, zerfledderte Innere von Kauknochen darf sie den anderen jederzeit abnehmen. Sie entscheidet, wann Flucht oder Angriff angesagt sind und welches Beutetier gejagt wird.

Bei uns ist das Antonia, und wenn die gerade verhindert ist, übernimmt Fetzi ihre Aufgaben. Danach kommt Benni, dann lange niemand ... und zuletzt ich. Der Rangniedrigste. Das ewige Schlusslicht.

Fetzi sagt, ich bin ein klassischer Omega-Hund.

»Omega?«

Fetzi guckt vorwurfsvoll. »Omega ist der letzte Buchstabe im Alphabet, das weißt du doch hoffentlich?«

»Alphabet geht doch anders: A, B, C, D und so weiter, und am Ende Z!«

Fetzi stöhnt. ›Schon wieder so eine armselige Frage‹ – das dürfte so ungefähr der Gedanke sein, der ihr gerade durch den Kopf geht.

»Ich meine ein System mit Buchstaben, die heutzutage kein Hund mehr benutzt, außer in diesem Zusammenhang. Alpha, Beta, Gamma und so weiter, und am Schluss kommt Omega.«

Nie gehört. Mama hat mir so viel beigebracht, sogar das Kleine Einmaleins, aber ausgerechnet das haben wir vergessen.

Fetzi zieht eine Grimasse. »Du bist doch aus dem Land, in dem sie das erfunden haben, oder?«

Bin ich? Keine Ahnung.

Antonia ist also unser Alpha-Hund; Beta-Fetzi ihre Stellvertreterin. Benni geht auch noch als Beta durch, aber nur ganz haarscharf, und zwar weniger aus sachlichen Gründen, sondern weil er eine Herabstufung als schlimme Kränkung auffassen würde. Man könnte ihn als Beta-Beta-Benni bezeichnen. Vielleicht liegt in Bennis Empfindsamkeit auch der Grund dafür, dass er mich bei unserem ersten Kennenlernen noch vor seiner Schwester beschnuppern durfte. Der selbstbewussten Fetzi ist die Reihenfolge bei solchem Pipifax bestimmt völlig gleichgültig, wohingegen Benni die beleidigte Hundewurst spielt, wenn man ihm wieder mal verdeutlicht, dass er sich mit Beta-Beta begnügen muss. Im direkten Wettstreit setzt sich Fetzi immer gegen ihn durch, zum Beispiel wenn es um ein Spielzeug geht.

Benni springt als Rudelführer ein, wenn Antonia und Fetzi gleichzeitig ausfallen, aber das kommt praktisch nie vor. Im Grunde ist er genauso überflüssig wie ich, nur dass ich mich damit abgefunden habe und er nicht.

Ich frage Beta-Fetzi, warum ich auf der Welt bin, obwohl mich niemand braucht. Beta-Fetzi muss nachdenken.

»Weiß du was«, sagt sie, »Omegas sind richtig wichtig für den Frieden im Rudel. Anstatt sich gegenseitig zu bekriegen, reagieren sich alle gemeinsam am Omega-Hund ab. Ist doch super, oder?«

Sie kratzt sich hinter dem Ohr. »Das mit dem Abreagieren kommt so gut wie nie vor, ehrlich.«

Ich glaube wirklich, sie will mich mit dieser Wahnsinnserklärung aufbauen. Deshalb ringe ich mir ein Lächeln ab. Immerhin erscheint mir vor diesem Hintergrund die Tatsache besser nachvollziehbar, dass ich mein halbes Leben auf dem Rücken vor Geschwistern verbracht habe, die stärker waren als ich.

Fetzi findet das völlig in Ordnung. »Sei doch froh, dass du ein Omega bist. So hast du deine Ruhe. Keiner von uns wird dir was tun. Und gegen Fremde beschützen wir dich.«

Solche wie der einsame Streuner bei Kostas?

»Und Antonia achtet darauf, dass du genug Essen abkriegst. Ist doch super komfortabel!«

Wahrscheinlich hat sie Recht, es ist leichter so. Mich anzupassen fällt mir nicht schwer, wenn ich dafür in Sicherheit leben kann.

Ich bemühe mich also, ein mustergültiger Omega-Hund zu sein. Wann immer sich die Gelegenheit ergibt, wusle ich um Benni herum, lege meine Pfoten auf seine Nase, wedle auf hoffentlich herzerweichende Art mit dem Schwanz und lege mich dann auf den Rücken. Antonia lacht sich jedes Mal kaputt. Immerhin hat sie mir verraten, warum. Sie sagt, der Teil von meinem Schwanz, der an meinem Po festgemacht ist, sieht aus wie steifgefroren, während die Spitze fast so schnell hin und her wackelt, wie dieser winzige Vogel mit dem unaussprechlichen Namen mit den Flügeln schlägt. Schneller als man gucken kann.

Kooo...-bri-...Koo-li...Kolibri, das war's!

»Das ist sehr süß«, sagt Antonia.

Süß. Grrrh!

Fetzi lacht nicht, was ich sehr taktvoll finde. Sie meint, meine Art der Unterwerfung ist genau richtig, solange ich sie innerhalb der Familie anwende. Bei fremden Hunden, also wenn man wirklich Angst hat, ist es für einen Omega-Hund gesünder, sich kleinzumachen, den Schwanz einzuziehen und einen großen Bogen zu schlagen, während seine Alpha- und Beta-Kameraden den Fremden überprüfen.

›Unterwerfen bei Benni‹ ist für mich mehr als ein Ritual; es macht mir mittlerweile richtig Spaß. Benni knurrt und tut, als ob er genervt wäre, aber das ist nur Schauspielerei, das kapier' sogar ich. Bei Fetzi lege ich mich nur hin und wieder mal auf den Rücken, weil uns beiden auch so klar ist, wer das Sagen hat, und sie ›Unterwerfen bei Fetzi‹ doof findet.

Und mit Antonia ist sowieso alles ganz einfach. Ich käme nie auf die Idee, sie als Rudelführerin infrage zu stellen, und das weiß sie. Sie verhält sich vorbildlich. Das fängt schon bei den kleinen Dingen an. Streicheleinheiten gibt es zum Beispiel nur, wenn sie mich ausdrücklich zu sich gerufen hat, und nicht, wenn ich sie durch nett Gucken oder gar Anstupsen auffordere. Der schwächste Wolf im Rudel – also ich – darf sich nun mal nur mit Erlaubnis der Ranghöheren in deren Nähe wagen.

Heute Morgen musste ich zum Doktor. Antonia hat mich von der Haustür zum Auto getragen, vom Auto auf einen Tisch, der genauso aussieht wie der im gelben Haus, und danach wieder zurück. Selber gehen erwies sich angesichts der Zitterstarre, die mich befallen hat, als unmöglich. Ich hatte ja keine Ahnung, was mich erwartet.

Als ich festgestellt habe, dass der Doktor hier eine Frau ist, ging es mir gleich besser. Trotzdem hatte ich zunächst noch Hoffnung, der Untersuchung entgehen zu können, indem ich mich tot stelle. Wer verabreicht schon einem toten Hund eine Spritze! Leider sind sie mir auf die Schliche gekommen. Kein Wunder; ein toter Hund zittert nicht.

Die Untersuchung selbst ging ganz gut, ich hab' ja schon Erfahrung. Ich musste mir in Schnauze und Ohren schauen lassen; dann kam der Pieks. Ist aber nichts für jeden Tag, so ein Arztbesuch.

Im Moment bin ich wieder auf Erkundungstour im Haus unterwegs. Vorhin habe ich mit dem Po versehentlich einen Eimer umgestoßen. Wenigstens war kein Wasser drin, aber dafür hat er um so lauter geklappert. Schon wieder so ein Schreck, mein armes Herz! Als ob der Eimer hinter mir herrennen und mich vermöbeln könnte.

Aber: Ich habe mich besonnen und mein Versteck hinter der Tür einige Zeit später aus freien Stücken und ohne fremde Hilfe wieder verlassen. *Mutig, was?*

Verstecke zu haben ist in diesem Hause überaus wichtig. Irgendwohin muss man sich verdrücken können, wenn Fetzi wie eine Irre hinter ihrem Ball herrennt. Sie stupst ihn mit den Pfoten an, damit er wegspringt und sie ihn mit der Schnauze wieder einfangen kann. Wer im Weg steht, hat Pech gehabt.

Am liebsten spielt sie gegen die Wand. Das ist offenbar fast so gut wie Antonia oder Paul, ihre beiden Wurfmaschinen. Wenn Antonia ihr den Ball wieder abnimmt, gibt es ein langes Gesicht, obwohl sie Fetzi im Tausch ein Fischbonbon zusteckt.

Fetzi tut alles für ihren Ball. Sie übt wie besessen, und sie ist verdammt flink. Antonia sagt, sie hätte Torwart werden können. Ich weiß, was das ist; wir haben gestern einen im Fernsehen gesehen. Das Spiel heißt Fußball, und ich glaube, Antonia kennt sich bestens damit aus. Sie hat Fetzis fußballerische Fähigkeiten genau durchleuchtet. »Als Feldspieler ist sie ein Totalausfall«, findet sie. »Die würde den Ball nie abgeben, selbst wenn die halbe Mannschaft besser zum Tor steht.« Der Gedanke scheint ihr zu gefallen; sie braucht eine Lachpause.

»Torschützenkönigin wär' sie aber trotzdem. Ich kenne niemanden, der seine Gegenspieler so schwindligdribbelt wie sie.«

Wenn ich sportlicher wäre, würde ich Fetzi fragen, ob ich mal mitspielen darf. Ich glaube nämlich, dass es bei ihrem Spiel – anders als bei Filippo – keine Regeln gibt. Man muss einfach nur den Ball jagen. Ich hab' das noch nie gemacht, aber…

… *– oder lieber doch nicht.* Wie komme ich nur auf den Gedanken, dass ich mich hier besser anstelle als bei Filippo! Auch in meiner neuen Familie bin ich der Kleinste, Schwächste und garantiert auch der Tollpatschigste, soviel steht fest.

Omega-Winni.

Das ist wohl mein Schicksal.

Ein Hauch von Freiheit

Nachdem es in den vergangenen Tagen draußen trüb und trostlos war, lacht heute endlich die Sonne vom Himmel. Das wohlig-warme Gefühl auf meinem Fell passt so gar nicht zu den riesigen Schneebergen, die Paul im Lauf des Winters an mehreren Stellen in unserem Garten zusammengeschoben hat und deren noch immer üppige Reste sich verzweifelt gegen ihren unausweichlichen Untergang stemmen.

Ich weiß jetzt übrigens endlich, was das ist, Schnee: vor Kälte steif gewordener Regen, sagt zumindest Fetzi.

›Vor Kälte steif‹, das kenn' ich. Da ich mein Bein noch nicht heben kann, muss ich mich in den Schnee hocken, um mein Geschäft zu machen, so wie die Mädchen. Da friert man schon fest, bevor der erste Tropfen den Boden erreicht hat.

Trotzdem dachte ich anfangs, sie will mich auf den Arm nehmen, weil sie so eigentümlich geguckt hat. Ein bisschen so wie letztens, als ich nach dem Pferd gefragt habe. Aber gleichzeitig hatte ich das Gefühl, sie muss sich ein Lachen verkneifen.

Es ist ja oft schwer zu erkennen, ob jemand das, was er sagt, ernst meint. Aber Fetzi war trotz ihres ›Hoppla-jetzt-komm'-ich‹-Gehabes bisher meistens fair zu mir. Deshalb glaube ich ihr, obwohl in meinem Land im Süden nie etwas anderes vom Himmel kam als Sonnenstrahlen, mal abgesehen von jenem verhängnisvollen Regenschauer nach meiner Geburt.

Meine volle Blase rebelliert. Ich stürme an Antonia vorbei und suche mir ein geeignetes Plätzchen unter unserem Wohnzimmerapfelbaum. So nennen wir den Apfelbaum, der draußen vor dem Wohnzimmerfenster steht, neben dem Küchenapfelbaum. Die beiden haben zur Zeit keine Blätter, weshalb man sich selbst irgendwie nackt fühlt, wenn man druntersteht, und gleich doppelt friert.

Heute ist es anders. Ich blinzle in die Sonne und halte ganz still.

Plötzlich packt mich der Rappel.

»Wau! Wau! Wau!«

Ich stürze mich in den dicken weißen Teppich wie Fetzi auf ihren gelben Ball. *Springen! Kugeln! Wälzen! Juhuuu!*

Der Schnee staubt; ich buddle wie ein Weltmeister.

Da ist Pauls größter Haufen. Nichts wie *reinnn*!

Antonia steht am Rand, hält mit beiden Händen ihren Bauch fest und presst ein gequältes ›Aua!‹ heraus. Lachen kann ganz schön weh tun, scheint mir.

Wie sich das anfühlt, immer weiter zu rennen, anstatt nach drei Hopsern gegen ein Gitter zu knallen! Hin und her und hin und her, im Kreis herum. Was mir im Weg steht, wird übersprungen. *Zack, die Gartenbank.*

Hopp, die Schubkarre.

Juhuiii, der Blumentrog, von dem ich anfangs dachte, er ist zum Kühe füttern da.

Ist das Freiheit?

Ich halte an und verschnaufe. Mein Atem schickt kleine, kringelige Dampfwölkchen in die kalte Luft.

»Du bist der reinste Flummi!«, sagt Antonia. »Hast schon ganz schön Muskeln gekriegt in der kurzen Zeit. Vom vielen Treppensteigen wahrscheinlich.«

Iiih, ein Kompliment!

Nehme ich zumindest an, da mir das Wort Flummi noch nie im Leben untergekommen ist. Komplimente sind mir peinlich; ich weiß nie, wie ich darauf reagieren soll.

Probieren wir's mal mit Schütteln.

Meine Ohren machen *pflap pflap pflap pflap pflap.*

Ich lege den Kopf schief und lausche, aber das *Pflap* ist weg.

Antonia beobachtet mich und bekommt schon wieder einen so heftigen Lachanfall, dass sie sich auf den Boden setzen muss, obwohl dabei sicher ihr Po nass wird. Vorsichtig schnuppere ich an ihrem Gesicht. *»Oooch Winni«*, prustet sie.

Ich betrachte meine Spuren im Schnee. *Zick, zack, zick, zack,* ganz schön wendig.

Bin ich vielleicht doch ein bisschen sportlich?

Das wäre die erste Eigenschaft, die ich an mir entdecke, mit der man sich sehen lassen kann.

Antonia holt Benni und Fetzi aus dem Haus; Benni nimmt sofort meine Verfolgung auf. Glücklicherweise schlittert er bei der Kehrtwende vor dem Gartenhaus meilenweit an mir vorbei, obwohl wir gleichzeitig anfangen zu bremsen. Er ist halt doch viel größer und schwerer als ich.

»Schau Winni«, sagt Antonia, »denen mit der großen Klappe passieren genauso viele Missgeschicke – oder sagen wir besser: lustige Sachen – wie dir. Die nehmen's nur weniger tragisch.«

Win wie Gewinnen

Der Schnee schmilzt. Kräftig grüne Grasbüschel spitzen darunter hervor, vermischt mit Blümchen in Gelb, Weiß und Lila. Antonia sagt, wir haben Frühling. *Hundegott sei Dank!* Ich dachte schon, in diesem Land gibt es ein Leben lang nasse, kalte Pfoten.

Antonia dagegen findet Regen neuerdings richtig gut, weil sie sich da so schön über mich amüsieren kann. Zum Beispiel wenn ich mich schüttle, bevor ich einen einzigen Tropfen abbekommen habe. Es reicht, wenn ich in weiter Ferne etwas Nasses erahne. Dabei muss das Wasser nicht zwangsläufig von oben kommen, so wie heute Morgen. Da hat Antonia den Gartenschlauch in Betrieb genommen, der den Winter über im Keller lag. Just in diesem Augenblick wuselte dieser lächerlich aufgebrezelte Pudel mit der Püppchenfrisur an unserem Gartenzaun vorbei. Den hab' ich zuvor schon mal gesehen, durchs Arbeitszimmerfenster in der oberen Etage, von dem aus man einen kleinen Ausschnitt der Straße unmittelbar vor unserem Gartentor überblicken kann. Fetzi wäre am liebsten aus dem Fenster gesprungen, um ihn zur Strecke zu bringen. Sie hasst Püppchen!

Natürlich ist sie diesmal sofort drauflos. Doch Antonia reagiert erbarmungslos auf derart ungehobeltes Benehmen. Sie hat sie mit ihrem Wasserstrahl verfolgt und voll draufgehalten! Und ich bin wie so oft zur falschen Zeit am falschen Ort herumgestolpert, nämlich ziemlich genau zwischen Antonia und ihrem beweglichen Ziel namens Fetzi.

Die musste ihre Jagd abbrechen und das Weite suchen; sie war im wahrsten Sinne des Wortes pudelnass. Und ich – was hab' ich mich geschüttelt, bis sie mich halb gespielt, halb ernsthaft verzweifelt ansah und sich dabei mit der rechten Vorderpfote über die Nase fuhr wie jemand, der nach einfühlsamen Worten sucht, während er insgeheim etwas denkt wie ›Bei dem ist Hopfen und Malz verloren‹. »Was willst du denn«, hat sie gesagt, »du bist doch strohtrocken!«

Da hab' ich's erst gemerkt: Ich war strohtrocken! Ich muss unter dem Wasserstrahl durchgelaufen sein. *Peinlich!*

Nach jedem Kontakt mit Wasser, vor allem aber nach den gefürchteten Vollwaschgängen, die uns Antonia jedes Mal aufdrückt, wenn sich einer von uns auch nur ein klitzekleines Bisschen in einem toten Wurm oder etwas anderem für Menschen Ekligen gewälzt hat, lecke ich mich hektisch von oben bis unten trocken. Antonia und Paul finden das wahnsinnig lustig, wie fast alles, was ich tue, außer im großen Blumentopf im Wohnzimmer buddeln, mit schmutzigen Pfoten an der Wand hochspringen und ein paar andere Dinge.

Das In-einem-fort-fast-Kaputtlachen scheint in diesem Haus normal zu sein. Antonia behauptet zwar, das ist erst so, seit ich hier wohne, aber ich kann mir das kaum vorstellen. *Bin ich so unterhaltsam? So viel Aufmerksamkeit wert?*

Sie sagt, ich bin ein ganz großes Schauspieltalent, und wenn ich etwas mutiger wäre, dann könnte meine Karriere beim Fernsehen gleich morgen beginnen.

Karriere? Nie gehört. Klingt aber, als ob es eine Nummer zu groß wäre für mich.

Oft versteh' ich gar nicht, was nun schon wieder so witzig ist. Ein ganz großes Rätsel ist mir das verzückte Glucksen von Antonia, wenn ich über mir etwas Interessantes erspähe, zum Beispiel eine Fliege auf der Suche nach einem Fluchtweg aus unserem Wohnzimmer. Ich stelle mich auf die Hinterbeine, lasse die Vorderpfoten baumeln und verfolge hoch konzentriert, was da oben vor sich geht. So balanciere ich, bis ich genauestens im Bilde bin, und das kann schon mal dauern. Ich bin nämlich sehr gründlich, halbe Sachen lehne ich ab. Antonia flippt völlig aus. »Jetzt siehst du aus wie ein Erdmännchen, *grchchchch.*«

Müssen nette Tierchen sein …

Auf Rang zwei der Wir-lachen-uns-scheckig-Rangliste stehen Momente, in denen ich den Kopf schief lege, weil jemand oder etwas komische Geräusche macht. Ich tu' das aber nicht mit Absicht, ehrlich!

Großen Beifall finden auch meine halsbrecherischen sportlichen Einlagen, zum Beispiel wenn ich mit einem gewaltigen Satz über das frisch angelegte Terrassenblumenbeet fliege. Antonia sagt, ich habe eine einmalige Art, mich vom Boden abzustoßen und lang zu machen, während ich in der Luft verweile. Ich segle vier, fünf Hundelängen weit; Benni schafft höchstens drei. Wenn ich mit den Vorderpfoten aufsetze, bin ich quasi im selben Moment schon wieder zwei Hundelängen weiter.

Paul ergreift sofort die Gelegenheit, sein allumfassendes Fachwissen, das man als Mann im Haus offenbar haben muss, unter Beweis zu stellen. »Weißt du, wie man das nennt?« Ich bezweifle, dass diese Frage wirklich mir gilt.

»*Beamen!* Wie in den alten Filmen mit dem Raumschiff. Du löst dich an Standort A in lauter klitzekleine Materieteilchen auf und wirst gleichzeitig an Standort B wieder zusammengesetzt.«

Nun ja, wenn er meint …

»Aber das Beste sind ja deine Ohren. Die fliegen völlig losgelöst neben dir her.«

Quatsch!

Ich überprüfe die Stelle, an der meine Ohren sitzen müssten.

Alles dran, was will er denn!

Sogar unsere Nachbarin Frau Schumacher, Rudelführerin der schönheitspreisgekrönten, immer perfekt frisierten, aber schon etwas älteren Hundedame Sandy, scheint eine spannende Freizeitbeschäftigung darin gefunden zu haben, Klein Winni in Aktion zu beobachten.

Sie steht auf ihrer Seite des Zauns und strahlt herüber. »Ja *sooo* ein rührendes Kerlchen!« Antonia lächelt gönnerhaft zurück.

»Seinem Namen nach muss er ja ein richtiger Glückshund sein, euer Winni.«

Wenn ich sie richtig verstehe, dann gibt es eine Sprache, in der das Wort ›win‹ ›gewinnen‹ heißt. Demnach wäre ich also Winni, der kleine Gewinner.

Himmel, das tut ja weh!

Antonia dagegen findet den Gedanken super; da stört es auch nicht, dass er ganz und gar an den Hundehaaren herbeigezogen ist. »Das wär' doch was: Wir machen einen richtigen Gewinner aus dir. Einen Glückshund!«

Ich bin kein Glückshund, sondern ein Tollpatsch, der zur allgemeinen Belustigung beiträgt! Ein Versager!

Wenigstens damit kenn' ich mich richtig gut aus. Vielleicht sollte ich mir diese so überaus erstrebenswerte Fähigkeit bewahren, *grrrh…*

Frühreif

Die Idee, mir meine Versagenskünste zu erhalten, damit ich wenigstens *etwas* kann, habe ich verworfen. Das wär' dann doch zu albern.

Ich versuche jetzt, es richtig klasse zu finden, dass die Leute sich freuen, wenn ich Fliegen beobachte oder durch den Garten flitze. Sie lachen *mit mir*; das ist der entscheidende Unterschied zu Filippo.

Unglücklicherweise hat sich Antonia an ihrer Gewinner-Idee festgebissen. Sie ist der Meinung, ein richtiger Gewinner muss mehr können, als einen guten Familienclown abzugeben. »Vor allem seine Ängste und Sorgen loslassen und das Leben genießen!« Deshalb will sie mir zeigen, dass es wahnsinnig viele tolle Sachen gibt, die noch besser sind als Fressen, Schlafen und durch den Garten flitzen. »Da ist bestimmt was für dich dabei! Wir müssen einfach nur rausfinden, was du kannst und was dir Freude macht.«

Vermutlich ist das der Grund dafür, dass sie neuerdings absonderliche Dinge mit mir anstellt.

»Winni, komm' her!«

Da, schon wieder!

Seit ich Winni heiße anstatt Kleiner bedeutet ›Komm her!‹, dass ich *sofort* los muss, weil jetzt völlig klar ist, wen Antonia meint. Meine Ersatzangebote wie *›Lustige Faxen machen‹* oder *›Lieb schauen‹* bleiben wirkungslos; sogar meine Lieblingsvariante *›Po in die Luft strecken bei herzhaftem Gähnen und freudigbeschwichtigendem Schwanzwedeln‹*.

Ich befolge Antonias Anordnung also prompt; immerhin bekomme ich ein Lob dafür. Wir betreten das Wohnzimmer.

»Riechst du was?«

Könnten Wurstscheibchen sein.

»Ich hab' dir was Leckeres versteckt. Was du findest, darfst du essen.«

Okay, wenn es keine weiteren, komplizierteren Regeln für dieses Spiel gibt ...

Hier im sicheren Haus nehme ich inzwischen gerne das eine oder andere Häppchen an, wenn Benni und Fetzi weit genug weg sind.

Ich werde sofort fündig; alles andere wäre für einen Jagdhund auch peinlich gewesen: unter dem Sofa, im Regal, im Untersetzer des Blumentopfs.

Antonia ist begeistert von meiner Auffassungsgabe. »Ich glaub', du bist unterfordert. Probieren wir mal was richtig Schwieriges aus!«

Sie baut sich mit erhobenem Zeigefinger vor mir auf. »Sitz!«

Ich trete von einem Fuß auf den anderen wie ein Hund, der dringend aufs Klo muss, und denke nach, so schnell ich kann.

Hinsetzen?

Wir haben das schon mal geübt, ich weiß. Ich setze mich und bete, dass ich mich richtig erinnere.

Ich weiß gar nicht, warum ich mich schon wieder so unsicher fühle. Antonia findet es doch völlig in Ordnung, wenn ich für schwierige Dinge etwas länger brauche, weil mir vor lauter Angst, einen Fehler zu machen, wieder mal das Denken schwerfällt.

»Gut gemacht, Winni!«

Sie hebt ihren Arm und streckt mir die Handfläche entgegen, als ob sie mir sagen wollte ›Bleib bloß weg von mir!‹, geht langsam rückwärts und starrt mich an wie eine Schlange ihre Frühstücksmaus.

Hab' ich was angestellt?

Nach ein paar Schritten bleibt sie stehen, gerade so, dass sie nicht mit dem Po auf dem Ding landet, das sie Klavier nennt. Sie rückt ein paar Papierstapel, die obendrauf liegen, von rechts nach links und wieder zurück, schielt kurz zu mir herüber und verschwindet im Nebenzimmer.

Kurz darauf späht sie um die Ecke. Omega-Winni hockt auf seinem Po und rührt sich nicht.

Sie tritt aus ihrem Versteck.

Jetzt starrt sie mich schon wieder so an!

»Wieso bist du denn noch da?«

Wie, noch da? Hör' auf mich so anzustarren!

»Ich mein', wieso bist du nicht weggelaufen?«

Ich sollte doch hier warten.

Ich lege den Kopf schief, Antonia prustet los.

Jetzt wirst du mich wohl bald mal aufstehen lassen, oder?

Sie kniet sich so langsam neben mir auf den Boden, als ob sie ein rohes Ei auf dem Kopf transportieren müsste, das keinesfalls herunterfallen darf, weil sonst etwas ganz Schreckliches passiert, und streckt mir drei Wurstscheibchen auf einmal hin.

Huch, so viele? Danke!

»Also du bist der erste Hund, der erst ein paar Monate alt ist, aus einem Tierheim am anderen Ende des Kontinents kommt und gleich beim ersten Versuch auf Kommando stundenlang sitzenbleibt, ohne auch nur einmal mit der Wimper zu zucken! Richtig frühreif! Wenn die Begleithundeprüfung in unserem Wohnzimmer stattfände, hätten wir Chancen auf die volle Punktzahl!«

Lass mich endlich aufstehen!

»Wenn du noch ein bisschen mutiger geworden bist, und das ist bestimmt bald der Fall, dann steht dir die Welt offen!«

Aufsteh'n!

»Ab!«

Ich springe auf.

Plötzlich schnappt Antonia über.

»*Juhuuu, juhuuu!*« Sie feuert ihren Pullover in die Ecke, hüpft im Zickzack um mich herum und dreht sich dabei um die eigene Achse.

Und ich bin doch *der einzig Normale in diesem Haus!*

Hastig überschlage ich meine Chancen, mich rechtzeitig vor ihr in Sicherheit zu bringen, aber Antonia hat mich schon am Kragen. Sie nimmt mich hoch und wirbelt mit mir durchs Zimmer.

Mir ist schlecht!

»Du bist ein *Genieee*!«

Was bitte ist an Herumsitzen schwierig? ›Sitz!‹ und ›Platz!‹ beherrsche ich, seit ich das bei Benni und Fetzi gesehen habe. Vielleicht kann ich es sogar besser als sie, zumindest als Fetzi. Denn Fetzi braucht ewig, bis sie ihren Po unten hat, vor lauter Angst, Zeit zu verlieren, sollte Antonia just in diesem Moment ihren Ball für sie werfen. Dabei wissen wir doch alle, dass es den Ball erst gibt, wenn beide Pobacken eindeutig erkennbar Bodenkontakt aufweisen.

Außerdem schummelt sie. Wenn Antonia mit ihr ›*Sachen*

suchen‹ spielt und zu diesem Zweck zum Beispiel einen ausrangierten Handschuh auf einer Astgabel, unter einem Eimer oder hinter der Hecke versteckt, schleicht Fetzi hinterher, bis sie ungefähr weiß, wo sie nachsehen muss, und rennt wie der Blitz zurück zum Ausgangspunkt, ungefähr zumindest. Antonia merkt jedenfalls fast immer, dass sie zwischendurch weg war, weil sie nachher etwas weiter rechts oder links liegt.

Antonia setzt sich neben mich auf den Boden. »Du bist wirklich ein eigenartiger Hund. So ängstlich und zerbrechlich, aber auch sehr klug und weise, und voller Energie.«

Findet sie?

»Du kannst Dinge, die du wohl selbst nicht für möglich gehalten hast, wenn ich deinen Blick richtig deute.«

Ich kann Dinge!

»Die Welt da draußen wartet auf dich! Du wirst sehen, wir werden jede Menge Spaß haben!«

Die andere Seite des Gartenzauns

Die Begeisterung, die ich bei meinen Menschen auslöse, wenn ich bin, wie ich bin, gefällt mir mittlerweile richtig gut, auch wenn ich das nie zugeben würde. Man soll immer mit allen vier Pfoten auf der Erde bleiben, sagt Mama. Sonst fällt man eines Tages ganz furchtbar auf die Schnauze.

Ich weiß jetzt, dass ich in meinem neuen Zuhause richtig lustig sein kann, wenn ich vorher nicht groß drüber nachdenke, und dass es Aufgaben gibt, die ich auf Anhieb hinkriege, aber es hat mich einige Mühe gekostet, diese neu entdeckte Seite anzunehmen und mich darüber zu freuen, anstatt den Haken an der Sache zu suchen. Sie passt so gar nicht zu dem Bild, das ich von mir habe.

Noch etwas Bemerkenswertes ist passiert: Fetzi hat ihre Meinung über mich geändert. Sie sagt, die Fragen, die ich ihr dann und wann gestellt habe, waren keineswegs dumm, im Gegenteil. »Du bist für dein Alter ganz schön gebildet«, findet sie.

Wirklich? Keine Ahnung!

»Wenn du noch nie von einem Pferd gehört oder eins gesehen hast, kannst du nun mal nicht wissen, was das ist. Tut mir leid, dass ich so doof reagiert habe. Vielleicht wollte ich unbewusst von meinen eigenen Mängeln ablenken. Übrigens: Respekt, dass du dich getraut hast, noch mehr Fragen zu stellen, obwohl ich dich so abgebügelt habe!«

Hab ich? Stimmt, komisch eigentlich. Völlig untypisch.

Wahnsinn, dass sie sowas Nettes zu mir sagt. Da hatte ich wohl ein Vorurteil. *Tut mir leid, Mama!*

Benni hat sich auch gewundert über so viel Nettigkeit. »Wenn man Fetzi zum ersten Mal erlebt, kommt sie einem vor wie eine Dampfwalze, die ihrem Bauarbeiter durchgegangen ist und alles plattmacht, was sich ihr in den Weg stellt.«

Ich lasse mir von Benni erklären, was genau denn eine Dampfwalze ist.

Gut, dass ich *ihn* gefragt habe. Man stelle sich vor, ich wäre zu

Fetzi gegangen: ›*Duhu, der Benni sagt, du bist wie eine Dampfwalze – was iss'n das?*‹

Ich muss nochmal für kleine gesprenkelte Jagdhunde. Rastloses Umherwandern ist nach meiner bisherigen Erfahrung in meinem neuen Zuhause das Mittel der Wahl, um Antonia darauf aufmerksam zu machen.

Mein kleines Geschäft im Garten klappt inzwischen halbwegs ohne Zittern und Fürchten, da ich es bisher jedes Mal heil zurück zum Haus geschafft habe. Nur bei Regen stelle ich mich an, wenn auch aus anderem Grund. Ich bleibe am Rande des Vordachs über der Eingangstreppe stehen, schaue zum Himmel und hoffe auf ein Wunder. Mit muss ich dann doch, da hilft weder mein Ich-bin-so-arm-Blick und noch heftiges Bocken, aber man kann es ja mal versuchen.

Da patschnass zu sein nur halb so schlimm ist wie die Aussicht, gleich nass zu werden, und der Moment, in dem es passiert, entspanne ich mich, sobald Antonia mich auf die Wiese befördert und mehrmals hintereinander am Weglaufen gehindert hat, es also keinen Ausweg mehr gibt, und lasse mich tapfer einregnen.

Mehr Sorgen als das Wetter bereitet mir in dem Moment die Tatsache, dass mein großes Geschäft möglichst weit weg soll vom Haus, denn dabei gerate ich zwangsläufig in die Nähe des Gartenzauns. Letzterer ist nicht an sich das Problem, sondern das, was draußen auf der anderen Seite vor sich geht. Schritte von Menschen, mal kurz und zackig, mal bedrohlich schlurfend; schreiende Kinder, bellende Hunde und welche, die unsere Zaunpfosten durch hemmungsloses Anpinkeln ganz ungeniert als ihren Besitz markieren.

Ich bin ja von Natur aus eher ein ruhiger Typ, aber was beinhebende Artgenossen angeht, verstehe ich keinen Spaß. Da belle ich wie verrückt und stelle meine Nackenhaare auf, um wenigstens ein bisschen größer zu erscheinen. Leider beeindruckt das die Übeltäter nur in den seltensten Fällen. Die meisten machen seelenruhig weiter, bis Fetzi mir zur Hilfe eilt. Wie eine Furie fegt sie am Zaun hin und her, während ich aus sicherer Entfernung mitkämpfe. Einmal hat sie mit der Nase eine Zaunlatte zerbrochen, weil der Hund draußen sie so geärgert hat. Antonias Ermahnungen kommen in der Regel zu spät; Fetzi ist nun mal von der ganz schnellen Truppe.

Hin und wieder verjagen wir auch Kinderwägen und alte Leute mit Gehstöcken. Alles, was uns auf den ersten Blick verdächtig erscheint. Auf den zweiten gibt es meistens Entwarnung, aber dann ist es ja schon passiert. Na ja; besser einmal zu viel aufgepasst als einmal zu wenig.

Schier zur Verzweiflung treiben uns zur Zeit diese fürchterlichen Fahrradklingeln. Kaum war der Schnee weg, ging es los. Was ein Fahrrad ist, weiß ich genau, weil ausgerechnet unser Nachbar im Haus nebenan ein Geschäft betreibt, das die Dinger verkauft. Gefühlte Heerscharen von Kunden geben sich die Klinke in die Hand und probieren mit einer unglaublichen Ausdauer vor der Ladentür ihre Neuerwerbungen aus.

Meine Fortschritte bei Gewinner-Winni-Übung Nummer eins – ›Wurstscheibchen suchen‹ – sind wegen der besorgniserregenden Gefahrenlage am Zaun vor allem bei schönem Wetter ins Stocken geraten. Im hinteren Teil des Gartens finde ich den winzigsten Krümel, aber vorne, wo mich nur die löchrige Hecke und unsere altersschwachen Holzlatten vor der unheimlichen Welt da draußen schützen, brauche ich meine gesamte Aufmerksamkeit für mein Gefahrenmanagement. Ein Manager ist einer, der immer den Überblick behält, sagt Antonia. Man muss riechen, hören und sehen, was vor sich geht, und im Ernstfall Reißaus nehmen oder auf Fetzi warten. Wer denkt da schon ans Essen!

Antonia hält mich schon jetzt für einen perfekten Gefahrenmanager. Ich dagegen finde, meine Fähigkeiten sind noch verbesserungsbedürftig. Man kann nie vorsichtig genug sein.

Wäre es auf der anderen Seite des Gartenzauns nicht so verdammt gefährlich, dann würde ich schon mal einen Blick aus dem Tor riskieren wollen. In letzter Zeit ist neben all' den furchterregenden Gestalten auch der eine oder andere interessante Duft an meiner sensiblen Jagdhundnase vorübergezogen, dem ich gerne auf den Grund gegangen wäre. Nach Abwägung aller Vor- und Nachteile erschien es mir aber doch zu riskant. Ich habe mit viel Glück die Sache im Wald überstanden. Soll ich da nun wirklich auf der Straße vor meinem eigenen Garten mein Leben aufs Spiel setzen?

Nein danke!

Heute liegt etwas in der Luft, und ich fürchte, es ist nichts Gutes. Schon die Nacht war unruhig, ich hab' mal wieder schlecht geträumt. Von Kostas und seinen Kumpanen, wie sie Mama wegbringen und mich einfach sitzen lassen.

Antonia hat mir erzählt, dass ich im Schlaf öfter mal verzweifelt zapple und fiepe. Wenn es zu lange dauert, weckt sie mich auf und beruhigt mich. Ich bin wirklich froh, dass ich sie habe. Es ist fast, als ob Mama da wäre.

Antonia und Paul sind gerade mit dem Frühstück fertig geworden. Für gewöhnlich dürfen wir jetzt zum Toben in den Garten, bevor Antonia mit meinen beiden Geschwistern durch das eiserne Tor in die geheimnisvolle Welt auf der anderen Seite des Gartenzauns eintaucht.

Mir fehlt der Mut, Benni und Fetzi zu fragen, was sie da draußen tun. Manches lässt man besser auf sich beruhen. Pluto hat gesagt, dass man böse Geister wachruft, indem man über sie spricht. Mama war ganz schön sauer auf ihn, weil er uns diesen Geister-Floh ins Ohr gesetzt hat, wo sie uns doch gerade erst eingebläut hatte, dass Aberglaube das Letzte ist, was wir auf dieser Welt brauchen. Ein vernunftgesteuerter Hund geht den Dingen auf den Grund, anstatt sich mit irgendwelchen Märchen abspeisen und für dumm verkaufen zu lassen, sagt sie.

Glücklicherweise sind die drei bisher jedes Mal lebendig zurückgekommen.

Na, jedenfalls ist heute wohl etwas anderes geplant als sonst. Antonia legt mir Halsband, Brustgeschirr und Leine an und führt mich die Hofeinfahrt hinunter bis zum Tor. So weit, so gut.

Jetzt öffnet sie es und tritt nach draußen. »Winni, komm mit!«, ruft sie betont fröhlich.

Ich erstarre.

Gleichzeitig schlottern meine Glieder wie bei dem altersschwachen Cockerspaniel, der jeden Morgen draußen vorbeiwackelt. Fetzi lässt ihn in Ruhe, weil er sich sowieso kaum mehr auf den Beinen halten kann.

»So, jetzt komm!«

Vor meinen Augen flirren winzige Teilchen in allen Farben.

Niemals geh' ich da raus. Nicht in diesem Leben, und im nächsten auch nicht!

Antonia versucht, mich mit zuckersüßer Stimme einzuwickeln: »Winni, komm, wir gehen spazieren. Das macht wahnsinnig viel Spaß, wirklich!«

Das Rauschen in meinen Ohren übertönt ihre Stimme. Alles dreht sich. Verzweifelt kralle ich mich in den Rillen zwischen den Pflastersteinen fest.

Helft mir!

Antonia versucht es mit einem Wurstscheibchen. »Schau mal, was ich da habe!«

Zur Angst kommt die Wut. *Geh doch weg mit deiner Wurst!*

Das bunte Flimmerbild vor meinen Augen bekommt schwarze Flecken.

Mir wird anders …

Ich schwanke, mein Po berührt den Boden.

Bloß nicht umfallen!

Ich konzentriere mich auf die Mülltonne schräg vor mir, als ob Grund zu der Hoffnung bestünde, dass ich mich an ihr festhalten oder – noch besser – einfach darin verschwinden kann. Leider ist sie zwei Hundelängen entfernt – zu weit für jemanden, dessen Beine plötzlich ein Eigenleben führen.

Antonia versucht es mit Strenge: »*Winni, komm her!*«

Vergeblich.

Endlich gibt sie auf.

Sie macht den einen, winzigen Schritt zurück in unseren Garten, der mir in umgekehrter Richtung weit jenseits des Machbaren erschien, schließt das Tor und zieht mich aus. »Anscheinend brauchst du noch viel mehr Zeit, um dich bei uns zurechtzufinden«, sagt sie. Es klingt verdammt frustriert.

Ich zittere immer noch.

»Na, jetzt ist aber alles wieder gut, ja? Wir bleiben daheim.«

Antonia lässt mich stehen und geht zum Haus.

Gaaanz langsam trete ich den Rückzug an, wobei ich das Tor genauestens im Auge behalte. Es könnte doch sein, dass es aufspringt und der Schrecken von draußen zu uns hereinströmt.

Glücklicherweise passiert nichts dergleichen. Auf halber Strecke zwischen Tor und Haustür fühle ich mich sicher genug. Ich gebe Vollgas, lande mit einem Riesensatz auf der obersten Treppenstufe direkt vor der Tür, remple Antonia zur Seite, drücke mich durch den kleinen offenen Spalt nach drinnen, rase zu meinem Bett, werfe mich auf den Rücken und stelle mich tot.

Antonia berichtet Paul von unserem kläglich gescheiterten Versuch. Ich glaube, sie ist ganz schön besorgt. Wenn ich sie richtig verstehe, dann bewegen sich andere Hunde auf der anderen Seite des Gartenzauns, ohne dabei einen Nervenzusammenbruch zu erleiden. »Wieso hat jemand so viel Angst vor der Welt da draußen«, fragt sie Paul. Der zuckt nur mit den Schultern.

Einen wie mich wollte sie bestimmt nicht haben.

Vielleicht hofft sie noch, das alles nur geträumt zu haben. Ja, das muss ein böser Traum sein. Einer, den man ausknipsen kann wie das Licht auf ihrem Nachttisch. Man wacht auf und alles ist okay.

Wahrscheinlich ist das der Grund dafür, dass wir an diesem Abend, im Schutz der Dämmerung, einen weiteren Versuch unternehmen. Sie will es ganz sicher wissen. Denn wenn ich wirklich so bin, bedeutet das, dass unser Zusammenleben völlig anders aussehen wird, als sie sich das erhofft hat. Die Ausflüge ins Grüne, von denen Benni und Fetzi mir vorgeschwärmt haben, werden ohne mich stattfinden.

Mir ist zum Heulen.

Ich entwickle mich zum Alptraum ausgerechnet für die, die mir ein schönes Haus, ein kuscheliges Bett, leckeres Futter und so viel Zuwendung beschert haben. Unsere Kumpels, die im Tierheim zurückbleiben mussten, gäben sicher alles dafür, mit mir zu tauschen, und ich revanchiere mich für das Glück, das ich habe, mit totalem Versagen. Mir fallen auf einen Schlag zig Hunde ein, die dieses schöne neue Zuhause hundertmal mehr verdient hätten als ich. Vor allem natürlich Mama.

Antonia führt mich zum Tor; Paul ist auch dabei. Noch ein Beschützer, nett von ihm.

Oli lässt sich auf meiner Schulter nieder. *»Hast Schiss, hm?«*

Ich bocke so widerborstig ich kann.

Antonia setzt sich auf den Boden und wartet.

Jetzt nimm' dich zusammen! Wie kannst du sie so enttäuschen?

Das hilft. Ich schleiche zu ihr, mein Bauch berührt die Pflastersteine. Pfotenlänge für Pfotenlänge arbeite ich mich vor, mit großen Pausen dazwischen.

Doch dann öffnet sich das Tor und sofort ist es wieder da: Mein Kopf fühlt sich an, als gehörte er einem anderen Hund; ich spüre ihn kaum. Meine Füße verwandeln sich in tonnenschwere Felsbrocken, die fest mit dem Boden verschmolzen sind.

Diesmal trägt Antonia mich nach draußen und stellt mich neben sich auf den Gehweg.

Das war ein Fehler.

Meine kleine, heile Neues-Zuhause-Welt stürzt endgültig in sich zusammen. Die Angst, die ich bisher kannte, war nur ein winziger Vorgeschmack auf diesen Moment, nicht der Rede wert.

Meine Zähne klappern. Ich starre an den Gartenzaun gegenüber. Nur nicht den Kopf bewegen. Augen zu. *Seh' ich euch nicht, seht ihr mich nicht!*

Mit geschlossenen Augen wird die Angst noch größer. Also: Augen wieder auf.

Ich befinde mich in einer fremden Welt. Pflastersteine in Reih' und Glied. Keine Löcher, kein Müll, den der Wind aus überfüllten Containern bläst. Ein paar Autos fahren vorbei, doppelt und dreifach so groß wie unseres.

Mir ist schlecht!

Wir brechen den Versuch ab. Ich bin am Ende.

Am Tag danach

Die Gewinner-Idee habe ich aufgegeben. Jetzt geht es nicht mehr um Gewinnen und Glücklichsein, sondern ums nackte Überleben.

Ich hätte nicht gedacht, dass es so schlimm steht um mich. Es ist ein Schock.

Antonia lässt mich in Ruhe. Sie muss sich selbst erst mal an die neue Situation gewöhnen.

›Die Welt da draußen wartet auf dich! Du wirst sehen, wir werden jede Menge Spaß haben!‹

So kann man sich täuschen.

Ich hänge herum, schlafe viel. Benni und Fetzi wirken ratlos angesichts meines Dämmerzustands. Sie schleichen umher und verhalten sich muckshündchenstill, wahrscheinlich damit ich mich nicht noch mehr aufrege. So viel Rücksichtnahme bin ich von Geschwistern nicht gewohnt. Eigentlich ein Grund, sich zu freuen.

Einige Tage später

Es geht mir besser. Ich bin wieder klar genug im Kopf, um nachzudenken über das, was abgelaufen ist da draußen vor unserem Tor. Sieht so aus als ob mein Leben in meinem Land im Süden mich eingeholt und mir einen Knüppel zwischen die Beine geworfen hat so groß wie der Stamm unseres Küchenapfelbaums, und der ist gewaltig. Ich glaube nicht, dass ich unser Grundstück jemals wieder verlassen werde.

Zu meinem Entsetzen sieht Antonia die Sache anders. »Für immer hier drin sitzen, das kommt überhaupt nicht infrage! Glaubst du, da wirst du auf die Dauer glücklich? Du bist ein Jagdhund, du musst laufen, du brauchst das. Das ist dir vielleicht selbst noch nicht so bewusst, weil du noch so klein bist. Außerdem: Wenn der Riesenschrecken jetzt für längere Zeit das Letzte bleibt, was du von der Welt da draußen mitbekommen hast, dann gibt das ein handfestes Trauma, und wir haben die Chance, dich da eines Tages rauszukriegen, ein für alle Mal verspielt.«

Trauma? Ich denke an Mama. *Kommt das von ›traumatisiert‹?*

»Und was ist, wenn du ein reiner Gartenhund bist, aber aus irgendwelchen Gründen dann doch mal raus musst auf die Straße? Dann kriegst du einen Kollaps.«

Kollaps – ich hab' keine Lust mehr auf eure Fremdwörter!

»Wir haben keine Wahl. Du musst lernen, dass es völlig okay ist, da draußen zu sein. So wie Benni, Fetzi und all' die Hunde, die unsere Zaunpfosten anpinkeln.«

Sie nimmt mich in den Arm; ich verkrieche mich unter ihre Jacke.

»Wir kriegen das hin, Schrittchen für Schrittchen, und eines Tages springst du da draußen ganz fröhlich neben uns her.«

Träum' weiter!

Wir starten einen neuen Versuch. Diesmal richten wir uns an der Innenseite des Tors, das Antonia einen Spalt breit geöffnet hat, häuslich ein. Meine Decke ist da, mein Schlafhandtuch, meine Futterschüssel gefüllt mit Wasser und eine Tüte voll Wurstscheibchen.

Immerhin: Meine Panikattacke fällt verhaltener aus als beim letzten Mal. Ich bewege meine Nase eine halbe Pfotenlänge in Richtung Gehweg. Wie der Blitz hält Antonia mir genau in dem Moment ein Wurstscheibchen hin, um meinen schier unglaublichen, außerordentlichen, einzigartigen Mut zu belohnen.

»Suuuper, Winni«, flüstert sie.

Ich lehne das Wurstscheibchen ab, mir ist zu flau.

Wir warten eine Zeit lang und gehen wieder zurück zum Haus. Erschöpft sinke ich auf den roten Teppich, den Antonia als Tropfenfänger vor unseren Trinkeimer gelegt hat.

Abends dann das Gleiche nochmal. Antonia glaubt wohl, wenn wir das oft genug machen, jeden Tag ein-, zweimal, dann gewöhne ich mich vielleicht daran.

Drei Tage später

Wir schaffen ein winziges Hundepfotentäppchen hinaus auf den Gehweg, bevor die Panik mich einholt.

Antonia gibt sich wirklich Mühe. Wie eine erfahrene Hundemama geht sie voran, peilt die Lage, und wenn die Luft rein ist, darf das Kleingemüse hinterher. Ich gebe mein Bestes, weil es Antonia so wichtig ist und sie mir leidtut, wenn sie so mutterseelenalleine da draußen auf mich warten muss.

Ich habe Fetzi gefragt, was ein Trauma ist. Sie sagt, das kriegt man, wenn man etwas richtig Schlimmes erlebt hat. Zum Beispiel wenn einem jemand Gewalt angetan hat an Körper oder Seele, oder beidem. Dieses Erlebnis verfolgt einen überall hin. Man kriegt Panik, sobald einen irgendeine winzige Kleinigkeit daran erinnert. Auch wenn es schon sehr lange zurückliegt.

Kostas …

Komisch, dass sie das wusste, denn sie selbst hat ganz bestimmt kein Trauma, so aufgeplustert wie sie durch dieses Tor marschiert. Es gab aber Hunde in ihrem Land im Südwesten, die daran litten, sagt sie. »Das Wort gehört dort zum Kleinen Einmaleins des täglichen Lebens, so wie bei uns hier Äpfel ernten und Zaunpfostenpinkler verjagen.«

Zwei Wochen später

Heute bin ich über mich hinausgewachsen: Fünf Schritte am Stück auf der anderen Seite des Gartenzauns!

Klasse, was?

Keine Hundepfotentäppchen, richtige Schritte!

Ich bin stolz, aber auch fix und fertig mit den Nerven. Antonia und Paul sind sich darüber einig, dass sie noch nie einen so panischen Zeitgenossen wie mich kennengelernt haben, und sie kennen auch niemanden, der jemals einen solchen Hund getroffen hat. Sie wussten zwar von Ioanna, dass ich ängstlich bin, aber Kontakt zu fremden Menschen und Spaziergänge jenseits des Tores hatte ich im Tierheim ja nicht; es gab also keine Anhaltspunkte für Panikattacken dieses Ausmaßes. Ich bin nicht ihr erster Jagdhund, aber der erste Mischling aus Jagdhund und Angsthase. Wo andere cool bleiben, reagiere ich kopflos, will nur noch weg. Ich zerre an der Leine und scharre mir die Pfoten wund. Wenigstens sind mir die langen Ohren und das Stummelschwänzchen erspart geblieben.

Antonia fragt sich alle Nasen lang, ob sie mir das zumuten darf, mich auf die andere Seite des Gartenzauns zu nötigen. Mich zu meinem Glück zu zwingen, weil ich selbst den Weg des geringsten Widerstands wählen und für immer im Garten bleiben würde, obwohl ich ahne, dass ich damit unglücklich wäre. Antonia sagt, sie hat die Pflicht, das Beste für mich zu tun. Aber was ist das, das Beste? Wir wissen es nicht.

Womit wir wieder mal bei Hundegott wären. Über den habe ich in letzter Zeit oft nachgedacht. Mir ist klar, dass nicht die andere Seite des Gartenzauns schuld ist an meinen Problemen, sondern Kostas und seine Kumpane, Filippo und dieses ganze armselige Leben in diesem schrecklichen und doch schönen Land im Süden, meiner Heimat. Und natürlich ich selbst, weil ich ein so unglaublicher Versager bin.

Ich bin wütend, ratlos, traurig, alles gleichzeitig, aber ich frage mich auch, wie es sein kann, dass sowas passiert. Wenn es Hundegott gäbe, dann hätte er doch dafür gesorgt, dass ausschließlich Antonias und keine Kostas' auf dieser Welt leben, oder? Er hätte die guten und die schlimmen Sachen zumindest gerechter verteilt, anstatt alles ein paar wenigen Schultern aufzuladen. Zum Beispiel

Mamas, Plutos, Popeyes und Ioannas. Er hätte mich ein ganz normaler Hund sein lassen. Jetzt versteh' ich auch, warum Mama sagt, dass ›Oh Hundegott!‹ für sie kein Appell an ein geheimnisvolles Wesen mit diesem Namen ist, sondern einfach bloß ein Spruch. So wie ›Ach du grüne Neune!‹ oder ›Verflixt nochmal!‹.

Antonia hat sich ein dickes Hundebuch zugelegt und alle möglichen Leute gefragt, wie einem wie mir am besten zu helfen ist. Leider gehen die Meinungen so weit auseinander, dass man hinterher genauso schlau ist wie vorher.

Sie ist frustriert. »Wie wir uns auch entscheiden – es kann immer sein, dass wir eines Tages mit der Erkenntnis dastehen, wir hätten doch alles *ganz anders* machen sollen.«

Manche Menschen sagen, auch ein so großer Angsthase wie ich sollte im Schlepptau des Rudels mitgenommen werden nach dem Motto ›Da muss er durch!‹, und irgendwann merkt er dann, dass alles halb so schlimm ist. Diese Methode erscheint uns ziemlich grausam.

Andere vertreten genau das Gegenteil: Erst wenn hund einen Schritt aus freien Stücken bewältigt hat, darf man den nächsten probieren – eine Meinung, die Antonia eigentlich teilt. Dummerweise dauert bei mir alles viel länger als bei normal ängstlichen Hunden. So lange, dass ich alt und grau bin, bis ein nennenswerter Fortschritt sichtbar wird. Und je älter man ist, desto schlechter lernt man. Zu viel Zeit sollten wir uns also nicht lassen.

Wir entscheiden uns für eine Mischung aus beidem: Ich muss raus, aber in verantwortbaren Dosen. Was verantwortbar ist, entscheiden wir von Fall zu Fall. »Wir wollen schließlich eine Verbesserung, keinen Totalzusammenbruch.«

Die Fünfzehn-Schritte-Marke ist geknackt! Allerdings nur, weil Antonia mich zwischendurch hochgenommen und an einem dieser gelben Säcke vorbeigetragen hat, die für die Müllabfuhr bereitstehen. »Schau, der tut nix!«, hat sie zu mir gesagt und vorsichtig draufgeklopft. »Der steht einfach nur da. Da ist Plastikmüll drin. Tote Materie. Kein Problem!«

Na klar, klingt logisch, obwohl ich keinen blassen Schimmer habe, was Materie ist und wer sie auf dem Gewissen hat.

Antonia hat sich so selbstbewusst zwischen mir und dem Sack aufgebaut, dass ich kapiert habe: Die beschützt mich, egal was passiert.

Vorbeigetraut hab ich mich trotzdem nicht, obwohl sie mir endlos viel Zeit gelassen hat, mir die Sache zu überlegen.

Kopf gegen Bauch, Bauch gewinnt.

Antonia klammert sich an die Hoffnung, dass es mit viel Geduld und noch mehr Üben besser wird. Jetzt muss nur noch ich selbst daran glauben.

Sie gibt sich alle Mühe, den Stress, den ich ihr bereite, zu überspielen. Das gelingt ihr am besten, wenn sie viel Bewegung bekommt; das ist mir schon aufgefallen.

Wir sausen also wieder mal eine Runde durch den Garten – sie voraus, ich hinterher. Antonia wirft ein Wurstscheibchen ins Gras, das ich mit Begeisterung suche und mit einem *Happs* vernichte.

Eigentlich ist es verboten, Essbares vom Boden aufzuheben, weil es auch in diesem Land Menschen gibt, die absichtlich tödliches Futter verstreuen, sagt Antonia. Wurstscheibchen suchen im Garten hat sie zur Ausnahme erklärt, weil man mit mir nichts anderes spielen kann. Ball fangen, Tauziehen mit unserem bunten Seil, ein Stück Stoff jagen, das Antonia an einem Stock vor mir herzieht wie ein Beutetier auf der Flucht – alles haben wir ausprobiert, nichts funktioniert. Ich hab' einfach Angst, versehentlich etwas zu nehmen, das Antonia oder ein anderer Hund für sich beanspruchen. Fetzi zum Beispiel, die kennt kein Pardon. Antonia sperrt meine Geschwister zwar meistens ins Haus, wenn sie mit mir spielen möchte, aber man weiß ja nie. Selbst wenn sie mir ihr Spielzeug ausdrücklich anbietet und es gar verführerisch vor mir herwuseln lässt wie eine fliehende Beute, traue ich mich nicht. Es könnte doch sein, dass sie es sich mittendrin anders überlegt und wütend über mich herfällt!

Antonia tut sich schwer, das Ausmaß meiner Verunsicherung zu verstehen.

Klar, sie kennt ja mein früheres Leben nicht.

»Man kann wohl nicht alles ergründen. Manche Dinge sind wie sie sind«, sagt sie. »Das heißt aber nicht, dass es von vornherein zwecklos ist, sie ändern zu wollen. Du bist erst so kurz hier, das wird schon noch.«

Neuer Tag, neues Glück. Wir wagen einen Versuch für Fortgeschrittene.

Stimmt, ich bin fortgeschritten verzweifelt.

Antonia trägt mich ein ganzes Stück den Gehweg entlang, dann biegen wir in eine ruhige Nebenstraße ab. Diese Strecke selbst laufen zu müssen hätte ewig gedauert – also in jedem Fall länger als Antonia zu warten bereit gewesen wäre.

»Hier ist praktisch nichts los«, sagt sie.

Ich werfe einen Blick nach rechts und einen nach links. *Vertrauen ist Leichtsinn, Kontrolle alles.*

Meine Sorgfalt erweist sich als berechtigt. Im Vergleich zu dem Weg vor Kostas' Hof herrscht hier ein reges Kommen und Gehen. Da hinten zum Beispiel, das könnte ein Fahrradfahrer sein. So ganz genau kann ich es nicht erkennen, wegen der Entfernung.

Antonia scheint das Problem für vernachlässigenswert zu halten. Bevor ich etwas dagegen unternehmen kann, stellt sie mich neben sich auf die Straße.

»Schau Winni, niemand da. Musst also keine Angst haben!«

Wie sehr sie sich doch irrt. Ganz weit vorn, ungefähr da, wo vorhin der Fahrradfahrer war, bewegt sich schon wieder etwas. Vorsichtshalber schließe ich die Augen, während das altvertraute Zittern von meinen Pfoten aus zu den Ohren kriecht. *Augen auf!*

Ich denke an ein altes Hundespiel. Es heißt: *›Ich seh' etwas, das du nicht siehst!‹* Da sucht man sich einen Gegenstand in der Umgebung aus und die anderen müssen raten, welcher es ist. Das, was ich in diesem Moment schräg gegenüber in einem Garten erspähe und Antonia nicht, ist kein Gegenstand, sondern ein alter Mann mit grauen Haaren. Er trägt eine Arbeitshose und ein zerschlissenes Hemd, dessen Ärmel er auf beiden Seiten hochgekrempelt hat. Genau so einer, wie sie in meinen Alpträumen vorkommen.

Wie auf Knopfdruck verfalle ich wieder in diese jämmerliche Zitterstarre. Wenn ich einen Zauberspruch im Kopf hätte, der mich unsichtbar macht, dann würde ich den jetzt benutzen.

Simsalabim …?

Fetzi sagt, wenn ich richtig Angst habe, sehe ich aus wie ein Außerirdischer. Das muss so eine Art Ungeheuer sein. »Deine Augen werden riesengroß. Die fallen dir fast aus dem Kopf.«

Genauso fühle ich mich jetzt. Immerhin weiß ich, wie man sich winzig klein macht; als Winni Winzig muss ich das ja geradezu.

Den Schwanz zwischen die Hinterbeine geklemmt, am Bauch entlang nach vorn gepresst in Richtung Nase. Kopf einziehen, Ohren anlegen, Buckeln wie Nachbars Katze, meine neue Lieblingsfeindin. Die sitzt völlig ungerührt in unserem Blumenbeet und leckt ganz scheinheilig an ihrem verfilzten Fell herum, wenn ich sie durchs Fenster angifte. Sonst putzt die sich nie, so wie die aussieht.

Der Mann mit dem Hemd verschwindet im Haus. Ich bleibe in Hab-Acht-Stellung, denn vielleicht hat er da, wo er herkam, etwas vergessen, das er unbedingt noch schnell holen muss.

Da vorn, schon wieder einer!

Ein schlacksiger junger Bursche mit halblangen Haaren, die ihm so unglücklich in die Stirn hängen, dass er den Kopf die ganze Zeit schief halten muss. Hose und T-Shirt sind ziemlich aus der Form geraten, vielleicht zu heiß gewaschen. Eine schmuddelige Stofftasche baumelt über seiner rechten Schulter.

Er kommt auf uns zu.

Das ist das Ende.

Antonia stellt sich vor mich, um mir zu zeigen, dass sie bereit ist, mich zu beschützen. Sie scheint den Burschen aber für ungefährlich zu halten, denn sie riecht durch und durch entspannt. Etwas anderes wäre es, wenn ihr selbst innerlich der Schweiß ausbräche, sobald sie jemanden am Horizont erspäht, weil sie weiß, dass ich gleich wieder im Dreieck hüpfen und mir die Pfoten wundscharren werde. Aber nein, Antonia bleibt cool – und trotzdem überfallen mich diese Panikattacken. Ich krieg' das nicht in meinen Kopf.

Ich kneife meine Augen zu und zähle bis zehn.

Zweimal zehn.

Dreimal zehn.

Ich lebe noch.

Ich luge durch halb geöffnete Augenlider. Er ist weg!

Da hinten verschwindet er um die Ecke. Ohne einen Mucks ist der an uns vorbei.

Mistkerl!

Katastrophe Nummer drei an diesem fürchterlichen Vormittag trifft uns in Gestalt einer Nachbarin, die ich schon mehrmals von Weitem gesehen habe. Antonia wirft mir einen verzweifelten Blick zu. Mir ist sofort klar, warum.

Die Frau stürmt so begeistert auf mich zu, dass mit dem Schlimmsten zu rechnen ist.

»Ja *du* bist aber ein Hübscher«, flötet sie und macht Anstalten, sich zu mir herunterzubücken.

Meine Fantasie macht aus ihr ein Monster, das im Begriff ist, sich sein Opfer auf dem Teller zurechtzulegen, um es in appetitliche Häppchen zu zerkleinern.

Antonia greift ein. »Hallo Frau Heinemann, bitte halten Sie doch etwas Abstand, der Winni fürchtet sich so. Lassen Sie ihn einfach links liegen, ja?«

Aber Frau Heinemann setzt ihren Angriff völlig unbeeindruckt fort. »Ja aber *ich* tu' dir doch nichts, das glaubst du mir doch, oder?«

Kein Wort glaub' ich dir, du Schreckschraube.

Jetzt versucht sie auch noch, mich zu begrapschen!

»Guguguck, komm' doch mal heeer ...!«

Ich bin kein Huhn!

Kostas hat das auch so gemacht. Die armen Hennen fanden es wahnsinnig doof, aber er hat's nie gemerkt. Manche Menschen glauben wohl, alle anderen Lebewesen sind geistig zurückgeblieben. Aber wir sind ja großzügig und verzeihen ihnen so manchen Fehler. Wenn es doch umgekehrt genauso wäre!

Antonia ist zu verdutzt, um sich dazwischenzuwerfen; ich seh' ihr Gesicht. Ich helfe mir selbst, indem ich mich hinter ihre Beine verziehe, so schnell es meine widerborstigen Gliedmaßen zulassen. Hier kann ich ungestört weiterzittern. Wenn man's genau nimmt, ist dieses Versteck zu schmal; ich stehe auf beiden Seiten über. Aber wie sagt man so schön: *In der Not frisst der Teufel Fliegen.*

Antonia findet ihre Fassung wieder. »Also, Frau Heinemann, schönen Tag noch«, sagt sie, und es ist nicht zu überhören, dass sie Frau Heinemann so schnell wie möglich loswerden will.

Wir haben Glück: Frau Heinemann hat es eilig. »Oooh, ich muss zum Bahnhof. Fast hätt' ich's vergessen. Wir sehen uns sicher noch öfter, Kleiner!«

Sie eilt davon.

Für heute haben wir die Nase voll von der anderen Seite des Gartenzauns. Antonia trägt mich den ganzen Weg nach Hause. Sie hat wohl keine Lust, auf der Straße zu übernachten.

Antonia behauptet eisern, ich hab' mich in der letzten Zeit ganz arg gebessert. Sie glaubt noch immer an mich, wofür ich sie aufrichtig bewundere. Hartnäckig ist sie, das muss man ihr lassen.

Von ihrem Hundebuch und den vier, fünf anderen, die sie sich danach noch zugelegt hat, ist sie ziemlich enttäuscht. »Diese Tipps da drinnen eignen sich nicht für uns. Die sind für Hunde, die vor einer ganz bestimmten Sache Angst haben, nicht vor allem und jedem.«

Weiß ich doch, ich bin völlig daneben.

»Für einen Winni wie unseren gibt es kein Patentrezept. Manchmal geht es ganz gut, und fünf Minuten später ist er komplett durch den Wind, obwohl weit und breit niemand zu sehen ist.«

Stimmt, mir reicht schon die bloße Möglichkeit, dass gleich jemand um die Ecke kommen könnte.

Neben Männern und schwankenden alten Menschen jagen mir Kinder so richtig Angst ein. Die machen Lärm und springen herum. Man weiß nie, was sie vorhaben. Manche rennen kreischend auf mich zu, um dann drei Hundepfotentäppchen vor mir stehenzubleiben und mich anzustarren.

Grauenvoll!

Antonia überlegt schon, mich behutsam an welche zu gewöhnen, aber in Sportvereinen und auf Kinderspielplätzen treten die so geballt auf, das verkrafte ich nicht mal aus drei Straßen Entfernung, sagt sie. Jetzt will sie in Bennis und Fetzis Hundeschule fragen, ob die was für uns organisieren können.

Besonders bescheuert finde ich hundelose Menschen, die verzweifelt versuchen, ihre Kinder vor mir in Sicherheit zu bringen, wenn sie mich als kleines Pünktchen in der Ferne auftauchen sehen. Wer rettet *mich* denn vor *denen*?

Und Radfahrer. Manche schleichen sich von hinten an, und wenn sie uns schon fast gerammt haben, starten sie eine Klingelattacke. Ich hechte jedes Mal kopfüber in den Straßengraben, obwohl ich es doch eigentlich gewöhnt sein müsste, von unserem Nachbarn und seinem Geschäft.

Neulich hat Antonia einen Typen zur Schnecke gemacht, der uns beinahe umgefahren hätte. Sie war außer sich vor Zorn. *»Das sieht doch ein Blinder, dass der Hund völlig von der Rolle ist, du Flegel!«*

Anstatt sich zu entschuldigen, hat der Mensch auch noch herumgepöbelt. ›Der blöde Köter‹ – also ich – sei doch selbst schuld, wenn er überfahren wird, weil er rumhüpft wie ein Geistesgestörter.

Das tat weh. So wie die genervten Blicke, die ich ernte, wenn es auf dem Gehweg eng wird und es zu spät ist, die Straßenseite zu wechseln. Ist doch logisch, dass ich, dermaßen eingeklemmt, an der Leine zerre wie besessen, in der Hoffnung, auf diese Weise schneller an einen sicheren Ort zu gelangen.

Wir befinden uns auf dem Rückweg von einem kurzen Spaziergang. Es ist eine Route, die wir heute zum dritten oder vierten Mal nehmen. Der Gehweg ist schmal, die Autos fahren mir fast über die Füße, aber es ist die einzige Möglichkeit, auf die andere Seite der Bahngleise zu gelangen. Ich schlage mich trotzdem wacker.

Da vorn kommt die große Kreuzung. Ich hasse sie! Man weiß nie, wo man zuerst hinschauen soll. Antonia bemerkt meine Unsicherheit und wickelt die Leine zweimal um ihr Handgelenk. Gut, dass sie so sportlich ist. Das Risiko, dass ich sie in einer Panikattacke zu Fall bringe und auf die Straße schleife, ist dadurch sicher gering.

Ich tripple hinter ihren Beinen von ihrer rechten Seite auf die linke und wieder zurück.

Ein Lastwagen donnert vorbei. Ich springe zur Seite, die Leine spannt sich. Antonia hat die Sache im Griff.

Plötzlich ein Ruck.

Sie hat mich losgemacht! *Hier?!*

Ich kippe nach vorne, stolpere über meine Füße.

Antonia erwischt mich am Nackenfell, doch ich rutsche durch. Ich rase auf die Straße, auf die Kreuzung zu, kopflos, denn da will ich doch gar nicht hin!

Bremsen quietschen, ein Autofahrer flucht aus dem offenen Fenster.

Hilfeee!

Ich schlage einen Haken und suche den Straßenrand.

Da drüben!

In der Abwasserrinne drücke ich mich an den Bordstein und hoffe auf Hilfe.

Antonia sprintet im Zickzack zwischen den Autos hindurch. Die Fahrer haben abgebremst; wahrscheinlich ist das Ding namens Ampel rot. *Verdammtes Glück!*

Jetzt ist sie da.

Mit eisernem Griff packt sie mich an meinem Brustgeschirr und wirft mich auf den Gehweg. Ich ducke mich an den Gartenzaun.

Sie tastet sich an mich heran.

»Nicht erschrecken, ich bin's!«

Vorsichtig greift sie nach meinem Halsband. Ich halte still.

Motoren heulen auf, die Autos rollen an.

Antonia sitzt neben mir auf dem Gehweg, sie atmet schwer. Man sieht, dass ihr Herz bis zum Hals klopft.

Ein Radfahrer hält an und drückt ihr meine Leine in die Hand. »Da, die haben Sie fallenlassen. Scheint kaputt zu sein«, sagt der Mann. »Wenn bei Ihnen alles okay ist, fahr' ich weiter.«

»Danke, geht schon.«

Der Mann nickt und radelt davon.

Antonia sieht sich die Leine an. »*So ein Schrott!* Schau mal, die Naht ist aufgegangen und der Karabiner rausgerutscht. Klar, der hängt noch an deinem Geschirr.«

Tatsächlich: Das untere Ende sieht aus wie angeknabbert.

Oh Mann, ich hätte tot sein können!

Antonia ist stinksauer. »Gut, dass wenigstens die Ampel funktioniert. Mir reicht's für heute!«

Ich frage mich, warum ich weggelaufen bin. Ausgerechnet da hin, wo ich mich am meisten fürchte. *Ich Idiot!*

Bei mir ist eine Schraube locker. Falls jemand noch Zweifel hatte: Das war der Beweis.

In meinem Ohr summt ein Bienenschwarm.

Für den restlichen Nachhauseweg knüpft Antonia die Leine mit einem Dreifachknoten an mein Brustgeschirr.

Wie durch einen Vorhang bekomme ich mit, dass sie mir vor der Haustür die Füße abputzt. Ich torkle an die Stelle, an der ich mein Bett vermute, lasse mich auf die Seite plumpsen und falle in Ohnmacht.

Meine Laune ist besch…

Ich hätte tot sein können!

Die Bienen in meinem Ohr sind noch da, wenn auch etwas leiser als gestern.

Antonia hat mir sofort eine neue Leine gekauft. Knallorange, bombenfest genäht, mit Echtheitszertifikat.

Zerti-was? Fetziii!

Das Anziehen dauert jetzt immer länger als früher. Antonia macht ein Ende der Leine am Halsband fest und wickelt sie anschließend eineinhalbmal um meinen Brustkorb. Das andere Ende hängt sie in mein Geschirr ein.

»Du siehst aus wie ein Ritter in voller Rüstung.«

Ich lege den Kopf schief.

»Ein Ritter ist ein Kerl, der einen Kampfanzug aus Metall anhat. Weißt schon, das silberne Zeugs, das scheppert, wenn es runterfällt.«

Ritter Winni der Ängstliche.

Ich fühle mich eher wie ein Paket, das ans Ende der Welt verschickt werden soll. Macht aber nichts, im Gegenteil: Wenn wieder mal ein Fremder nach meinem Leben trachtet und ich daraufhin in Hektik oder Ganzkörperstarre verfalle, kann Antonia mich ganz locker anheben und aus der Gefahrenzone tragen.

In der Küche findet ein Familienrat statt. Ich schleiche mich an und spitze die Schlappohren. Antonia und Paul stehen um die Ecke, der nervtötende Apparat über dem Herd summt unentwegt, während in einer Pfanne Käsespätzle brutzeln, eine Delikatesse, an die ich niemals in diesem Leben herankommen werde, außer Antonia lässt versehentlich einen Löffel voll fallen. Ich muss mich anstrengen, um halbwegs mitzukriegen, worum es geht. Fetzi mit ihren Stehöhrchen ist da klar im Vorteil.

Jetzt versteh' ich: Antonia glaubt zu wissen, was mit mir nicht stimmt!

»Der Winni ist da oben falsch verdrahtet«, sagt sie und tippt sich an die Stirn. »Ich schätze, er war als Baby irgendwo eingesperrt. Wenn einer so einsam aufwächst, verknüpfen sich die Gehirnzellen falsch miteinander, oder gar nicht. Wie bei Kindern, die keinen Kontakt zur Außenwelt haben. Deshalb macht ihm heute alles Mögliche Angst, und darunter leidet er sehr. Ich befürchte, er ist ernsthaft seelenkrank. Ist ziemlich mühsam, daran was zu ändern.«

Was für rosige Aussichten …

Aber sie hat Recht. Mama hat mir zwar viel von dem erzählt, was sie erlebt hat und was andere Hunde ihr berichtet haben, bevor sie an Kostas verkauft und eingesperrt wurde. Aber Dinge selbst kennenzulernen ist wohl doch nochmal was anderes.

»Wahrscheinlich hat er dazu auch noch was richtig Schlimmes durchgemacht.«

Oh ja, die Bilder leben in meinem Kopf. Plötzlich sind sie da, Kostas' Kumpane. Und der verkrüppelte Baum in der Wildnis. Nachts, wenn ich schlafe, tags beim Dösen in der Sonne, draußen auf der Straße.

»Dass er das schwächste Brüderchen war, hat uns Ioanna ja bestätigt. Das ewige Nesthäkchen, und ein kleiner Schussel dazu. Ein Unglücksrabe.«

Sie haben mit Ioanna gesprochen!

Mamaaa!

»So viele Probleme auf einmal, das hält kein Hund aus. Das Tragische ist, dass er das alles haarklein mitbekommt. Er ist ängstlich, aber nicht dumm.«

Wenigstens etwas, danke sehr.

»Seelenkranke Menschen sind ja in der Regel auch keine Idioten. Viele haben schlimme Dinge erlebt, die sie ein Leben lang mit sich herumtragen. Zum Beispiel Soldaten im Krieg oder Unfallopfer. Oder Kinder, die missbraucht wurden. Die haben ein posttraumatisches Syndrom. Andere sind einfach überfordert mit ihrem Leben, so, wie es ist.«

Antonia starrt aus dem Fenster.

»Bei Winni ist es wohl genauso. Angst, Einsamkeit, Überforderung – alles, was man fühlt, beruht auf Biochemie und elektrischen Impulsen –, sehr grob gesagt, ich bin ja kein Mediziner. Da sind wir alle gleich. Nehmen wir zum Beispiel Schweine. Wenn man sich diese Todesangst vorstellt. Aber die Leute sehen nicht das Schwein, nur den Braten. Und dann schmeißen sie die Hälfte weg. Schrecklich. Hunde müssen Fleisch essen, aber wir?«

Paul hört die ganze Zeit nur zu. Ich glaube, Antonia tut ihm leid.

»Wenn man ihm die Möglichkeit nimmt, selbst zu kontrollieren, was passiert, ist es aus und vorbei. Das erklärt die dauerhafte Angst, obwohl kein Fremder, keine objektiv gefährliche Situation in Sicht ist. Es könnte ja sein, dass einer daherkommt, und Winni kann nichts dagegen tun. Es ist die totale Ohnmacht.«

Ich glaube, ich verstehe, was sie meint. Wenn sie Recht hat, dann ist es kein Wunder, dass ich mich anstelle wie der erste Hund. Dieses Gefühl, wie ein Nichts auf vier Beinen. Und diese wahnsinnige Angst vor Fremden!

Es bedeutet aber noch etwas, und das ist entscheidend: Ich kann nichts dafür!

Dieses ganze dicke, fette Versagen – *ich kann nichts dafür*!

Ist das möglich? Schuld zu sein gehört zu mir wie meine weißen Sprenkel und meine Schlappohren.

Ob ich davon jemals loskomme? Will ich das überhaupt? Ich meine – bin ich dann noch ich? Und wenn nicht, wer bin ich dann?

Das macht mir Angst.

Vielleicht würde es mir helfen, darüber zu reden. Aber mit wem? Benni und Fetzi? Die würden behaupten, das wär' doch alles Schnee von gestern, jetzt gäb's doch keinen Grund mehr für irgendwelche Ängste. Wenigstens lachen sie mich nicht aus, so wie Filippo.

Und Antonia versteht meine Sprache nicht.

Ich lebe in einem Gefängnis, in meinem eigenen Kopf. Und keiner sagt mir, wo der Schlüssel ist.

Das Gewinner-Projekt

Das Erlebnis mit der Leine hat die kleinen Erfolge auf der anderen Seite des Gartenzauns, die ich mir davor so hart erkämpft hatte, zunichte gemacht. Mir ist im Moment fast alles zuwider, außer Schlafen. Rausgehen, spielen, Besuch bekommen – den letzten habe ich angeblafft, um ihn zum Gehen aufzufordern. *Lasst mich wenigstens in meinen eigenen vier Wänden in Ruhe!*

Antonia war geschockt, denn natürlich ist es das Vorrecht der Rudelführerin, Besucher rauszuwerfen. Jetzt lädt sie absichtlich so viele davon ein, dass ich mit dem Rausekeln gar nicht mehr nachkäme, wenn ich es drauf anlegen würde. Mir bleibt nur, mich nach oben in mein Bett zu verdrücken und mir mein Schlafhandtuch über den Kopf zu ziehen.

Auf der anderen Seite des Gartenzauns waren wir seit Tagen nicht mehr; wahrscheinlich muss Antonia erst neue Kraft schöpfen. Einzige Ausnahme: unsere gemeinsamen Besorgungsfahrten. Nach meiner anfänglichen Unsicherheit weiß ich mittlerweile, dass so ein fahrbarer Untersatz etwas ganz Feines ist. Das Brummen des Motors wirkt beinahe so gut wie die Schlaflieder, die sich Mama für uns ausgedacht hat – so wie jetzt, auf dem Weg nach Keine-Ahnung-wohin. Ich muss dann immer an den Abend im Winter denken, an dem Antonia mich vom Flughafen abgeholt hat. Antonia witzelt, wenn ich damals schon gewusst hätte, was hier auf mich zukommt, wäre ich wahrscheinlich sofort getürmt, zurück ins Flugzeug.

Hauptsache ich darf auf meiner kuscheligen Decke bleiben, auch wenn das bedeutet, eine Zeit lang alleine im Wagen warten zu müssen. Denn vor dem Aussteigen habe ich große Angst, außer natürlich daheim vor unserer Garage. Es könnte doch sein, dass ich versehentlich an einem wildfremden Ort zurückgelassen werde und keiner merkt, dass ich fehle!

Ein heftiges Rumpeln zwingt mich, diesen grässlichen Gedanken abzuschütteln. Der Wagen schwankt wie ein Schiff im Sturm; mein Magen erhebt Einspruch gegen diese rücksichtslose Behandlung. Ich wäre ein miserabler Seefahrer geworden.

Neulich in diesem Ding, das sie Hängematte nennen, war es noch schlimmer. Paul dachte, wenn ich mit ihm darin schaukeln darf, gedeiht das zarte Freundschaftspflänzchen, das nach einer Zeit der Distanz und des vorsichtigen Kennenlernens zwischen uns zu sprießen beginnt, vielleicht etwas schneller. Am Ende war mir so schlecht, dass ich mein halb verdautes Mittagessen über den Rand meines schwankenden Gefängnisses hinweg von mir gegeben habe. Zielsicher hat es seinen Weg in Pauls Lieblingsgartenschlappen gefunden. Glücklicherweise sind die abwaschbar.

Endlich halten wir an, gerade noch rechtzeitig. Ich schaue nach oben, dann ist es besser. Etwas Ablenkung wäre jetzt gut. Vielleicht sollte ich einen Blick aus dem Fenster riskieren.

Wir befinden uns weit weg von zuhause, sagt mir meine Nase. Da drüben ist eine riesige Wiese mit einem Drahtzaun drumherum, der unbezwingbar erscheint. Der holprige Weg, auf dem wir hergekommen sind, schlängelt sich noch ein ganzes Stück weiter am Waldrand entlang, bevor er aus meinem Blickfeld verschwindet.

Was wird das hier?

Antonia steigt aus und öffnet die Heckklappe. Das ist die Klappe ganz hinten an unserem Auto, wie ich inzwischen weiß. Ein wichtiges Detail, das man berücksichtigen muss, wenn man sich rechtzeitig in Position bringen will, bevor der Wagen anhält – sprich: weit genug weg von allen Ausgängen.

Diesmal bin ich zu langsam, Antonia lupft mich aus dem Wagen. Ich zittere um die Wette mit den Grashalmen und den bunten Wiesenblümchen, die der Frühlingswind durcheinanderwirbelt. Weit und breit kein Haus; nur Bäume, Wiesen und Vögel, die miteinander um die Wette zwitschern.

Hundegott sei Dank macht Antonia keine Anstalten, mich an einen Baum zu binden und wegzufahren. Im Gegenteil: Klein Winni felsenfest unter ihren linken Arm geklemmt joggt sie bis zu einer Pforte, durch die man auf die große Wiese gelangt.

Über mein heftiges Zittern verliert sie kein Wort.

»Lieber Winni«, sagt sie. »Heute ist dein erster Schultag. Wir ziehen deinen Schulbeginn etwas vor, weil man mit dem Verdrahten ja nicht zu lange warten soll. Wir dachten, vielleicht hilft es dir auch mal zu sehen, was deine Altersgenossen so machen.«

Sowas von *mies*, mir das erst im letzten Moment zu sagen! Nur damit ich keinen Streik mehr anzetteln kann.

»Keine Angst, du packst das schon! Oder willst du für den Rest deiner Tage im Garten herumhocken?«

Ja, will ich!

»Weißt du noch, was Frau Schumacher gesagt hat? Winni heißt ›Gewinner‹! Genau da wollen wir hin, trotz des Problemchens, das sich uns in letzter Zeit offenbart hat, oder *gerade deswegen.* Wahrscheinlich müssen wir härter arbeiten als normale zukünftige Gewinner, aber das packen wir schon. Wir starten ein richtiges Projekt! Hochoffiziell, als ob es um sehr viel Geld ginge. Wie eine Firma, die Autos baut oder Fernseher. Damit alle sehen können, wie ernst es uns ist damit. Unser Ziel ist erreicht, wenn Winni rundum glücklich ist!«

Von welchem Leben sprechen wir hier – von diesem? Vielleicht bin ich im nächsten ja gar kein Hund mehr.

Ich selbst soll auch mitmachen bei diesem *Projekt,* Antonia besteht darauf. »Es geht nicht darum, dass ich dich bearbeite, bis du ein ganz normaler Hund bist. Wir können nur etwas erreichen, wenn *du selbst* es willst!«

Das erscheint mir jetzt doch eine Nummer zu groß. Noch nie hat jemand Wert auf meine Mitwirkung gelegt, bis auf Mama natürlich. Antonia weiß doch, wie das ist bei mir. *Kopf gegen Bauch, Bauch schafft an.* Da bewirkt guter Wille alleine wenig.

Aber was soll's, wenn sie sich das in den Kopf gesetzt hat, sind Widerspruch und Gegenwehr zwecklos.

»Und dafür musst du als Erstes mal in die Schule.«

Ich dachte immer, eine Schule besuchen nur *richtige* Hunde; solche wie Benni und Fetzi. Benni findet den Unterricht dort ganz okay, Fetzi allerdings spielt lieber mit ihrem Ball. »Da stolperst du in Reih' und Glied mit lauter überzüchteten Schnöseln über die Wiese und paukst Anfängerzeugs wie ›Sitz!‹ und ›Platz!‹, bis es dir zu den Ohren rauskommt«, hat sie gesagt. »Die verachten uns Mischlingshunde, bloß weil ihre Eltern ›von und zu Irgendwas‹ heißen und die Punkte auf ihrem Fell genau soundsoviel Viertelhundepfoten weit auseinanderliegen – was ja nun wirklich nicht *ihr* Verdienst ist. *Brrrh.* Außerdem ist ein klasse Stammbaum noch lange keine Garantie für massig Grips im Hirn.«

Wenn das stimmt, was sie da erzählt, dann frage ich mich ja schon, was ich hier soll. Meine weißen Sprenkel hat der- oder diejenige, der – beziehungsweise die – für die Verteilung zuständig ist, über mir ausgekippt und ist zum nächsten Hund weitergelaufen, ohne sein (ihr) Werk nochmal kritisch zu überprüfen. ›Sitz!‹ und ›Platz!‹ kann ich schon, ›Bleib!‹ auch und sogar ›Bei mir!‹, was bedeutet, dass ich ganz eng neben Antonia gehen muss. Und stolpern tu' ich eh dauernd. Es gibt also keinen einzigen Grund für mich, diese Schule zu besuchen.

Zum ersten Mal überhaupt bin ich richtig enttäuscht von Antonia. Ich fühle mich hintergangen.

Ich will nach Hause!

Aufgeregtes Gequieke lenkt meine Aufmerksamkeit auf die Wiese vor uns. *Mannomann, hier ist richtig was los!*

Hunde, so weit das Auge reicht. Zehn sind es bestimmt, wahrscheinlich noch mehr. Einige davon dürften ungefähr so alt sein wie ich, der Rest jünger. Angst habe ich vor denen keine, Dreikäsehochs wie diese sind mir eher lästig. Da bin ich mir jetzt schon sicher, obwohl ich noch nie mit welchen zu tun hatte, außer mit Filippo und den anderen natürlich. Lenken mich von meinem Gefahrenmanagement ab. Letzteres erscheint mir hier zwingend notwendig, denn die Knirpse haben alle ihren jeweiligen Rudelführer mitgebracht und die halbe Verwandtschaft dazu. »Hier geht's zu wie am Hauptbahnhof«, sagt sogar Antonia. Zwar wirken Menschen mit Hund auf mich weniger beängstigend als welche ohne. Aber so viele fremde Zweibeiner auf einmal, die sich so willkürlich um uns herum verteilen, dass es mir unmöglich erscheint, den Überblick zu behalten, das überfordert mich dann doch. Wie soll ich da für meine Sicherheit sorgen?

Antonia sagt etwas zu mir, das ich vor lauter Aufregung nicht verstehe. Sie beugt sich über mich – und plötzlich steh' ich ohne Leine da! »Lauf, geh' die anderen Hunde kennenlernen!«

Ich fühle mich wie bestellt und nicht abgeholt.

Sie weiß doch genau, dass ich es hasse, Fremde anzusprechen!

Dort hinten, am anderen Ende des Platzes, da sieht es einsam aus. Vielleicht hab' ich da meine Ruhe.

Ich flitze los, mit Vollgas aus dem Gedränge. Auf halbem Weg zum hinteren Zaun erwäge ich, einen Blick zurück zu Antonia zu werfen, entscheide mich aber doch dagegen, denn dazu müsste ich bremsen. Sie wird schon Bescheid sagen, wenn wir nach Hause fahren. Ich sause einen Kreis, der größer ist als unser Garten.

Renneeen – au jaaa! Und nochmaaal. Winni, flieeeg!

Mit jeder Runde verblasst die Wirklichkeit um mich herum ein bisschen mehr. Das Blut rauscht in meinem Kopf, alles fällt von mir ab – die Zukunft, die Menschen, der Schmerz.

Hey, der Glücksdrache! Huhuuu, Glüüücksdracheee!

Beim ersten Mal, als wir den Film im Fernsehen geguckt haben, dachte ich, der Drache ist ein Hund, weil er ein bisschen so aussieht wie Benni und ich. Echt klasse, der Typ! Er wohnt im Reich der Fantasie.

Da ist sein Liehieed! Laaalalalalalalaaalalaaa, lalalaaalalalalalalalalaaaaaaaa…

Dann bin ich halt bescheeeuhert, na uhuuund? Ist mir doch egahaaal!

Plötzlich ein Schreck.

Etwas stimmt nicht!

Ich bremse mit allem, was ich habe.

Da! Diese Bengel haben sich japsend und quietschend an meine Fersen geheftet. Die versuchen, mich einzukreisen! Ausgerechnet mich!

Halten die das für ein Spiel? Ich bin kein Hase!

Drei von ihnen kommen mir schräg von vorn entgegen.

Ich tue etwas, das ich nie zuvor für möglich gehalten hätte: Ich renne mittendurch. Als ob sie Luft wären.

Wummm!

Beine fliegen, Dreikäsehochstimmchen quietschen.

Stille.

Oli, die Nervensäge, meldet sich zu Wort: *»Oooh, die werden jetzt sauer sein auf dich!«*

Für einen kurzen Moment fühle ich mich unsicher. Ich sause einen weiteren Kreis.

Ach was, egal!

Die drei Helden rappeln sich auf. Einer von ihnen zieht belämmert ab, aber zwei, die beiden Größeren, fassen neuen Mut. Ein pummeliger schwarzer Wischmopp, der sich als Anführer aufspielt, taucht vor mir auf und will mich ausbremsen. Ich schlage einen Haken, halte direkt auf ihn zu, werfe mich mit der Schulter in seine Seite und schnappe nach seinem Ohr.

Volltreffer!

Der Wischmopp jault auf und wirft sich auf den Boden.

»*Du meine Güte, das wird Folgen für dich haben*«, feixt Oli.

Doch diesmal hat er die Rechnung ohne mich gemacht; ich bin mir ausnahmsweise mal sicher: Ich habe das Recht, mich zu wehren, wenn ich angegriffen werde. *Also halt die Klappe!*

Während ich Oli in seine Schranken verweise, schart sich die Meute um ihren humpelnden Anführer – und räumt das Feld. Ich muss zweimal hinschauen, bevor ich es glauben kann.

Siiieg!

Vor Kurzem hätte ich mich vor denen noch ins nächste Mauseloch verkrochen!

Laaalalalalalalaaalalaaa, lalalaaalalalalalalalalaaaaaaaa…

Plötzlich dringt eine bekannte Stimme an mein Ohr.

Antonia?

Ich drehe mich um. Sie hüpft da hinten durch die Gegend wie Fetzis gelber Gummiball. Ob es was Wichtiges ist? Nur noch schnell die Fuchsfährte hier anschauen.

Bin schon unterweeeheeegs!

Die anderen Hunde und ihre Rudelführer scheinen auf etwas zu warten. Sie werfen mir missbilligende Blicke zu; nur der Wischmopp betrachtet intensiv die Grashalme vor seinen Füßen.

Hab' ich was vermasselt? Ich war so vertieft in meine Abwehrschlacht.

Antonia nimmt mich kommentarlos an die Leine. Schimpfe kriege ich nie, wenn ich zu ihr komme, selbst wenn ich mich verspätet habe. Sie weiß genau, dass hund lieber Mäuse erschrecken geht, anstatt zu seinem Rudelführer zu eilen, wenn er dort mit mieser Stimmung rechnen muss.

»Sitz!« Antonia guckt streng.

Ich ziere mich.

Sie lässt mir Zeit. Sie weiß, dass ich innerlich noch nicht bereit bin für Gehorsamstraining, nach meinem aufregenden kleinen Zusammenstoß von vorhin.

»*WINFRIED, Sitz!* Die warten wegen *dir*!«

Na, da mach' ich mich ja gleich mal beliebt – obwohl, die haben mir ja eben schon gezeigt, was sie von mir halten. Gut, dass ich auch keine Lust habe, Freundschaft zu schließen. Sind mir doch alle zu doof.

Zu denken gibt mir allerdings die Tatsache, dass Antonia mich *WINFRIED* genannt hat. Das tut sie nur, wenn's kritisch wird. *WINFRIED!* Wie schrecklich. *BENJAMIN* und *FELIZITAS* geht gerade noch, aber *WINFRIED …*

Ich setze mich.

Auf einmal kehrt Ruhe ein. Eine junge Frau stellt sich vor und übernimmt das Kommando. Sie heißt Rebecca. »Das ist die Hundetrainerin«, flüstert Antonia mir zu.

Wir sollen ›Platz!‹ machen. Ich überprüfe mit einem kurzen Rundumblick die Gefahrenlage und lege mich bedächtig hin. Antonia reicht mir ein Wurstscheibchen, das ich annehme – was mich wundert, denn dieser Ort ist mir trotz der vielen Glücksdrachenkreise, die ich gezogen habe, noch fremd.

Jetzt geht es richtig los: Vorwärtsmarschieren, stehenbleiben, rechts, links, geradeaus. Hinsetzen, aufstehen, hinlegen, aufstehen und so fort.

Nun sollen wir, also Antonia und ich, im Zickzack zwischen den anderen Hunden und ihren Menschen durchlaufen, ohne dabei nach verlorenen Wurstscheibchen zu suchen oder den Wischmopp im Vorbeigehen zu fragen, ob's denn noch *seeehr* wehtut.

Jaja, Schadenfreude, ich weiß …

Wir bewältigen die Herausforderung auf Anhieb. Nur Antonia verursacht zeitweise ein paar Probleme: Sie ist so langsam, dass ich sie an der Leine hinter mir herzerren muss. Das Wurstscheibchen, mit dem sie mich zu bremsen versucht, nehme ich gern, und noch eins und noch eins, aber dann will ich wirklich weiter!

Ich bin stolz: Weniger als zwei Hundelängen Abstand zu Menschen, die ich noch nie in meinem Leben gesehen habe, und das ohne Zittern und Zähneklappern – das ist mein persönlicher Rekord!

Vertreibt Glücksdrachenkreise rennen Angst und Panik?

Das wäre ein Hoffnungsschimmer, denn es hieße, dass ich einfach nur eine Zeit lang sausen muss, wenn ich mich gestresst und überfordert fühle, und schon geht's mir besser.

Endlich darf ich wieder von der Leine. Das Gebilde dort hinten in der Ecke, das hab' ich vorhin übersehen, obwohl es wirklich riesig ist! Ein Dach ohne Haus. Ich denke an unseren Garten im Schnee – an die Gartenbank, die Schubkarre, den Blumentrog – und begreife sofort: Das da ist für *mich*!

Mit zwei kraftvollen Sätzen bin ich oben.

Hui, was für eine Aussicht!

Und wieder runter.

Man nennt mich den Schwarzen Blitz!

Und weiter im Kreis. Und nochmal. Und wieder.

Laaalalalalalalaaalalaaa, lalalaaalalalalalalalalaaaaaaaaa…

Ach du Schande, *Antonia*!

Ich hab' sie völlig vergessen. Und das nach dem Ärger von vorhin. *Wo ist sie?*

Da drüben stehen die Rudelführer beieinander. Ein paar zeigen mit dem Finger auf mich, andere schütteln den Kopf und halten sich die Hände vors Gesicht. Irgendetwas finden die ziemlich lustig.

Bin ich jetzt hier auch schon der Gute-Laune-Hund?

Ich breche meinen Kreis ab und trotte zu Antonia, mit traurig hängenden Schultern, nur für den Fall, dass ich etwas angestellt habe, ohne es zu bemerken.

»Dass *der* sich da hochtraut!«, ruft eine Frau. »Der ist doch noch viel zu klein für ein so riesiges Hindernis.«

Wieso hochtraut?

Ich lege meinen Kopf schief und schaue Antonia fragend an.

»Lieber Winni, ich hab' dir doch gesagt, dass du ein Sportler bist und mutig noch dazu. Deinem Alter weit voraus.«

Mutig? Das wär' mir neu …

Rebecca schaltet sich ein. »Da in der Ecke haben wir noch was für dich. Einen Abenteuerspielplatz.«

Tatsächlich, ein Spielplatz!

Antonia führt mich hin.

Als Erstes probieren wir den Riesenwurm zum Durchkriechen aus. Todesmutig krabble ich in die Dunkelheit. Die ersten Hundelängen gehen mir locker von der Pfote. So langsam frag' ich mich allerdings: Wo ist der Ausgang? Vor mir ist alles schwarz. Ich taste mich voran. *Da, rechts, ein Lichtstrahl!* Hier geht's um die Ecke! Also, reeechts *ummm*; der Rest ist Pipifax!

Jetzt ist die Wippe dran, und die Wackelbrücke.

Antonia ist begeistert. »Scheint ganz dein Ding zu sein hier, hm? Bist ein richtiger Kletterer!«

Ich fühle mich mutig genug für einen Blick in die Runde.

Oh je, die Knirpse! Die stellen sich vielleicht an! Der Wischmopp verweigert schon vor der Rampe. Spätestens kurz vor der Mitte, da, wo es besonders stark wackelt, ist auch bei den anderen Schluss.

Ich bin zufrieden mit meinem ersten Unterrichtstag. Er hat mir gleich zwei interessante Erkenntnisse auf einmal gebracht. Erstens: Ich kann mich gegen Altersgenossen wehren. Zweitens: Es gibt Dinge, bei denen mein Mut größer ist als der aller anderen Hunde zusammen!

Ich muss zugeben, unser Gewinner-Ziel rückt näher. Vielleicht ist Antonias Idee doch nicht so unsinnig.

Mein Schulbesuch hat mich auch in Sachen Allgemeinbildung weitergebracht: Ich weiß jetzt, was eine Woche ist und dass man sie in Tage unterteilt, die unterschiedliche, regelmäßig wiederkehrende Namen haben, denn die Schule hat immer nur samstags geöffnet. In meinem Land im Süden lebten wir zeitlos. Wir kannten nur Tag und Nacht.

Ich weiß nicht, ob Zeit wirklich eine gute Erfindung ist. Man fühlt sich so gehetzt, auch wenn man gar nichts vorhat. Ich hätte nicht gedacht, dass es Dinge gibt, die gut sind an meinem Land im Süden, außer Mama natürlich, und Ioanna, Janis, Anni, Lisa, die Hunde und die anderen Tiere.

Wahrscheinlich hat Mama wieder mal Recht. Sie sagt, fast nichts ist nur gut oder nur schlecht. Nicht mal Kostas, die armselige Kreatur. Vielleicht sollte er mir leidtun. Aber dazu fürchte ich ihn zu sehr.

Hasenbraten in Neuschnee

Antonia ist bester Laune, schon um diese Uhrzeit. Das irritiert mich. Für gewöhnlich ist sie ein Morgenmuffel.

Da ist was faul!

Meine Familie neigt bekanntermaßen dazu, mir unangenehme Dinge zu verschweigen und mich dann vor vollendete Tatsachen zu stellen. Vielleicht haben wir hier wieder so einen Fall.

Und tatsächlich: Anstatt zu frühstücken fahren wir mit dem Auto los.

Wir halten schon wieder an einem Ort, an dem ich noch nie war. Rebecca ist auch da. Das kann nur eines bedeuten: Arbeit.

Antonia sagt, wir probieren ein Spiel aus, das zu unserem Gewinner-Projekt gehört. Benni und Fetzi kennen es schon.

Das ist also der Grund für die Heimlichtuerei. Die hatten schon wieder Angst, ich würde nicht mitkommen, wenn sie mir vorher sagen, was sie vorhaben.

Trotz meines grundsätzlichen Misstrauens gegenüber allem und jedem bin ich diesmal gespannt auf das, was Antonia mit uns vorhat, weil Benni vor Ungeduld herumzappelt, als müsste er dringend aufs Klo. Am liebsten würde er auf der Stelle loslaufen. Macht das Spiel so viel Spaß?

Benni verschwindet zusammen mit Antonia und taucht erst eine halbe Ewigkeit später wieder auf. Mühsam krabbelt er ins Auto und schleppt sich auf seine Decke.

Komisches Spiel. Der ist ja halb tot!

Jetzt ist Fetzi dran.

»Ich würd' viel lieber Ballspielen«, sagt sie. »Ich bin doch kein Jagdhund!«

Sie seufzt und fügt sich in ihr Schicksal.

Fetzis Zustand nach ihrer Rückkehr ist noch besorgniserregender. Ihre Zunge schleift mehr oder weniger am Boden, die Hinterbeine eiern beim Gehen als hätte sie Schwabbelmasse in den Knien.

Wir bräuchten mal 'nen Rollstuhl!

Antonia muss kräftig von hinten schieben, um sie ins Auto zu bekommen.

Ich mache mir Sorgen. »*Fetzi?!*«

»Kann nich' mehr«, murmelt sie und sackt auf ihrer Decke zusammen.

Das ist kein Spiel, sondern Hochleistungssport, wenn nicht gar Folter!

Antonia zieht mir mein Geschirr über und knipst die Leine in den hinteren Ring. Das tut sie sonst nie, weil man sein Körpergewicht dann automatisch nach vorne verlagert, was dazu verführt, übermäßig Gas zu geben. »Bei dem Spiel darfst du ziehen so viel du willst. Wie die Schlittenhunde in Alaska.«

Alaska? So viele ungeklärte Fragen.

»Jetzt komm' raus!«

Ich strecke mich, als hätte ich stundenlang tief geschlafen. Hauptsache Zeit gewinnen. Doch Antonia gibt mir einen Schubs; ich kippe vornüber und lande in ihren Armen.

Hier ist einiges los – viel zu viel für meinen Geschmack. Mein Unterbewusstsein erfasst den Ernst der Lage. Es schaltet auf ›*Zittern, mittelstark*‹.

Rebecca hält mir ein halbes Würstchen hin. Ich verweigere mich und starre stattdessen das kleine rote Auto auf der gegenüberliegenden Straßenseite an.

Ihr wisst es doch alle: Wer etwas von mir haben oder mir etwas andrehen will, der muss mich in einer menschenleeren Nebenstraße ansprechen. Sollte ich in dem Moment gerade außergewöhnlich gut drauf sein, nehme ich vielleicht sogar ein Wurstscheibchen an – aber *hier*?!

Plötzlich drückt Antonia die Leine Rebecca in die Hand und setzt ihre ›Alles-in-Ordnung‹-Miene auf.

Sehr verdächtig!

Sie dreht sich um, winkt mir zu, ruft meinen Namen – und läuft davon! Ab um die Ecke; ich kann sie nicht mehr sehen.

Der Transporter. Er blitzt in der Sonne, während er dort auf Kostas' Hof steht und meine Familie verschluckt. Erst Mama, dann Filippo und die anderen.

Rebecca hält mir etwas vor die Nase. Eine Plastiktüte, deren Inhalt nach Antonia riecht. Meine Schockstarre weicht verzweifelter Hektik, mein Herz klopft bis zum Hals.

Du lässt mich nicht allein!

Ich werfe mich in mein Geschirr und renne. Rebecca taumelt. Sie fängt sich, hastet hinter mir her. Meine Nase klebt am Boden, an Antonias Spur. Ich rase um die Ecke, kein Zweifel, wo es langgeht. Rebecca fliegt aus der Kurve.

Da, Antonias Mütze!

Schnell weiter. Ich konzentriere mich auf die nächste Hundelänge – so sehr, dass ich ihre Beine erst im letzten Moment bemerke. *Antoniaaa!*

Sie freut sich sehr, mich zu sehen. *Warum ist sie dann weggelaufen?*

»Ja Winni, du bist ja völlig aufgelöst! Das ist doch ein Spiel, ein Suchspiel!«

Rebecca schüttelt den Kopf. »Echt krank, der Arme.«

Wie sollen sie wissen, dass ich jederzeit damit rechnen muss, verlassen zu werden und zu sterben?

Hinterher auf meinem Hundebett ist mir aufgegangen, was meine Nase da Großartiges geleistet hat. Mama hat mir erklärt, dass jedes Lebewesen anders riecht. Der Geruch sitzt auf winzig kleinen Hautfitzelchen, die wir alle ständig in Massen verlieren, auch Menschen in Jacke, Mütze und Handschuhen. Sie kleben auf der Straße, hängen im Gras und sammeln sich an Hecken, Zäunen und Mauern.

Antonias neues Spiel gefällt mir, obwohl es mich ganz schön Nerven gekostet hat. Ich bin schon den ganzen Tag über richtig locker, für meine Verhältnisse. Sogar als wir vorhin gemeinsam einen Blick aus dem Gartentor geworfen haben, hab' ich das super gepackt.

Stolz berichtet sie Paul von meiner Leistung. »Für Winni scheint Suchen Medizin zu sein.«

Paul nickt. »Hab' ich mir schon gedacht, dass er das kann. Er lernt, sich auf etwas zu konzentrieren, das in dem Moment wichtiger ist als die Angst. Wenn er damit Erfolg hat, wächst sein Selbstvertrauen. ›Positiver Stress‹ würde ich das nennen.«

Antonia gießt sich ein Glas Wasser ein.

»Beim Suchen muss er selbstständig entscheiden, was er als nächstes tun will«, sagt sie. »Im Alltag darf er das nicht, als Omega-Hund. Das ist natürlich neu für ihn, aber es bringt ihn sicher weiter, solange er auseinanderhalten kann, wann er denken darf und wann nicht. Spätestens heute hab' ich kapiert, dass es falsch wäre, ihn in Watte zu packen, solange wir den Stress dosieren und ihm Gelegenheit geben, seine Erlebnisse zu verdauen.«

»Ich glaub' auch, dass noch eine ganze Menge Fähigkeiten in ihm stecken. Er weiß es nur noch nicht!«

Einige Tage später

Antonia hat beim Frühstück ankündigt, dass wir das Spiel heute nochmal machen. Ich springe voller Tatendrang ins Auto. Die Straße, an der wir diesmal parken, sagt mir zu. Nur ganz selten kommt jemand vorbei, während ich auf meiner Kuscheldecke warte, bis Benni und Fetzi wiederkommen.

Jetzt, wo ich dran bin, trübt eine leichte Panikattacke meine Vorfreude. Macht aber nichts, es geht auch so.

Antonia hält mir eine Tüte unter die Nase, in der sich ein dunkler Gegenstand befindet. »Riech!«

Hm. Antonia ist noch da. Wen soll ich denn suchen?

Ich schnuppere kurz.

Ein Fremder!

Rebecca meldet Bedenken an. »Bist du sicher, dass er genug erwischt hat?«

Antonia ist sicher. »Klar. Er ist sehr gründlich.«

Der Handschuh in der Tüte gehört einer Frau, die einen Mordsstress hat zur Zeit. Gestresste Menschen riechen eigenartig. Deshalb merke ich es auch sofort, wenn Antonia ihre gute Laune nur vortäuscht.

»So, jetzt suchen wir die Person, die den Handschuh verloren hat«, sagt Antonia. »Den Vermissten.«

Aha.

»Such!«

Ich trabe los, als hätte ich nie etwas anderes getan, als fremde Vermisste aufzuspüren. Das Bedürfnis, meine Nase einzusetzen, das meine Eltern mir vererbt haben, ist stärker als die Angst.

Die ersten Hundelängen lassen sich gut an. Plötzlich packt mich das Jagdfieber. Die Leine spannt sich, Antonia strauchelt. *»Laaangsaaam!«*

Vielleicht hätte sie ein paar Mal mit Paul joggen sollen.

Sie sagt etwas; es klingt nach Lob.

Stör mich nicht! Ich bin ein Jagdhund, ich such' von selbst!

Die Spur liegt vor mir wie Hasenbraten in Neuschnee. Eine Geruchshauptstraße. Mir ist ein Rätsel, wieso Menschen bei einer so klaren, einfach zu lesenden Fährte so kläglich versagen. Wie arm muss ihre Welt sein ohne die vielen interessanten Informationen, über die sie achtlos hinwegtrampeln!

Der Mann dort, das ist der Falsche. Ich verfolge ihn mit meinem Blick, während er in einem kleinen Bogen an uns vorbeischlendert. Die ganz große Panik bleibt aus.

Antonia hat es auch gemerkt. *»Du bist ja supercool!«*

Die Marderspur zu der Mülltonne da drüben lässt mich kalt, das Eichhörnchen auf dem Baum daneben auch.

Nach vielleicht fünfzig Hundelängen und der bisher einzigen Kreuzung stapeln sich die Hautfitzelchen wie drei Geruchshauptstraßen übereinander. Ein paar Schritte noch, vorbei an dem Gartenhäuschen. Da sitzt sie, die Handschuh-Frau, versteckt hinter einem Busch.

Jetzt muss ich mich nur noch trauen, mich ihr zu nähern. Ich beginne zu zittern.

Der garstige Oli mischt sich ein. *»Schon wieder Bammel, hm? Hast schon Recht!«*

Ich starre in die Richtung, in der ich unser Auto vermute, um Antonia dazu zu bewegen, schnellstens mit mir dorthin zurückzukehren.

Die denkt nicht daran. »Halt, schau mal, du musst schon näher hingehen! Ich will wissen, ob du dir sicher bist, dass es die Richtige ist!«

In meinem Nacken spüre ich erwartungsvolle Blicke. Ich zittere mich bis auf eine Hundelänge an die Frau heran.

Just in diesem Moment verscheucht sie eine Fliege; ich zucke zurück.

Noch ein Versuch.

Diesmal klappt es!

»Man sieht schon, er ist sich sicher«, sagt Rebecca. »Lassen wir's gut sein.«

Die Handschuh-Frau bewegt sich *gaaanz laaangsam*, winnigerecht sozusagen, und zückt ein Würstchen. Kein Scheibchen, nein, ein ganzes!

Meine vordere Hälfte schleicht ein Stück nach vorn, die hintere bleibt stehen. Mein Hals wird so lang wie der von Kostas' Gans.

Okay, bei Drei! Eiiins, zweiii, ... drei!

Ich schnelle nach vorn, packe das Würstchen, lege den Rückwärtsgang ein, ziehe mich auf die andere Seite des Busches zurück und verschlinge es mit einem einzigen Happs. *Und jetzt will ich heim!*

Antonia auch, zu meinem Glück.

Von unserem Auto trennen mich drei Fußgänger und ein Kinderwagen mit Inhalt. Antonia lotst mich daran vorbei, während ich im Zickzack hinter ihr herschleiche.

Wir steigen ein, der Stress fällt von mir ab. Benni und Fetzi schauen mich interessiert an.

Bisher wusste ich es nur, weil alle es gesagt haben; jetzt kann ich es fühlen: Ich bin ein Jagdhund!

Zurück zu den Wurzeln. Das gibt mir Sicherheit.

Antonia sagt, Rebecca hält mich für sehr talentiert. Ich muss zwar noch viel lernen, aber ich bin schon jetzt besser als meine eher künstlerisch begabte Schwester Fetzi. Deshalb fahren wir ab sofort regelmäßig zum Suchunterricht. Ganz schön viel Aufwand für einen winzigen, verhaltensgestörten Jagdhund aus einem Land im Süden!

Winni trainiert für Olympia

Zu meinen Alltagsaufgaben im Rahmen unseres Gewinner-Projekts gehört, täglich entweder etwas Bekanntes zu üben oder etwas Neues auszuprobieren, oder beides. Ich habe festgestellt, dass ich mich und meine Fähigkeiten umso besser einschätzen kann, je mehr ich kennenlerne und ausprobiere. Trotzdem bräuchte ich langsam mal ein längeres Päuschen.

Doch Antonia drückt aufs Gas. »Denk an unser Projekt: Winni soll glücklich werden!«

Wir haben doch schon so viel erreicht.

Paul ist ganz meiner Meinung: »Drill' ihn doch nicht so, oder sind wir hier beim Militär!«

Was bitte ist ein Militär?

»Er folgt doch schon sehr gut.«

Seh' ich auch so.

Was meinen Gehorsam angeht, regiert Antonia mit harter Hand. Kommandos wie ›Stopp!‹, ›Hier!‹, ›Sitz!‹, ›Platz!‹ und ›Bleib!‹ sind blind zu befolgen, selbst wenn mir auf dem schmalsten aller Gehwege Kinder, Männer, Fahrradklingler und Katzen gleichzeitig begegnen, das Ganze garniert von vorbeidonnernden Lastwägen und reißenden Leinen. Das trainieren wir unter Einsatz aller nur denkbaren Ködersorten im Haus, im Garten und zunehmend auch in ruhigen Nebenstraßen. Von dort will sich Antonia in Richtung Hauptstraße vorarbeiten.

Hinsetzen in Stresssituationen klappt schon erstaunlich gut. Auf meinem Po fühle ich mich sicherer als auf meinen vier Pfoten.

Antonia lässt Pauls Einwand an sich abprallen. Sie hat schon wieder eine Menge Ideen. Da wäre zum Beispiel eine Sache, bei der ich mich – zugegebenermaßen – schon immer sehr ungeschickt angestellt habe. Ich soll ein Fischbonbon, das sie mir zuwirft, direkt aus der Luft fangen. Das gelingt mir höchstens mal zufällig. Die meisten streifen meine Nase und fallen zu Boden, weil ich vergesse, die Schnauze aufzumachen.

Meine Schwester Fetzi dagegen springt in die Luft, als wollte sie eine Schwalbe vom Himmel holen, und fängt jeden beliebigen Gegenstand punktgenau mit den Zähnen auf, bevorzugt natürlich ihren Ball. Ich würde mich nie trauen, das zu versuchen, weil er ganz sicher von mir abprallen und in Antonias Kakaotasse platschen würde.

Antonia sagt, ein bisschen Geschicklichkeitstraining wäre gut für mein Selbstbewusstsein. Dann müsste ich nicht mehr so traurig zugucken, wenn Benni und Fetzi sich ihre Belohnungshäppchen aus der Luft schnappen. Belohnungshäppchen sind immer an Aufgaben geknüpft, sonst wären es keine, ist ja logisch. Man bekommt im Leben nichts geschenkt.

Antonia rückt mit einer Tüte Fischbonbons an. Sie bemerkt die Zweifel in meinem Blick. »Hey, wir kriegen das hin! Ich werf', du fängst, okay?«

Sie hockt sich vor mir auf die Knie und zieht ein Fischbonbon aus ihrer Tüte. »Fang!«, ruft sie und wirft es in einem winzig kleinen Bögelchen direkt in meine Schnauze.

Mmmh, ich kann's ja doch schon!

Antonia ist begeistert. Das Nächste kommt in einem etwas größeren Bögelchen geflogen. Es purzelt mir vor die Füße.

Ich will daran schnuppern, doch Antonia sagt: »Nein! Du kriegst es nur, wenn du es fängst.«

Blödes Spiel.

Nächster Versuch. »Fang!«

Beinahe hätte ich es gehabt, aber im letzten Moment fällt es mir wieder von der Lippe. Diesmal habe ich meine Zähne einen winzigen Moment zu spät aufeinandergeklappt.

Ich will das fangen!

Vierter Anlauf. »Fang!«

Das Fischbonbon fliegt auf mich zu. Antonia hat zu hoch geworfen. Ich muss mich mit den Vorderpfoten vom Boden abstoßen, um es zu erwischen. *Schwupps, zack, Mund zu – Fischbonbon drin!*

»*Suuuper* Winni, klasse gemacht! Hören wir mit diesem wohlverdienten Zwischenerfolg auf für heute, okay? Beim nächsten Mal schaffst du es gleich.«

Uaah, ich bin so müüüde …

Einige Tage später

Fischbonbons fangen klappt von Tag zu Tag besser. Die nächste Lektion heißt ›Tür auf!‹. Sie hat einen ernsten Hintergrund. Ich habe nämlich Probleme, von Raum A nach Raum B zu gelangen, wenn ich dafür eine angelehnte Tür aufstoßen muss. ›Mensch, du musst nur mit der Schnauze dranstupsen.‹ Wie oft hab' ich diesen Satz von Benni und Fetzi gehört. Ich warte auf Hilfe, obwohl ich locker durch den Spalt passe. *Peinlich.*

Bei ganz alltäglichen Pfotengriffen, die andere locker bewältigen, kann ich vor lauter Angst keinen klaren Gedanken fassen. Ich schäme mich.

›Tür auf!‹ – etwas so Schwieriges tun zu wollen, erscheint mir irgendwie anmaßend. Als ob ich, schwer von Begriff wie ich bin, mir etwas herausnähme, das den Klugen vorbehalten ist.

Noch kniffliger muss es sein, eine Tür in meine Richtung aufzubekommen, indem man die Schnauze dazwischenschiebt. So knifflig, dass ich es vorsichtshalber noch nie versucht habe. Weshalb etwas probieren, das sowieso schiefgeht?

Die anspruchsvollste Technik besteht darin, die Tür mit der Pfote aufzuziehen. Ich stehe da, den Tränen nahe, und warte, bis jemand mir zur Seite springt – so ungefähr sähe das aus, wenn ich es versuchen würde. *Nein danke*, sag' ich da nur.

Manchmal ist alles so hoffnungslos. Ich bin dann richtig verzweifelt.

Antonia hasst es, mich leiden zu sehen. Deshalb nehmen wir das Türproblem jetzt entschlossen in Angriff. Wir stehen vor der Wohnzimmertür. »Warte hier«, sagt sie, geht ins Zimmer, zieht die Tür hinter sich zu bis auf einen Spalt, durch den ein dreiviertelter, aber kein ganzer Winni passt, setzt sich auf den Boden und hält mir ein Fischbonbon vor die Nase. »Jetzt komm! Du musst nur ganz leicht dagegendrücken!«

Ich versuche es, wirklich. Aber es geht nicht.

Ich könnte heulen. Irgendwo tief drinnen hatte ich wohl doch gehofft, es zu schaffen.

Ich tripple von einem Bein auf das andere und wiege meinen Körper vor und zurück, also ob ich Schwung holen wollte vor einem ganz großen Sprung. So wie auf Waldwegen, wenn ich von der rechten Förster-, Jäger- und Waldarbeiterautoreifenspur zur linken wechseln will. Dazu muss ich den kleinen Buckel in der Mitte überwinden. Der ist ungefähr eine Pfotenlänge hoch – für normale Hunde nicht gerade ein gewaltiges Hindernis, für mich ein Berg. Während ich überlege, wie ich am besten drüberkomme, klappe ich meine Schnauze auf und zu wie das grasgrüne Kroko-Dingsda zum Tauziehen, das Antonias Schwester neulich mitgebracht hat, und klappere mit den Zähnen, weil ich mich so konzentriere. *Klack klack klack*. Wegen einer Pfotenlänge. Es ist echt ein Witz.

Ich stehe noch immer vor der Tür. Antonia hat das Fischbonbon durch ein Wurstscheibchen ersetzt.

Eiins, zweiii, ... drei!

Nichts geschieht. Aufgeben?

Nein!

Also nochmal.

Eiins, zweiii, drei!

Ich schließe die Augen, taste mich nach vorn, gebe der Tür einen Schubs *uuund – bin durch*!

Antonia stößt einen Freudenschrei aus. Ich tripple nochmal von einer Pfote auf die andere, sehe mir das Wurstscheibchen genau an und nehme es Antonia ganz vorsichtig aus der Hand.

Meine ersten Erfolge beim Fischbonbons fangen und Tür aufmachen geben mir weiteren Auftrieb. Antonia sagt, ich habe es geschafft, über meine unbewusst selbst gesteckten Grenzen hinauszugehen, und etwas gelernt, das mir unerreichbar erschien. Ich frage mich, warum mir beides vom ersten Tag an so schwer gefallen ist, während ich damals in der Hundeschule das Dach ohne Haus und den Riesenwurm ohne Probleme bewältigt habe. Das Einzige, was bei mir sicher ist, ist, dass bei mir nichts sicher ist.

Benni und Fetzi haben jetzt viel mehr Respekt vor mir. Es gibt sogar Dinge, die ich besser hinkriege als sie. Ich klettere so flink wie kein anderer über Riesenbaumstammstapel am Wegesrand und balanciere souverän darauf entlang. Sogar auf ganz schmalen, von denen Benni und Fetzi runterplumpsen wie nasse Säcke, obwohl sie begnadete Sportler sind.

Selbstverständlich springe ich wie ein Floh über Hindernisse aller Art, zum Beispiel – natürlich nur an Regentagen – über die hölzernen Sitzbänke, auf denen sich bei Sonnenschein Spaziergänger ausruhen. Zumindest wenn gerade niemand zusieht, außer Antonia. Wenn ich Fremde erahne, dann *springe* ich nicht, ich *gleite* in der Hoffnung, dass niemand auf mich aufmerksam wird. Antonia findet das ziemlich lustig.

Ich hatte mich längst damit abgefunden, dass ich ein Tollpatsch bin. Aber seit Antonia so beharrlich mit mir übt, schöpfe ich zum ersten Mal in meinem Leben Hoffnung. Ein winziges Licht am Ende des Tunnels *muss* es wohl geben, sonst wäre sie ja verrückt, sich so für mich einzusetzen. Eine echte Chance, dass ich tatsächlich glücklich werde.

Leider denkt sie sich auch doofe Sachen aus, zum Beispiel ›Gib' Pfote!‹ und ›Mach' Männchen!‹.

Oh Mann, wenn das einer sieht!

Manchmal tue ich so, als hätte ich Kopfschmerzen, und setze meine Leidensmiene auf, aber es hilft nichts. Wenn Antonia gesagt hat, dass ich etwas Bestimmtes machen soll, dann gibt es kein Zurück. »Sobald ich da auch nur *ein einziges Mal* nachgebe, nimmst du mich nie wieder ernst«, sagt sie, und ich muss zugeben, dass da was dran sein könnte.

Mir ist noch etwas aufgefallen: Je besser ich mich im Alltag zurechtfinde, desto schwerer fällt es mir, zu akzeptieren, dass alle anderen mir sagen, was ich tun soll. Andererseits weiß ich natürlich, dass ich Kopf und Kragen riskiere, wenn ich mich auflehne. Da bleibe ich lieber ein ganz und gar unwichtiger, aber körperlich unversehrter Omega-Hund.

Der Waldhund

Trotz meines ermutigenden ersten Schulbesuchs, meines gelungenen Einstands als Vermisstensuchhund, meiner hart erarbeiteten Fischbonbon-Fangkünste und meines tollen ›Tür auf‹-Erfolgs nimmt Antonia meine Trainingsverpflichtungen auf der anderen Seite des Gartenzauns nach wie vor sehr ernst. Paul hat ihr vorgeschlagen, doch lieber meine Stärken zu fördern – Klettern, Balancieren, Vermisste finden, Kleingemüse vermöbeln und sowas –, anstatt an meinen Schwächen herumzudoktern, was für uns alle mit so viel Ärger und Enttäuschung verbunden ist. Aber *nein*, sie ist der Meinung, zu unserem Projekt gehört beides.

Zurück zu Hause muss sie mich jedes Mal mit einem feuchten Tuch abrubbeln, weil ich bei Stress Schuppen bekomme. Mein Fell ist dann übersäht von winzigen weißen Hautfitzelchen. Damit werde ich wohl leben müssen; es gibt einfach zu viele Situationen, die mir Angst machen. So wie die Begegnung mit dem Müllsack. Ich glaube nicht mal, dass es der Sack an sich war, der mir so zu schaffen machte. Für wahrscheinlicher halte ich, dass mein Unterbewusstsein einen Müllmann oder einen Nachbarn um die Ecke wähnte; irgendjemanden, der mit dem Sack zu tun haben könnte. Vielleicht müssen wir mit etwas zeitlichem Abstand einfach noch ein paarmal versuchen, dran vorbeizukommen; eines Tages wird es schon klappen.

Antonia spielt mit dem Gedanken, uns einen eigenen Sack zu besorgen, zum Üben.

Zum Ausgleich muss ich dann wieder ordentlich toben. Weil unser Garten zu klein ist und die Im-Kreis-Sause-Hundeschulenwiese nur samstags geöffnet hat, sucht Antonia jetzt nach anderen Möglichkeiten, mir stressfreien Auslauf zu verschaffen. Am besten geht das in meinem Lieblingswald. Wir fahren öfter mal mit dem Auto hin. So sparen wir uns den gefährlichen Weg durch den Ort.

Meine Waldleine ist extra lang, damit ich mich besser bewegen kann. Wenn ich Angst bekomme, flüchte ich ins Gebüsch, bis sie sich spannt. Da kann Antonia noch so gut gelaunt und locker an der Gefahrenquelle, die ich ausgemacht habe, vorbeiflanieren, ich geh' in Deckung. Ist die Luft rein, komme ich wieder heraus.

Antonia ist übrigens der Meinung, Angst hat auch etwas Gutes. Sie schärft die Sinne und sorgt dafür, dass der Körper reagiert, während der Verstand noch klarzukriegen versucht, was da gerade vor sich geht.

Na also, ich bin ganz toll!

Am liebsten laufe ich am Wegesrand, im Schutz der Bäume. Hier in diesem Land sind sie höher und grüner als da, wo ich herkomme, und sie rauschen so schön im Wind. Für mich fühlen sie sich an wie gutmütige, fürsorgliche Wesen, alte Vertraute, die mich beschützen. Vielleicht waren es ja die Bäume, die den alten Setter gerufen haben? Womöglich hat nur die Hoffnungslosigkeit mir die Wildnis um diesen einen, todbringenden Baum herum so trostlos erscheinen lassen. Der Baum kann nichts für unser Schicksal, das weiß ich natürlich. Die Schuld tragen allein Kostas und seine Kumpane.

Der Wald ist ein Ort, wo ich *sein* kann. Hier fühle ich mich wohl. Sogar Kreuzungen bewältige ich im Schutz der Bäume einigermaßen anständig. Nur manchmal, da bleibe ich genau in der Mitte stehen, als ob sich der Boden vor mir aufgetan hätte. Wie ein Beutetier, das sich sehenden Auges seinem Jäger vor die Flinte stellt. Ich weiß auch nicht, was da in meinem Kopf vor sich geht. Typisch Winni eben. Von Kopf bis Fuß unberechenbar.

Leider interessiere ich mich auch im Wald nur mäßig für Antonias Köder mit Wurst-, Fisch- und sonstigem Geschmack, weil ich immer noch der Meinung bin, dass Essen mich vom kritischen Beobachten der Umgebung ablenkt. Das erschwert uns das Üben sehr.

Trotz allem gibt es einen beachtlichen Fortschritt zu vermelden: Ich habe mich heute zum ersten Mal aus freien Stücken mitten im Ort nach Antonia umgesehen und dafür mein Gefahrenmanagement einen Augenblick lang zurückgestellt!

Für uns zählen auch die kleinen Erfolge; man wird bescheiden. Fühlt sich besser an, als ständig den Riesenberg zu sehen, den wir noch vor uns haben.

Attacke der Besserwisser

Wir müssen einen heftigen Rückschlag einstecken. Der Spaziergang zum Wald heute morgen ging voll daneben: Ich habe mich aufgeführt wie am ersten Tag, und niemand kennt den Grund – auch ich nicht. Wir mussten einsehen, dass wir von dem großen Durchbruch, den sich Antonia erträumt, noch immer meilenweit entfernt sind.

Doch Antonia ist ein Stehaufrudelführerchen. Kaum war die Haustür hinter uns ins Schloss gefallen, die Jacke aus und das Brustgeschirr runter, hat sie mir schon wieder ihr Prinzip Hoffnung eingetrichtert.

Ich sehe die Dinge realistischer: Ich bin unfähig, mich wie ein normaler Hund zu verhalten. Antonia hat mir sogar schon Medizin verabreicht, damit ich ruhiger werde, und einmal waren wir bei einer Frau, die mir Nadeln ins Ohr gesteckt hat, um die Angst wegzuzaubern – alles vergebens. Und teuer, sagt Antonia. Für das Geld hätten wir richtig viel Hundefutter kaufen können. Aber für mich ist ihr nichts zu schade, trotz des Ärgers, den sie mit mir hat. Jede noch so vage Chance wird ergriffen.

Wir versuchen immer wieder mal was Neues und überlegen dann, ob es uns weiterbringt. Vieles hängt von meiner Tagesform ab. Was heute funktioniert, kann morgen zum Reinfall werden. Wenn Antonia merkt, dass ich schlecht drauf bin, dann gehen wir nur kurz raus oder bleiben gleich zu Hause.

Am allerübelsten – sogar noch schlimmer als Shampoo ›Zitrone‹ (ich) und ›Tote Würmer‹ (Antonia) – finden wir die Ratschläge von wildfremden Leuten, die meinen, sich mitten auf der Straße zu meinem Seelenzustand und Antonias Fähigkeiten als Rudelführerin äußern zu müssen. An die gerümpften Nasen, die wir ernten, wenn Antonia sich mit mir im Schneckentempo durch den Ort plagt, haben wir uns gewöhnt. Aber diese Bemerkungen, die verlangen einem Einiges ab. Einer hat mal ganz mitleidig was von Einschläfern gesagt, ein Leben wie meines sei doch nicht lebenswert. Ich wusste erst gar nicht, was der meint; Fetzi hat es mir später erklärt. Da frage ich mich: Woher will *der* wissen, was *ich* lebenswert finde?!

Den Vogel abgeschossen hat eine Frau, die aus ihrem Auto herauskrakehlt hat, ›der arme Hund‹ – also ich – hätte doch ›furchtbare Angst vor Ihnen‹ – also Antonia – ›und deshalb läuft der so geduckt‹. Das sei doch Tierquälerei.

Antonia wäre um ein Haar explodiert. Die Arme. Kriegt ein Überraschungspaket wie mich nach Hause, das jeder vernünftige Mensch auf dem schnellsten Wege zum Absender zurückgeschickt hätte, gibt mir alle Liebe dieser Welt und muss sich dann so einen Schwachsinn anhören.

Ich hätte der Frau ja gern erklärt, was mit mir los ist, aber als wir auf das Auto zugingen, ist sie davongebraust. Wahrscheinlich hat sie gedacht, Antonia gibt ihr eins auf die Rübe, *grchchchch.*

Abends hat Paul Antonia getröstet und ihr geraten, cool zu bleiben. »Wichtig ist nur eins: dass unser Winni glücklich wird«, findet er. »Egal, was die Leute denken.«

Wau!, sag' ich da nur.

Nach ein paar Tagen kam schon der Nächste. »Ihr Hund da nimmt sie ja gar nicht ernst. Deswegen macht der so einen Zirkus«, hat der Schlaumeier zu Antonia gesagt. »Der braucht einen richtigen Rudelführer!«

Diesmal hat Antonia sich beherrscht. Sie hat einfach so getan, als ob der Mann Luft wäre. Leider hat er mir mit seiner lauten Stimme so viel Angst gemacht, dass ich mich schlotternd gegen den Gartenzaun gedrückt habe, obwohl Antonia sich vor mir aufgebaut hatte wie ein Fels in der Brandung. Der Mann hat uns noch eine Zeit lang angestarrt, dann ist er endlich weitergefahren. Ich war fix und fertig.

Natürlich braucht ein Hund einen Rudelführer, das wissen wir ja wohl am allerbesten von allen! Bei vielen, die wie verrückt an der Leine ziehen, liegt das Problem tatsächlich darin, dass ihre Chefs keine Ahnung haben, was hund von ihnen erwartet – nämlich Führung. Deshalb übernimmt der Vierbeiner die Verantwortung für das Rudel und bestimmt, wo's langgeht, im wahrsten Sinne des Wortes.

Aber ich bin nun mal nicht irgendein Hund, ich bin Omega-Winni. Bei mir ticken die Uhren anders. Für mich ist Antonia die Größte! Sie achtet pingelig darauf, dass wir sämtliche Rudelgesetze genauestens einhalten. Als mustergültige Alpha-Hündin schreitet sie vorneweg und beschützt mich. Wenn ich Panik kriege und wieder mal drauf und dran bin, kopflos an ihr vorbeizuhechten, stellt sie sich vor mich und versperrt mir den Weg. So warten wir, bis ich mich beruhigt habe; erst dann geht es weiter. Manchmal hilft ein dunkles, grollendes Knurren oder ein vielsagendes Hüsteln, um mich auszubremsen.

Bemerken wir etwas in meinen Augen möglicherweise Gefährliches rechtzeitig, dann machen wir in aller Ruhe einen Bogen drumherum. Wird es aber doch mal eng auf dem Gehweg, nimmt sie die Leine ganz kurz, was mich dazu zwingt, ihr zu folgen wie ein Schatten, sonst läge ich in Nullkommanix unter dem nächsten Auto. Bocken, im Dreieck hüpfen und sonstige Zicken kann ich da vergessen. In solchen Situationen würde ich mich am liebsten auf einen einsamen Waldweg beamen.

Simsalabeam …

Oder zumindest in eine ruhigere Straße, denn auch da darf ich selbst entscheiden, wann ich wie weit ausweichen möchte; Antonia lässt meine Leine lang. Damit zeigt sie mir, dass sie mich versteht, mir trotz allem etwas zutraut.

Ziehe ich nach vorn, bleibt sie stehen und wartet, bis ich zu ihr zurückkomme. Falls ihr das zu lange dauert, weil ich glaube, durch wiederholtes Anhalten und dauerndes Umschauen meinen Rückzug absichern zu müssen, macht sie kehrt, marschiert los und tut, als ob ihr entfallen wäre, dass ich auch noch da bin.

So kommen wir natürlich kaum vorwärts. Drei Schritte da hin, ich renne los, wir wechseln die Richtung, zwei Schritte dorthin.

Wenn es wenigstens ein Muster gäbe, eine Regel, auf die wir uns einstellen können. Jeder normale Hund, der Todesangst verspürt, würde versuchen, sich zu verstecken oder auf und davon zu rennen. Mich dagegen überkommt dieser merkwürdige innere Zwang, direkt auf die Gefahr zuzustürmen.

Gewöhnliche Angstpatienten wären angesichts unserer strengen Rudelgesetze und Antonias Beschützerqualitäten längst kuriert. *Lieber Winni, du brauchst nur die Gesetze einzuhalten und dich auf Antonia zu verlassen. Wo liegt das Problem, verdammt nochmal?*

Selbst so rotzfreche Gören wie meine Schwester Fetzi, die sehr gut ohne Rudelführer durchs Leben kämen, lassen sich beschützen und akzeptieren die Regeln – zwar manchmal widerwillig, aber sie tun es. Sollte sie es beispielsweise wagen, selbst zu entscheiden, welchen Hund sie anpöbelt, dann sagt Antonia scharf »*Nein!*« und die Sache ist geritzt. Oft genügt ein bedeutungsvoller Blick. Fetzi beobachtet Antonia nämlich genau und ist vor allen anderen im Bilde über ihre Stimmungen und Pläne. Ich wette, die kann sogar Gedanken lesen. Wie sonst ist es möglich, dass Torwart-Fetzi immer in die richtige Richtung hechtet, wenn Antonia ihren gelben Ball kickt?

Mein Problem liegt in diesem quälenden Vorsichtshalber-alles-selbst-kontrollieren-müssen-Gefühl, mit dem ich mich herumplage, obwohl Antonia mit bewundernswerter Ausdauer versucht, mir das Einfach-mal-Loslassen-Gefühl einzuimpfen. Ich kann nie richtig abschalten. Wenn das so weitergeht, bin ich demnächst ein Wrack, obwohl es doch eigentlich aufwärts geht. Es dauert einfach zu lange; ich fühle mich ausgezehrt.

Antonia hat Paul gefragt, ob sie vielleicht doch nicht gut genug ist als Alpha-Hündin. Paul hat sie beruhigt, aber ganz sicher war er sich nicht: »Das wissen nur die Hunde, und ich bin keiner«, hat er gesagt.

Ich glaube, Antonia leidet unter ihrem Anspruch an sich selbst, perfekt zu sein. Etwas besonders gut machen zu wollen ist immer mit Stress verbunden; das weiß ich ja von mir. Mein misslungener Sprung zu Filippos ›Wer-ist-der-Stärkere‹-Stöckchen sagt doch alles, oder?

Erfreulicherweise verhalten sich Benni und Fetzi relativ anständig. Bennis Pöbeleien sind jedenfalls weniger geworden. Ich muss mich nur schnell genug unterwerfen, besonders wenn jemand zuschaut. Dann kommt er sich wahnsinnig männlich vor. Damit hab' ich ihm einen Gefallen getan – und mir auch.

Manchmal stelle ich mir vor, die andere Seite des Gartenzauns existierte nur in meiner Fantasie. Der Gedanke gefällt mir so gut, dass ich übermütig werde. Dann fordere ich Fetzi zum Toben auf, und wenn sie auch Lust hat, sausen wir durch den Garten und spielen ›Den-Vordermann-in-den-Po-zwicken‹.

Das Buddelloch

Heute ist mein erster Geburtstag! So ganz genau wissen wir zwar nicht, ob es wirklich der richtige Tag ist, weil wir weder Mama noch Kostas fragen können, aber es dürfte ungefähr hinkommen.

Antonia hat mir sogar etwas geschenkt: einen Kauknochen und ein neues Halsband; das alte ist zu klein geworden. Benni und Fetzi haben auch Knochen bekommen, um sie bei Laune zu halten. Das scheint gelungen zu sein, da mir beide alles Gute gewünscht haben und dabei so aussahen, als ob sie's ehrlich meinen. Zum ersten Mal in meinem Leben stehe ich auf erfreuliche Art und Weise im Mittelpunkt, ohne dafür vorher etwas geleistet zu haben. Es ist mir fast ein bisschen unangenehm.

Nun bin ich schon so lange hier, dass ich es mir gar nicht mehr anders vorstellen kann. An Mama denke ich immer wieder mal, aber der Schmerz fühlt sich anders an als früher. Dumpfer, weiter entfernt. Das erleichtert mich, macht mir aber gleichzeitig ein schlechtes Gewissen. Ein gefundenes Fressen für Oli, versteht sich. *»Du lebst hier in Saus und Braus, während deine Mama tagaus, tagein auf Gitterzäune starrt. Gehört sich das, hihihihihi?«*

Ich habe schon darüber nachgedacht, wie ich es anstellen könnte, dass Mama einen Fernseher bekommt. Dadurch kriegt man unglaublich viel von der Welt mit; ich sauge alles auf. Mama kennt sich zwar schon sehr gut aus, aber sie hat selbst gesagt, man soll nie damit aufhören, nach Wissen zu streben. Man weiß nie, wofür es eines Tages gut sein könnte.

Mein Verhältnis zu Benni ist nach wie vor etwas zwiespältig. Er hat sich daran gewöhnt, dass ich da bin, blickt aber noch immer von weit oben auf mich herab. Dabei wäre ich so gern ein richtiger kleiner Bruder für ihn.

Nur manchmal, wenn ich ganz genau hinschaue, habe ich das Gefühl, dass er mich vielleicht doch lieber mag, als er zugeben würde. Er erträgt sogar meine Pfoten in seinem Gesicht, wenn ich mich auf unserem Hundebett im Halbschlaf ungeschickt umdrehe. Vielleicht hat er verstanden, dass ein Angsthase wie ich viel Nestwärme braucht. Vielleicht wünscht sich ja auch ein so großer grauer Hund manchmal ein bisschen Geborgenheit?

Stichwort Nestwärme: Es gibt eine interessante Neuigkeit: Baby-Chefchen ist bei uns eingezogen! Fetzi sagt, es kam aus Antonias Bauch. Ich hatte gar nicht bemerkt, dass da was drin war!

Antonia und Paul nennen es Lenja. Sie haben es furchtbar lieb. Das sieht man gleich, wenn sie es auf dem Arm tragen oder in seinem Käfig mit ihm spielen. Tja, Lenja muss eingesperrt werden, sonst würden wir sie von oben bis unten abschlabbern, denn sie gehört zu unserem Rudel, als ob es nie anders gewesen wäre. Obwohl sie wirklich eigenartige Dinge tut. Sie schläft die meiste Zeit, und wenn sie aufwacht, gibt sie glucksende Laute von sich.

Alle sagen, sie ist eine Frohnatur. Nur wenn sie Hunger hat, wird sie quengelig. Andere Babys schreien, sagt Antonia, Lenja nicht. Da haben wir ganz schön Glück gehabt! Ich finde Lenja prima. Ich würde sie am liebsten den ganzen Tag lang beschnuppern und mit meiner Nase anstupsen.

Aber, bei aller Sympathie: Menschenbabys sind ganz schön rückständig. Unsere Lenja kann fast gar nichts. Weder laufen noch bellen noch mit dem Schwanz wedeln. Nicht mal Haare hat sie auf dem Kopf. Sie liegt den ganzen Tag auf dem Rücken und muss beschützt werden.

Ich hatte keine Ahnung, dass es so kleine Menschen überhaupt gibt. Antonia sagt, Lenja ist besonders zierlich, weil sie zu früh auf die Welt kam. Wir müssen froh sein, dass sie das heil überstanden hat. Ich denke daran, wie kurz mein Leben um ein Haar geworden wäre. Dann wäre ich jetzt mit Lenja im Hundehimmel.

Heute bleiben wir für den Rest des Tages zu Hause. Antonia hat viel um die Ohren, da müssen wir uns selbst beschäftigen. Sie schickt uns in den Garten.

Wir sausen los, eine Runde Winni jagen. Zwischen Hecke und Zaun hindurch, über den großen Erdhaufen hinter dem Fliederbusch und mit einem Riesensatz über den Blumentrog. Meine Geschwister hetzen mich wieder mal wie einen Hasen im Wald; ich vermute zumindest, dass es eine Art Hasenjagd ist, mangels eigener Erfahrung mit diesen Dingen. Es macht mir aber nichts aus, die Beute zu spielen; ich renne ja gerne. Wichtig ist nur, dass ich mich schnell unterwerfe, wenn Benni und Fetzi mich gemeinsam in eine Ecke drängen.

Wir sind gerade mal ein paar mittelgroße Kreise gerannt, aber Benni und Fetzi sind schon am Ende. Die hätten ein kleines Sondertraining mit Paul dringend nötig.

Ich dagegen würde gerne noch eine Runde buddeln, sonst fühl' ich mich so unaufgeräumt. Es muss nur noch eine geeignete Stelle her.

Da, unter dem Fliederbusch vor dem Gartenhaus!

Hier wächst kein Hälmchen; das vereinfacht die Sache erheblich. Wobei es sicher auch Spaß macht, auf dem Rasen vor Antonias Terrasse ein Loch anzulegen. So zentral gelegen, dass jeder, der vorbeikommt, es bewundern kann. Ich selbst habe das noch nie versucht, aber mein großer Bruder. Lustigerweise hat Antonia ihn dabei ertappt, und sie war richtig sauer. Vor der Terrasse buddeln ist nämlich verboten, und das hat sie ihm schon mehrmals zu verstehen gegeben.

Fetzi buddelt auch öfter mal mit, aber sie stellt es viel geschickter an. Wenn sie merkt, dass Antonia anrückt, schleicht sie davon und schnüffelt ganz scheinheilig irgendwo herum. So kommt es, dass Antonia immer Benni für den Übeltäter hält. Bei anderen Dingen macht meine hinterlistige Schwester das genauso, zum Beispiel wenn die beiden gemeinsam eines der wenigen noch heil gebliebenen Hundehandtücher zerfetzt haben.

Ich kratze also die Oberfläche auf, um festzustellen, ob sich der Standort wirklich eignet, und befinde ihn für in Ordnung. Er liegt direkt neben dem von gestern, den Antonia heute Morgen mit einem Eimer Erde aus unserem Komposthaufen aufgefüllt und festgetreten hat. Man kann das auch positiv sehen: Wenn sie meine Buddelflächen immer so schön wiederherstellt, habe ich jedes Mal wieder die komplette Auswahl.

Jetzt geht es an die eigentliche Arbeit. Ich hänge mich richtig rein, und binnen kürzester Zeit ist mein Loch so tief, dass ich im Handstand dastehe: Vorderpfoten und Kopf drinnen, Hinterpfoten und Po draußen. Deshalb merke ich auch nicht sofort, dass mein Werk in Gefahr schwebt. Es ist mehr so eine Ahnung.

Ich glaub', da steht einer hinter mir.

Einer, der Benni heißt.

Sch…!

Er wird mein Buddelloch in Besitz nehmen und ein viel größeres, hässliches daraus machen. So lief das bisher immer. Ich konnte nur hilflos zusehen.

Alles muss ich kampflos aufgeben, nur weil ich der Unwichtigste, Unfähigste und Omegahündischste in diesem Garten bin. Mein Bedürfnis, um mein Buddelloch zu kämpfen, wächst ins Unermessliche.

Vergiss' es, du bist ein Omega!

Aber warum versucht Antonia dann so hartnäckig, mir so alphamäßige Dinge wie Selbstbewusstsein und Eigeninitiative einzutrichtern? Vielleicht geht Buddellochdiebstahl tatsächlich über das hinaus, was ich mir als Omega-Hund gefallen lassen muss. Ich muss das herausfinden! Und wenn mir dabei etwas Schlimmes zustößt, dann bleibt mir zumindest das gute Gefühl, mich für eine ehrenhafte Sache geopfert zu haben.

Vorsichtshalber vergewissere ich mich, dass Antonia in der Nähe ist. Ich höre sie; sie hält ein Schwätzchen mit Frau Schumacher.

Behutsam schiebe ich mich rückwärts ans Tageslicht. Benni steht schräg hinter mir und starrt gierig auf mein Kunstwerk.

Diesen Blick kenne ich. Er wird mich zur Seite drängeln und sofort damit beginnen, mein Buddelloch zu verunstalten.

Also: Augen zu, volle Konzentration. Ich setze meinen giftigsten Blick auf. Meine Stirn wirft Falten, die Lefzen zucken, die weißen Zähnchen blitzen – hoffe ich. Jetzt bräuchte ich den großen Spiegel aus dem Flur.

Noch einmal tief Luft geholt, mein Kopf fährt herum.

Und Benni? Der zuckt so heftig zusammen, dass ich gleich mit erschrecke. *Iiietsch!*

Ich starre ihn an. Das ist natürlich eine Frechheit gegenüber einem Ranghöheren, aber Beta-Beta-Benni steht nur ratlos da.

Ich zähle lautlos bis Zehn, ich bin aufs Schlimmste gefasst.

Doch Benni dreht sich um und geht.

Ich sinke in mich zusammen.

Antonia lässt die Nachbarin stehen. »Ja Winni, solange du dir bei so 'ner Aktion nicht den Falschen aussuchst …«

Dann schiebt sie noch eine Strafpredigt in Sachen ›Löcher buddeln‹ hinterher. Mein Welpenbonus ist altersbedingt abgelaufen und den Neuankömmlingsbonus kann ich als mittlerweile Alteingesessener auch vergessen, sagt sie, doch ihre Worte perlen an mir ab. Ich fühle mich noch besser als nach meinem Sieg gegen die Knirpse in der Hundeschule. Ich weiß jetzt: Man darf für Gerechtigkeit einstehen, auch wenn es ein Beta-Beta-Hund ist, der das Unrecht begeht! Klar hätte ich nachgegeben, wenn er's drauf angelegt hätte. Aber er hat nicht. Es war nun mal *mein* Buddelloch.

Ich bin stolz wie nie zuvor in meinem Leben. In diesem Zustand macht es mir auch nichts aus, dass Antonia mein Werk sofort beschlagnahmt. Sie schiebt die Erde, die ich ans Tageslicht befördert habe, mit den Händen in das Loch zurück und trampelt so lange darauf herum, bis der letzte Regenwurm den Löffel abgibt.

Na, morgen ist auch noch ein Tag. Ich renne zu Fetzi und fordere sie auf, mir nachzulaufen.

Mein jüngstes Erfolgserlebnis motiviert mich auch in einer ganz anderen Angelegenheit neu: Es gibt da diesen Typen mit dem knallgelben Fahrrad. Er heißt Postbote, sagt Antonia, und ich hasse ihn!

Er bringt uns Rechnungen. Also Nachrichten von Leuten, die scharf sind auf unser Geld! Zu diesem Zweck klappert er eine Zeit lang mit dem Deckel der Blechkiste neben dem Gartentor, die man Briefkasten nennt, und macht sich dann pfeifend davon.

Das Rumpeln seines Fahrrads, wenn er die Bordsteinkante rauf- und runterfährt, und das Scheppern der Briefkastendeckel kann ich aus mindestens hundert Hundelängen Entfernung von jedem anderen Geräusch unterscheiden.

Eigentlich bin ich ja jedes Mal erfolgreich: Wenn ich heftig genug kläffe, steigt er auf sein Fahrrad und haut ab. Umso weniger verstehe ich, dass er es täglich wieder versucht. Wie oft muss ich ihn noch verjagen, damit er endlich kapiert, dass er hier unerwünscht ist!

Leider hat mich Antonia bisher eisern von ihm ferngehalten. Sie bräuchte doch nur einmal das Tor einen Spalt breit offen zu lassen, und schon wäre die Sache geritzt! Dafür würde ich sogar ein paar Schritte hinaus auf den Gehweg riskieren.

Kommen Kinderwägen und Fahrradklingler des Wegs, dann reagiere ich prompt, wenn Antonia meinen Versuch, mich Richtung Zaun in Bewegung zu setzen, schon im Ansatz erkennt, mich zu sich ruft und mir zur Belohnung ein Wurstscheibchen verabreicht. Beim Postboten liegt die Sache anders. Der Typ verkörpert alles, was mich jemals gekränkt und hilflos gemacht hat. In dieser Angelegenheit tue ich mich wirklich schwer, Antonia als Rudelführerin zu akzeptieren.

Weil ich ihn immer viel früher höre als sie, hat sie kaum Chancen, mich rechtzeitig zu sich zu beordern und mit meiner überquellenden Futterschüssel einzuwickeln, damit ich den Typen gedanklich mit grenzenlosem Fressvergnügen verknüpfe. Und er kommt immer zu unterschiedlichen Zeiten.

Sogar Paul, der sich sonst meistens raushält, wird richtig kreativ, um den Postboten vor mir zu beschützen. Er hat eine automatische Spritzanlage gebaut, die mich unter Beschuss nimmt, sobald ich vorn am Zaun einmal laut ›Wau!‹ sage. Glücklicherweise hab' ich das Ding schnell durchschaut: Das Wasser trifft mich nur, wenn ich *daneben* stehe. Deshalb belle ich jetzt schräg dahinter. Leider wird Paul seine Maschine bald an meine geänderte Taktik anpassen, so wie ich ihn kenne.

Antonias jüngste Maßnahme war eine Wasserbombe. Dafür hat sie einen Luftballon zweckentfremdet.

Die erste kam aus dem Nichts. Sie ist genau hinter mir zerplatzt. Ich bin zu Tode erschrocken und war von oben bis unten nass. Seitdem belle ich auf Höhe des kümmerlichen Apfelbäumchens drei, vier Hundelängen entfernt vom Zaun.

Warum lassen sie mich nicht einfach meine Arbeit tun? Und wo sind Benni und Fetzi, diese Flaschen?

Habe ich nicht eben erst gelernt, dass man für das einstehen soll, was einem wichtig ist? Meine eigenen vier Wände sind das Wichtigste überhaupt, nach Mama natürlich, und zu denen gehört nun mal auch mein Garten.

Antonia findet, ich könnte doch meine Motivation in dieser Sache einfach auf andere, sinnvolle Dinge übertragen und den Postboten dafür in Ruhe lassen.

Das hier ist sinnvoll!

Ich wusste gar nicht, dass ich so entschlossen sein kann.

Ich kämpfe weiter, bis ich den Typen kriege.

Mein Tag wird kommen!

Entfesselt

Ich sehe es an Antonias Blick: Die andere Seite des Gartenzauns steht auf dem Tagesprogramm. Unser Gewinner-Projekt lässt grüßen.

Wir nehmen eine Strecke durch Wald und Feld, die ich gut kenne. Wegen des miesen Wetters sind kaum Menschen unterwegs. Antonia vertauscht die kurze Leine mit der langen, damit ich ein bisschen sausen kann. Echte Freiheit stelle ich mir anders vor, aber es ist immerhin etwas.

Auf unserer großen Wiese machen wir Halt. Antonia knipst die Leine ab. »Lauf!«

Bitte?

»Lauf nur! Du hast so viel dazugelernt, wir probieren das mal!«

Jetzt versteh' ich, warum sie in letzter Zeit öfter mal meine Leine fallen hat lassen, sodass ich sie hinter mir hergeschleift habe. Das war ein Test! Wenn sie das Gefühl hatte, dass ich verschwinden will, weil jemand in Sicht kommt, ist sie einfach draufgetreten. Dabei würde ich doch niemals fortlaufen! Wo sonst gibt es Fressen, Schlafplatz und so viel Liebe für mich? Aber Antonia wollte sichergehen. Versteh' ich schon, bei meiner Vorgeschichte. Es muss sie Überwindung kosten, mich so einfach loszulassen.

Und ich, was mach' ich jetzt?

Ich denke an unsere Hundeschulenwiese.

Also, Vollgaaas!

Rundherummm und rundherummm!

Laaalalalalalalaaalalaaa, lalalaaalalalalalalalaaaaaaaa...

Noch eine richtig große Runde, ein Stück in den Wald hinein, über umgestürzte Bäume und herabgefallene Äste. Ein Glücksdrachenkreis, der seinem Namen alle Ehre macht!

Juhuuu!

So, jetzt wieder langsam; mal nach Antonia schauen.

Mit hängender Zunge trotte ich zurück zum Weg.

Antonia sieht ernst aus. Sie hockt sich zu mir auf den Boden und lehnt ihren Kopf an meinen Hals.

»Mensch, wenn du so weit in den Wald rennst, glaubt der Jäger, du besorgst einen Hasenbraten fürs Abendessen. Eines Tages schießt er auf dich, und was machen wir dann?«

Hasenbraten? Wirklich, das liegt mir fern! Ich will nur rennen!

Unglücklicherweise weiß das der Jäger nicht, da hat Antonia Recht. Da droht ein furchtbares Missverständnis. Heutzutage läuft hund schon Gefahr, vor eine schussbereite Flinte zu geraten, wenn er nur kurz hinter einem Baum sein Geschäft erledigt. Es sollen sogar schon zweibeinige Jagdgehilfen erlegt worden sein.

Sowas kann auch nur den Menschen passieren!

»Winni, da müssen wir was dran ändern. Sonst bist du eines Tages tot!«

Schade. Irgendeinen Haken musste die Sache ja haben.

Von diesem Augenblick an bin ich dazu verpflichtet, auf dem Weg zu bleiben. Nur wenn Antonia den Eindruck hat, dass ich dringend aufs Klo muss, darf ich bis zur ersten Baumreihe ins Gelände vorstoßen, um mir ein geeignetes Plätzchen zu suchen. Währenddessen steht sie sprungbereit am Wegesrand, um sofort zugreifen zu können, falls mir die neue ›Auf-dem-Weg-laufen‹-Regel während meiner wichtigen Erledigung entfallen sein sollte.

Ich muss sagen, sie vollbringt wirklich sportliche Höchstleistungen, um mich bei der Stange zu halten. Wir schlendern dahin, ich geb' ein bisschen Gas – und plötzlich hechtet sie hinter einen Baum. Sie weiß doch, dass ich mich fürchte, wenn ich sie nicht sehen kann! Kaum lasse ich sie auch nur ein winziges Blinzeln lang aus den Augen, nimmt das Unheil seinen Lauf.

Ist es ihr so egal, wenn ich verlorengehe?

Warum freut sie sich dann, wenn ich wieder zurückkomme? Wirklich, das tut sie; sogar sehr! Ich rase daher wie unsere Provo-Dingsda-Nachbarskatze auf der Flucht vor Fetzi, und Antonia empfängt mich auf dem Boden hockend mit offenen Armen wie jemand, der es umwerfend findet, dass man nach langer Zeit mal wieder vorbeischaut, und spendiert mir ein Wurstscheibchen!

Trotzdem fällt es mir schwer, immer rechtzeitig umzukehren, weil ich so schnell renne, dass ich manchmal schon viele Hundelängen weit weg bin, wenn ich merke, dass sie verschwunden ist.

Ich will ihr natürlich nicht das Gefühl geben, dass ich ihr Vertrauen missbrauche. Deshalb gebe ich mir die größte Mühe.

Am Ende wird ihr das Ganze für heute doch zu stressig, morgen ist auch noch ein Tag. Für den Rest des Wegs heißt die Devise ›Bei mir!‹. Antonias Hand schwebt über meinem Nacken, für den Notfall. Ein Zucken und sie drängt mich mit dem Knie ab, sodass ich ein paar Hundelängen rückwärtsgehen muss. Das bedeutet, dass ich ihre Vorherrschaft als Alpha-Hündin anerkennen und brav hinter ihr hertapsen soll. Sie kennt mich: Ich schiebe mich nach und nach wieder an ihr vorbei. Lässt sie mich auch nur zwei Hundelängen nach vorn, schon geht Winne-Dingsda's Pferd mir durch. Daran müssen wir noch arbeiten.

Der nächste Tag

Wir machen die gleiche Tour wie gestern. Die letzte Straße liegt hinter uns, wir biegen in einen Waldweg ein. Antonia nimmt mich von der Leine, ich laufe ein gutes Stück voraus.

»Platz!«

Hä?

Ich drehe mich um und lege den Kopf schief. Antonia verschluckt einen Lachanfall und zeigt mit der Hand auf den Boden.

Iiich, auf diese Riesenentfernung?

Ich gucke hinter mich, aber es ist niemand da. Für den wahrscheinlichen Fall, dass tatsächlich ich gemeint bin, sollte ich jetzt schnell etwas unternehmen. Ich tripple ein paar Mal auf der Stelle, gähne herzhaft wie immer, wenn ich verlegen bin, setze mich, schiele nach allen Seiten, um auszuschließen, dass es Zuschauer gibt, und lege mich *gaaanz laaangsam* hin.

Antonia jauchzt.

Wieder so ein Anfall!

»*Winniii!* ›Platz-auf-zwanzig-Schritte-Entfernung‹, das können nur die Profis!«

Ich wusste nicht, dass das was Schwieriges ist. Sonst hätte ich's bestimmt vermasselt.

Antonia strahlt mich an. »Lauf!«

Ich liege auf meinem Hundebett und denke über meinen ›Platz-auf-zwanzig-Schritte-Entfernung‹-Erfolg nach. Antonia hat Paul davon erzählt, und der war genauso beeindruckt. Ich dagegen fühle mich wie jemand, dem man versehentlich einen Preis verleiht, der für einen anderen gedacht war. So viel Lob, nur weil ich nach langer Zeit zufällig mal wieder was auf Anhieb hingekriegt habe.

Warum schwanken meine Gefühle eigentlich immer so? Das strengt an. Mal finde ich mich ganz toll, kurz danach wieder furchtbar.

Ich weiß nicht, wie ich wirklich bin. Klug oder dumm? Gut oder schlecht? Schnell oder langsam? Zu unterwürfig? Zu schüchtern? Zu ich-weiß-nicht-was?

Aber was soll's, in dieser Frage bringt Grübeln mich keinen Schritt mehr weiter. Da nutzen wir die Zeit lieber, um Blödsinn zu machen. Zum Beispiel andere Hunde erschrecken, so wie diesen Blonden mit den kurzen Beinchen, die so gar nicht zu seinem edlen ›von und zu Irgendwas‹-Stammbaum passen wollen, auf den er so stolz ist und für den sein zweibeiniger Alpha-Rüde mindestens so viel Geld hinblättern musste, wie eine ganze Ladung Futtersäcke kostet, und zwar die mit den teuren Kügelchen mit dem vielen Fleisch drin, sagt Antonia.

Der Typ war an dem Tag frisch operiert. Das ist so eine Art Krankheit, sagt Fetzi. Da schneiden sie dir den Bauch auf und nähen ihn danach wieder zu. *Brrrh!*

Deshalb musste er im Schlafanzug rumlaufen, und das fanden wir so albern, dass wir dachten, den mischen wir mal ein bisschen auf – was an sich ganz gegen meine friedliebende Art ist, aber Fetzi besitzt so ein Wahnsinnstalent, andere mitzureißen.

Natürlich hat uns Antonia binnen Sekunden am Schlafittchen aus der Kampfzone befördert und uns gleich noch gehörig die Meinung gegeigt.

Wie spießig! Alles, was Spaß macht, ist verboten.

Fetzi hat nun mal was gegen komische Hunde. Die ist ganz schön stark, meine große Schwester. Manchmal wär' ich gern so wie sie, aber als waschechter Omega bin ich dann doch froh, dass sie es ist, die mich raushaut, wenn es eng wird, und nicht umgekehrt. Ich bin stolz, ihr kleiner Bruder zu sein!

Fernseh-Moppel

Antonia ohne Leine laufen zu lassen klappt schon ganz gut, und umgekehrt könnte man das auch so sagen, wenn – tja wenn es da nicht meine gelegentlichen Glücksdrachenkreise gäbe, nach denen ich mich so sehr sehne. Aber Antonia tüftelt natürlich längst an einer Lösung. »Nur mit Verboten zu arbeiten, das macht einen Hund wie Winni unglücklich«, hat sie zu Paul gesagt. »Wir brauchen etwas, das ihn interessiert und gleichzeitig anstrengt.«

Die beiden beschließen, heute Abend fernzusehen. Da kommt eine Hundesendung, sagen sie. Vielleicht ist was für uns dabei.

Die Sendung erweist sich als Volltreffer. Da ist ein zotteliger Mischling – *schon wieder ein Wischmopp!* –, ein Treppengeländer-Mix, wie Antonia sagt, wenn man auch mit viel gutem Willen unmöglich erkennen kann, wo vorn und hinten ist. Moppel soll damit aufhören, Spaziergänger anzupöbeln. Dafür hat der Fernseh-Hundetrainer einen Beutel mit Super-Fernseh-Bonbons mitgebracht. Kommt ein Fremder in Sicht, soll Moppel sich an seinen Beutetrieb erinnern und das Futtermäppchen neben seiner Rudelführerin her tragen, anstatt den armen Mann zu erschrecken. Die Sache ist ganz einfach:

Schritt 1: Moppel lernt, das Mäppchen in die Schnauze zu nehmen.

Schritt 2: Moppel hält es fest, während seine Rudelführerin bis Zehn zählt.

Schritt 3: Moppel behält es bis dreimal zehn.

Schritt 4: Die Rudelführerin wirft es ein Stück weg; Moppel bringt es zurück.

Ich muss sagen, Moppel lernt schnell, trotz seines Aussehens!

Schritt 5: Moppel sucht das Mäppchen im ganzen Garten und bringt es zurück.

Schritt 6: Moppel sucht es auf einer belebten Wiese im Park.

Jedes Mal, wenn Moppel mit dem Mäppchen angelaufen

kommt, macht seine Rudelführerin es auf und holt ein Wurstscheibchen heraus, das er an Ort und Stelle verdrücken darf. Spaziergänger findet Moppel plötzlich langweilig.

Die Sendung ist vorbei. Antonia sprintet die Treppe hinauf; ich höre sie oben stöbern.

Hey, Stöbern ist mein *Spezialgebiet!*

Schubladen fliegen auf und zu, Papier raschelt; etwas Blechernes landet geräuschvoll in einer Ecke.

Da ist sie wieder!

In der Hand hält sie ein hellgrünes Ding, das dem Fernsehmäppchen zum Verwechseln ähnlich sieht. Jemand hat Zahlen und Buchstaben darauf notiert.

»Schau mal, Winni, das ist mein Federmäppchen. Als Kind hab' ich Stifte drin aufbewahrt. Ich opfere es für dich.« Sie blickt das Mäppchen traurig an. »Ist ja für einen guten Zweck.«

Manche Leute spenden für den Erhalt der Artenvielfalt, Antonia für die Ausmerzung des gemeinen südländischen Angsthasen.

»Wenn du lernst, dass wir mit dem super spielen können, dann bleibst du bestimmt selbst dann bei mir, wenn eine ganze Seniorenfußballmannschaft an uns vorbeijoggt. Ältere Herren liebst du doch so.«

Sehr witzig!

Es wird ernst.

Wir treffen uns im Garten, Antonia hat das Mäppchen dabei. Es duftet nach Fischbonbons.

Ihr Ziel vor Augen, mich zu einem glücklichen Hund zu machen, ist ihr jedes Mittel recht, auch wenn sie dabei den Familienkasperl geben muss. Sie springt vor mir im Fünfeck, wedelt mit dem Mäppchen und wirft es schließlich ein Stück von sich weg.

Sie will sehen, was ich jetzt mache!

Normalerweise hebe ich nur Dinge auf, um sie zu essen oder darauf herumzukauen; Knochen zum Beispiel. Wenn ich etwas besonders reizvoll finde, so wie unser Pfotenabputzhandtuch, dann drehe ich mit dem gern mal ein paar Runden, bevor ich es *vielleicht* zurückbringe. Antonia muss mich mit etwas noch

Interessanterem zu sich locken, wobei ich dann das entführte Handtuch einfach liegenlasse, was ja auch nicht in ihrem Sinne ist, denn dann muss sie es selbst holen – es sei denn, Benni und Fetzi springen als Lumpensammler ein. Glücklicherweise lieben es die beiden, Dinge zurückzubringen, die ich verloren habe. Sie schlagen sich regelrecht darum.

Einfach davonkommen lassen kann Antonia mich aber auch nicht, weil es gegenüber einer Rudelführerin geradezu unverschämt ist, mit einer Beute abzuhauen.

Diesmal tue ich nichts dergleichen. Es liegt an dem Mäppchen. *Ich habe Hunger!*

An den Inhalt kommt nun mal nur die Rudelführerin ran. Damit wegzurennen und auf dem Reißverschluss herumzukauen in der Hoffnung, das eine oder andere Bonbon könnte herausfallen, erscheint mir zu riskant.

Ich laufe also los, hebe das Mäppchen auf, als hätte ich noch nie etwas anderes gespielt, trabe zu Antonia, lege es ihr vor die Füße und warte mit schiefgelegtem Kopf auf eine Reaktion. Dazu wedle ich nach Kolibri-Art mit dem Schwanz.

Und tatsächlich: Antonia schmilzt dahin!

Überwältigt von meiner außergewöhnlichen Auffassungsgabe, meinem schiefgelegten Kopf und meinem Kolibri-Wedeln öffnet sie Hals über Kopf das Mäppchen und rückt ein herrlich duftendes Fischbonbon heraus.

Das Spiel gefällt mir; so können wir weitermachen!

Erst jetzt wird mir klar, dass wir Moppel-Schritt eins bis drei übersprungen haben. Antonia grinst.

Und sie kann doch *Gedanken lesen.*

Sie wirft das Mäppchen jedes Mal ein Stück weiter weg und sagt: »Bring!«; ich kassiere Fischbonbons am laufenden Band. *Cooles Spiel!*

Wir trainieren nun schon ein paar Tage mit dem Mäppchen. Ich hätte nie gedacht, dass ich eine so schwierige Aufgabe so schnell in den Griff bekomme. Ob ich mich auch auf der anderen Seite des Gartenzauns traue, es aufzuheben, steht allerdings in den Sternen.

Ich rechne jeden Augenblick damit, dass Antonia mich samt Mäppchen zum Spaziergang abkommandiert. Doch das gewohnte ›Winni, komm mit!‹ lässt auf sich warten.

Stattdessen nimmt sie unsere Hundebetten auseinander, rückt die Regale von der Wand, rutscht auf dem Bauch unters Sofa und krabbelt im Garten in die abgelegensten Ecken.

»Winni, du hast nicht zufällig unser Mäppchen gesehen?« Sie schaut mich prüfend an.

Das ist es also! Das Mäppchen ist weg, und sie verdächtigt *mich*!

Jetzt geht es um die Ehre!

Es ist fast unmöglich, dass *ich* es verlegt habe, weil ich es am Ende des Spiels immer bei Antonia abliefern muss. Trotzdem schaue ich überall nach, wo ich in der letzten Zeit gewesen bin – vergeblich. Unser Spaziergang findet ohne Futtermäppchen statt.

Es wird Abend; Antonia kramt schon geraume Zeit im Keller herum.

Jetzt hör' ich sie auf der Treppe. Sie hält etwas hinter ihrem Rücken versteckt.

Ich soll mich hinsetzen und Pfote geben. Finde ich echt albern, aber Antonia besteht darauf.

So, bitteschön. Jetzt will ich aber auch sehen, was es ist!

Sie zieht ihre Hand hervor. »Da, das ist jetzt deine!«

Uaaah … Eine Katze! Oder?

Das Ding ist braun-weiß gefleckt, hat Ohren und Schnurrhaare und riecht nach Keller. Anstatt zu fauchen und zu buckeln hängt es nur schlapp und pelzig in Antonias Hand. Es wirkt etwas gequetscht; wahrscheinlich falsch gelagert.

Naja, man soll ja nicht undankbar sein. *Ich glaub', ich nehm' sie!*

Einige Tage später

Das katzenähnliche Ding ist mir trotz seiner äußerlichen Makel ans Herz gewachsen. Die Tatsache, dass Fetzi wiederholt versucht hat, es sich unter den Nagel zu reißen, macht es für mich umso interessanter. Wenn Antonia es für mich im Garten versteckt, bin ich mit Feuereifer bei der Sache.

Es heißt übrigens Miezekatze und nicht Katze, wie ich zuerst dachte. Das liegt daran, dass das Wort *Katze* bei uns mit einem Verbot belegt ist.

»Katze ist pfui!« und *»Lass' die Katze in Ruhe!«* – etwas in der Art zischt Antonia uns zu, wenn der Plagegeist, den unsere Nachbarn sich vor einiger Zeit angeschafft haben, spät abends durch unseren Garten streift – genau dann, wenn wir unser Geschäft machen sollen. »Eine Provokation auf vier Pfoten«, sagt Antonia.

Neulich hätten wir sie um ein Haar erwischt. Antonia war trotzdem sauer, weil wir mitten in der Nacht kläffend hinter Provo-Dingsda hergedüst sind. Also ich finde, mit so einem bisschen Krach hin und wieder mal müssen Nachbarn leben, die sich so eine zulegen. Ist doch *unser* Garten, oder?

Wir haben herausgefunden, dass das Miezesuchspiel auch auf der anderen Seite des Gartenzauns funktioniert, solange ich mir sicher bin, dass wir die Einzigen sind in unserem Wald.

Antonia hat die Mieze am Weg abgelegt. Dann sind wir ein Stück weitergegangen. Ich dachte, wir können doch meine Mieze nicht einfach allein zurücklassen.

Wisst ihr denn nicht, wie sich das anfühlt!

Aber Antonia bestand darauf, dass ich mit ihr gehe.

Plötzlich kam das erlösende Kommando: »Such' die Miezekatze!«

Wie die Feuerwehr bin ich losgeschossen, hab' mir meine Mieze geschnappt und sie zu Antonia getragen. Am liebsten hätte ich sie selbst behalten – nur für den Fall, dass Antonia nochmal auf die Idee kommt, sie einfach liegenzulassen.

Die nächste Schwierigkeitsstufe erwartet mich in Gestalt meiner beiden Geschwister. Benni besitzt ein rosa Schweinchen und Fetzi einen blauen Esel, der aussieht, als ob ihn ein Lastwagen plattgefahren hätte.

Ich weigere mich, im Rudelverbund zu Schwein-Esel-Mieze zu rennen. Meine Geschwister könnten denken, ich will ihnen ihre

Lieblinge wegschnappen. Es könnte auch sein, dass genau in dem Moment ein Fremder um die Ecke biegt, und auf der Flucht kann man unmöglich Dinge transportieren. Im Augenblick der Gefahr würde ich sogar einen Hasenbraten an Ort und Stelle fallenlassen.

Antonia legt meine Mieze trotzdem aus. Auf halber Strecke, in sicherem Abstand zu Schwein und Esel.

Einige Tage später

Ungefähr nach dem hundertsten Zuschauen hat es mir gereicht. Zuerst bin ich nur hingelaufen. Ich habe die Mieze umkreist und bin zu Antonia zurück, Benni und Fetzi immer im Blick, vorsichtshalber.

Beim letzten Versuch für heute dachte ich mir dann doch: *Jetzt nimmst du das Vieh mit!*

Ich bin mit der Mieze zu Antonia gezuckelt, mit kleinen Zwischenstopps, als ob ich nicht glauben könnte, was ich da leiste, und habe sie ihr in einem kleinen Bogen vor die Füße geworfen. Selten hab' ich sie so glücklich gesehen.

Sie hat es wirklich klug angestellt: Sie hat mir Zeit gelassen, bis meine Lust, mitzuspielen, größer war als die Angst.

Zu meinem großen Verdruss haben unsere anspruchsvollen Suchspiele zu sträflicher Nachlässigkeit bei meinem Gefahrenmanagement geführt. Manchmal bemerke ich fremde Menschen erst, wenn sie direkt vor mir stehen! Antonia dagegen findet das völlig in Ordnung. »Siehst du, die ganze Umschauerei ist völlig überflüssig. Oder hat dir jemals einer was getan, während du deine Mieze gesucht hast?«

Zugegeben, da hat sie Recht, aber ich vermisse mein Gefahrenmanagement trotzdem. Es ist, als ob man Lenja ihre weiße Schlafmaus wegnähme. Sie ist nicht überlebenswichtig, macht aber offenbar stark abhängig.

Die Entfernung zu meiner Mieze vergrößert sich immer wieder mal ein Stückchen. Ich schaffe schon richtig weite Strecken, sogar um die Ecke.

Wenn wir zu zweit oder zu dritt sind, rennen wir um die Wette. Natürlich bin ich bei Weitem der Schnellste, aber ich halte mich zurück, denn Vorauslaufen ist bei Wettrennen das Vorrecht der Ranghöheren, wenn am Ziel eine attraktive Beute wartet.

Für den Fall, dass es Benni oder Fetzi doch mal auf meine Mieze abgesehen haben, warte ich, bis sie sich bedient haben, und nehme dann, was übrig bleibt. Antonia möchte zwar, dass jeder seines bringt, aber es braucht manchmal zwei oder drei Durchgänge, bis das klappt.

Nur wenn sie Fetzi alleine losschickt und ihr genau sagt, was sie holen soll, dann achtet sie streng auf korrekte Ausführung. Fetzi ist besonders klug bei solchen Dingen und gleichzeitig sehr ungeduldig. Ihren Ball liegenzulassen und dafür den Gummiring zu bringen, findet sie richtig schrecklich.

Und Benni, der ist sowas von stur! Er stellt sich mit seinem Schwein vor Antonia hin und kaut darauf herum, obwohl sie ihm den Ring aufgetragen hat und er genau weiß, dass sie unverzüglich durchgreifen wird. Er würde viel lieber seine Nase trainieren. Antonia schickt ihn weg, damit er das Richtige holt, und belohnt ihn mit einem Wurstscheibchen, wenn er die Beute ohne Spirenzchen bei ihr abliefert.

Antonia findet das Spiel mit der Mieze genial. Ich verschwinde kaum noch in die Büsche, meine Glücksdrachenkreise werden immer kleiner – ich hab' jetzt schließlich 'nen Job: Ich trage die Verantwortung für mein erstes richtiges eigenes Spielzeug! Dieses plattgedrückte, schlammverkrustete Etwas hat es mir angetan; ich fühle mich groß, stark und wichtig.

Der Fernseh-Hundetrainer hatte Recht: Man kann so ein albernes Zwangsverhalten wie meines bekämpfen, indem man richtig interessanten Ersatz anbietet. Vor ein paar Monaten wäre die Methode bei mir noch durchgefallen; da hätte mich nicht mal Provo-Dingsda mit einem Tänzchen direkt vor meiner Nase aus meiner Zitterstarre reißen können. Mir scheint, es geht rasant aufwärts!

Wo wir gerade beim Thema Fortschritte sind: Es gibt noch mehr Neuigkeiten! Ich bitte Antonia im Garten jetzt manchmal um das dicke Seil mit den Knoten drin. Damit gehe ich zu Benni und frage ihn, ob er mit mir Tauziehen möchte. Antonia hält uns beiden das Seil hin und dann zerren wir kräftig daran – Benni in die eine Richtung, ich in die andere.

Kaum zu glauben, dass ich mich das traue. Anfangs erschien es mir zu riskant, ernsthaft zuzupacken, weil er auf die Idee kommen könnte, ich will ihm das Seil wirklich wegnehmen. Aber inzwischen habe ich verstanden, dass er weiß, was Spiel ist und was Ernst – ganz im Gegensatz zu Fetzi. Sie knurrt mich jedes Mal an und besteht darauf, dass ich ihr das Seil kampflos überlasse. Ich habe versucht ihr zu erklären, dass es dann doch kein richtiges Spiel mehr ist, aber es war zwecklos. Sie ist nun mal so.

Mein grünes Mäppchen bleibt verschollen; wie vom Erdboden verschluckt. Antonia hat die Hoffnung aufgegeben, dass wir es jemals wiederfinden. Manchmal muss man Abschied nehmen im Leben. Ist ja nur ein Mäppchen.

Mamaaa!

Winni lernt fliegen

Heute ist einer dieser Tage, an denen uns morgens der Rappel packt. Da flitze ich mit Fetzi durchs Haus. Jedes Mal, wenn wir an unserem Hundebett vorbeikommen, springen wir drauf und raufen. Fetzi stellt sich über mich, und wenn ich mich aus dem Staub machen will, fällt sie über mich her. Dabei knurrt sie so bitterböse, dass ich manchmal denke, jetzt will sie mir wirklich an den Kragen.

Wenn sie vor mir aufgibt, weil sie keine Luft mehr bekommt von der Anstrengung, spiele ich alleine weiter. ›Rumkugeln‹ heißt das dann. Am lustigsten ist es, wenn Antonia ein Handtuch auf mich legt. Ich zapple mit den Füßen, halte inne, schiele Antonia an, zapple weiter und so fort. Antonia amüsiert sich köstlich.

Wir kugeln wie die Wilden. Plötzlich nimmt Antonia mir mein Handtuch.

Sie will mir etwas mitteilen.

»Lieber Winni, wir wollen doch beide keine Schwierigkeiten, oder?«

Sowas sagt sie nur, wenn sich neues Unheil über mir zusammenbraut.

Antonia rechnet damit, dass uns ›Mieze suchen‹ eines Tages langweilig wird, und was machen wir dann? Ich muss nun mal rennen, um meine Angst einigermaßen im Griff zu behalten.

So *richtig* anstrengend ist ›Mieze suchen‹ ja sowieso nicht. So, dass ich wirklich kaputt bin. Es sei denn, wir machen zweimal zehn Durchgänge hintereinander, um die Wette mit Benni und Fetzi. Das Spiel wächst einem womöglich irgendwann zu den Ohren raus, da gebe ich Antonia Recht. Wir brauchen also einen Plan B, und den wollen wir heute ausprobieren. Antonia verschweigt mir, was es ist. »Lass' dich überraschen!«

Oh wie ich Überraschungen liebe, grrrh …

Benni und Fetzi kommen halb verdurstet mit Paul aus dem Wald zurück. Seit Lenja bei uns wohnt, verschwindet er nur mehr ganz selten an diesen geheimnisvollen Ort, der Arbeit heißt. Daran könnte ich mich gewöhnen. Paul ist eine gute Mutter. Er putzt Lenjas großes Geschäft weg, badet und füttert sie, so wie Antonia. Wir Hunde haben nur *eine* Mutter, Lenja hat zwei.

Meine Geschwister trinken den Wassereimer leer und lassen sich auf den Holzboden plumpsen. Da kann man sich von der Sonne, die um diese Jahreszeit tief steht und ihre Strahlen durch unsere Terrassentür ins Wohnzimmer wirft, das Fell wärmen lassen. Sehr angenehm, obwohl man alle nasenlang ein Stück weiterrücken muss, weil die Sonnenflecken wandern.

Antonia erklärt mein Sonnenbad für beendet und legt mir meine Ritterrüstung an.

Auf dem Weg zum Gartentor greift sie sich das verrostete alte Ding, das sie Fahrrad nennt. Paul liegt ihr in den Ohren, sie soll sich ein neues kaufen, und unser Nachbar, der Fahrradhändler, würde ihr einen großzügigen Nachlass gewähren, weil er dieses Bild des Jammers in unmittelbarer Nähe seines Ladens unerträglich findet, aber sie hängt nun mal daran. Man weiß ja, wie Frauen sind. Wenn sie sich etwas in den Kopf gesetzt haben, dann wird es *genau so* gemacht. Die schlüssigste Erklärung ist zwecklos, ja sogar Beweise bringen keinen Erfolg, selbst wenn man ganz sicher Recht hat. Benni und ich können ein Lied davon singen: Wir leben mit Fetzi zusammen.

Na, jedenfalls greift sie sich das altertümliche Gefährt und marschiert stramm Richtung Gartentor. Ich links, das Fahrrad rechts.

Es dauert eine Weile, bis wir es nach draußen schaffen, weil ich mich weigere, mich neben dem verbogenen Drahtesel durch den engen Durchgang zu quetschen. Antonia schiebt ihn hinaus und holt mich nach.

Sie greift nach der Klinke, um das Tor hinter sich zu schließen.

Genau *jetzt* gerate ich in Panik.

Ich springe auf die andere Seite des Fahrrads und zerre wie verrückt; die Leine wickelt sich um den Vorderreifen. Das Fahrrad fällt um, ich liege darunter, von beiden Seiten kommen Leute und auf der Straße ein Auto.

Großartig.

»Aaah! Winniii!« Antonia flucht; ich glaube, es ist das Wort mit *Sch…*

Keine Ahnung, wie wir hier je wieder rauskommen sollen.

Doch Antonia erfasst die Lage sofort. Sie befreit mich trotz Zitterstarre binnen kürzester Zeit aus meiner Gefangenschaft und schleppt mich an meinem Brustgeschirr zurück in den Garten. Das Fahrrad bleibt liegen, was einen älteren Herrn mit Gehstock, den ich mir in meiner Angst keinesfalls genauer anschauen möchte, dazu veranlasst, Antonia zurechtzuweisen, wie sie dazu kommt, mit ihrem Gerümpel den Gehweg zu versperren. Antonia, kurz vor dem Explodieren, schnauzt zurück, woraufhin der Mann »Unverschämtheit!« murmelt und mit seinem klackernden Mordinstrument davoneilt.

Sicher hat sie jetzt keine Lust mehr auf einen Spaziergang. Hoffe ich.

Doch Antonia ist die Letzte, die sich entmutigen lässt. Sie hebt das Fahrrad auf und hält kurz inne, um sich zu sammeln. Dann holt sie mich.

Das Tor fällt hinter uns ins Schloss.

Antonia hat keine Lust auf Zittern und Bocken. Deshalb hievt sie mich am Rückengurt meines Brustgeschirrs hüfthoch und setzt sich in Bewegung. Ich schwebe neben ihr her, sehe dabei aber vermutlich so elegant aus wie ein Sack Hundeflocken.

Endlich biegen wir in die Nebenstraße ein, die mich schon so oft vor dem Herzstillstand bewahrt hat. Hier muss ich meistens dringend groß aufs Klo, wegen der Aufregung. Antonia hofft jedes Mal, dass ich aushalte bis zu einer Stelle, an der sie mein Häufchen liegen lassen kann, aber leider enttäusche ich sie fast immer. Das ist ein Problem, weil mein Geschäft stressbedingt oft in flüssiger Form auf dem Asphalt landet, und das kriegt man mit der Hundehäufchentüte aus dem Hundehäufchentütenautomaten nie ganz weg.

Diesmal schaffen wir es trotz Fahrrad weit genug, Antonias Stimmung steigt.

Sogar das Stück an der Hauptstraße klappt wie geschmiert. Jetzt noch die Kirche, da vorn, kurz vor dem Wald. Das sollte es dann gewesen sein.

Antonia stoppt abrupt. »*Sch…*, da heiraten welche!«

Mich trifft der Schlag.

Das Wort Heiraten ist mir fremd; es muss mit den Menschenmassen zu tun haben, die den Platz vor der Kirche bevölkern. Kinder laufen schreiend umher; jetzt läuten auch noch die Glocken. Meine Nerven liegen blank. Antonia weiß, was ihr blüht, wenn uns nicht ganz schnell etwas einfällt.

Ich will nach Hause!

Sie bemüht sich, mich hinter die geparkten Autos auf eine Ausweichroute zu schieben, aber ich bin binnen weniger Augenblicke festgewachsen.

Ein großer, dunkelhaariger Mann, der nach Rudelführer aussieht, erkennt unser Problem. »Kann man Ihnen irgendwie helfen?«

»Uns ist nicht zu helfen«, murmelt Antonia, und es klingt verbittert. »Wenn's geht, könnten Sie uns ein bisschen Platz machen. Der Kleine fürchtet sich so.«

Der Kleine. Pah!

Der Mann hebt den Arm, wohl um uns zu signalisieren, dass er verstanden hat. Tatsächlich: Die Menschen auf dem Platz beginnen, eine Gasse für uns freizumachen. Die wäre für normale Hunde allemal breit genug. Nur: Ich bin ich. *Ritter Winni der Ängstliche.*

Ich hocke zitternd auf Antonias linkem Fuß. Sie zieht denselben unter mir weg und stellt ihr Fahrrad ab.

Der Mann bessert nach: »Hey Leute, geht mal ganz an den Rand, alle auf dieselbe Seite.«

Die Menschen gehorchen. Mütter halten ihre Kinder fest, die letzten Gespräche verstummen. Alle schauen auf mich, den Hauptdarsteller in diesem grauenhaften Stück.

Der Mann kommt herüber und greift nach Antonias Fahrrad.

Ich sterbe!

»Geben Sie mal her, ich nehm' das.« Antonia ist dankbar. Zwei freie Hände sind ihre einzige Chance, mich von diesem Fleck wegzubekommen. Sitzenlassen und Abwarten würde meine Not nur weiter vergrößern; für ein Anti-Angst-Training ist das hier zu heftig. Sie nimmt mich hoch und trägt mich durch die Gasse.

Die Leute starren mich an, manche tuscheln. »*Oh, der hat aber Angst!*«

Antonia murmelt etwas von ›Tierheim‹, woraufhin eine Frau ruft: »*Schrecklich*, aus dem Tierheim, der *Arme*.«

Am Ende der Horrorgasse nimmt Antonia ihr Fahrrad in Empfang, bedankt sich artig bei dem hilfsbereiten Herrn und führt mich weg von diesem furchtbaren Ort.

Ich wäre gern schneller, weshalb ich mich wie eine Lokomotive mit hundert Waggons im Schlepptau in die Leine hänge. Antonia versucht nicht mal, mich zu ermahnen, wohl wissend, dass ich in diesem Zustand nicht ansprechbar bin. Und ich dachte, dieses Stadium meiner Krankheit gehört längst der Vergangenheit an.

Es ist ein Schock.

Keine zweimal zehn Hundelängen vor uns erscheint wie eine rettende Insel im stürmischen Meer der mit Büschen zugewucherte Eingang zum Wald.

Antonia muss sich erholen. Ich versuche derweil, mich an meinen Namen zu erinnern.

Ich schüttle mich – *Brrrh!* – , aber das ändert nichts. Genauer gesagt: *Es* schüttelt mich. Das passiert mir bei jedem Spaziergang zweimal: Einmal *vor* dem Stress, einmal *danach*. Ich hatte es die ganze Zeit über hier in meinem neuen Zuhause nicht bemerkt; Antonia hat mich darauf aufmerksam gemacht. Sie sagt, dahinter steckt mein Unterbewusstsein. Man tut Dinge, die auf den ersten Blick unsinnig erscheinen. Für gewöhnlich schüttelt man sich, wenn man nass ist. Bei mir baut es den Stress ab.

Es hat geregnet. Früher war hier der Weg, jetzt haben wir eine Schlammpiste. Antonia schiebt mich auf die rechte Seite des Fahrrads und steigt auf. »Bei mir!«

Langsam und wackelig radelt sie los – viel zu langsam und viel zu wackelig für meinen Geschmack, nach diesem Wahnsinnsstress. *Vollgaaas!*

Antonia muss die Leine loslassen, sonst wäre sie gestürzt.

Ich renne mindestens hundert Hundelängen weit.

Uaaah, Kreuzuuung!

Ich mache eine Vollbremsung, schaue mich um und lausche. Antonia ist weg!

Plötzlich höre ich sie, ganz leise. *»Wiiiniii!«*

Da hinten, der kleine rote Punkt! Die fährt woanders hin! Hilfeee!

Dass ein Zweibeiner so schnell sein kann, ist für mich eine völlig neue Erfahrung. Zum ersten Mal überhaupt arbeitet meine Lunge an der Grenze ihrer Leistungsfähigkeit. Es ist weniger das Rennen selbst, sondern die Panik, verlassen zu werden, die mir die Luft raubt.

Endlich schließe ich zu ihr auf. Sie greift sich das andere Ende der matschdurchtränkten Leine, die ich die ganze Zeit hinter mir hergeschleift habe, wendet nochmal ihr Fahrrad und fährt los, tiefer in den Wald.

Doch wieder zurück? Und ich wär' fast gestorben!

Ich laufe los. Diesmal stoppt Antonia und fängt den Ruck ab. »*Bei mir!*«

Die Leine hängt durch.

Passt doch, oder?

Wir kommen ein kleines Stück voran.

Winni tritt aufs Gas, die Leine spannt sich. Antonia stoppt. Es nervt mich so sehr. *Ich will vorwärts!*

Daran ändern auch die Wurstscheibchen nichts, die Antonia mir reicht, sobald ich auch nur einen winzigen Moment lang brav neben ihr laufe.

Trotz meiner Ungeduld werden die Strecken, die wir schaffen, immer länger – zehn Hundelängen, zweimal zehn, dann noch mehr. Wir fahren ein paar kleine Kreise. Wenn jemand kommt, steigt Antonia ab. Sicher ist sicher.

Unser erster Fahrradausflug geht ohne Verletzte zu Ende. Ich hätte nie gedacht, dass wir auch nur *eine* Hundelänge mit diesem Ding überstehen.

Einige Tage später

Das Schreckenserlebnis mit der Hochzeitsgesellschaft hat mir ein paar schlaflose Nächte bereitet. Ich versuche, an angenehme Dinge zu denken, mit durchwachsenem Erfolg. Was für ein Segen, dass wir um den Schauplatz meines unsäglichen Auftritts in den vergangenen Tagen einen großen Bogen gemacht haben oder mit dem Auto zum Wald gefahren sind.

Damit ich auf andere Gedanken komme, üben wir Fischbonbons fangen und Türen aufstupsen. Ich fühle mich ein wenig ausgebrannt, aber Antonia ist trotzdem zufrieden mit mir. Vielleicht hat sie darüber ihren Fahrrad-Ehrgeiz vergessen. Ich spiele lieber

›Mieze suchen‹, als stundenlang neben diesem verrosteten Teil gegen meinen Vorwärtsdrang anzukämpfen.

Wie so oft kommt es auch diesmal anders. »Hey, wir könnten doch mal wieder radeln!« Ich wackle zwei-, dreimal lahm mit dem Schwanz, dann falle ich in mich zusammen.

Antonia hat das Fahrrad schon rausgestellt. Sie lässt die Leine lang und setzt sich auf die Bordsteinkante vor unserer Einfahrt. Ich blende alles, was möglicherweise von rechts und links kommt, aus, flutsche über den Gehweg wie ein Schwall Wasser, setze mich neben Antonia, lege die Ohren an und zittere.

Antonia tut, als sei sie überrascht mich zu sehen. »Ja *Winni*, was machst denn *du* hier? Ja *super*!«

Wenn ich so genial bin, dann könntest du ja gleich mal eine kleine Belohnung springen lassen! Vielleicht eine Verschiebung des Spaziergangs? Oder eine lustige Katzenjagd heute Abend vor dem Schlafengehen?

Provo-Dingsda wollten wir sowieso endlich mal aus dem Verkehr ziehen. Sie flaniert neuerdings sogar am helllichten Tag über unsere Terrasse, um danach ihren Haufen in unserem Gemüsebeet zu vergraben. Antonia hat geheult, weil sie es so eklig findet, Salat mit Katzenkacke zu ernten.

Antonia bietet mir nur ein stinknormales Müsli-Bonbon an. Ich lehne ab und beginne nach alter Gewohnheit damit, die Umgebung nach Gefahren abzusuchen. Ich befürchte, der Rückschlag von vor der Kirche hängt mir noch länger nach.

»Jetzt hast du's hier rausgeschafft – dann kannst du doch eigentlich sofort aufhören, so hektisch rumzugucken, oder?«, meckert Antonia.

Klar, sofort! Aber zeig' mir doch bitte nochmal schnell den Aus-Knopf!

Die Zu-Fuß-Strecke bis zum Wald schaffen wir erstaunlich locker. Jetzt kommt der Fahrradteil. Antonia hängt schief auf dem Sattel, weil ich so klein bin. Ein gefundenes Fressen für den boshaften Oli. »*Das gibt Rückenschmerzen! Du kostest sie nicht nur den letzten Nerv, sondern auch ihre Gesundheit, hihihihihi!*«

Ich vertilge die Wurstscheibchen, die Antonia mir anbietet, während wir im Schneckentempo dahinzuckeln. Mit jedem Schritt wird mir ein bisschen langweiliger.

Unter Rennen versteh' ich was anderes!

Wir halten an. »So, jetzt kommt Fahrrad für Fortgeschrittene!«, kündigt Antonia an. Sie überprüft die Umgebung.

Das muss sie von mir haben!

Sie macht meine Leine los, legt sie in den Fahrradkorb und steigt auf. »Bei mir!«

Wir fahren ein paar Hundelängen.

»Winni, lauf!«

Bitte?

»Lauf!«

Okay, kapiert!

Ich flitze los. *Vollgaaas, juhuuu!*

Schnell ein paar Glücksdrachenkreise zwischen den nackten Stämmen der riesigen Fichtenbäume fliegen. Die Sonne blinzelt zwischen den Kronen hindurch, es ist ein Traum. Einen kurzen Moment lang bin ich wieder ein ganz normaler Hund. *Nur nicht stehen bleiben!*

Doch etwas stimmt nicht.

Meine Kehrtwende fällt heftig aus; Erdklumpen fliegen durch die Luft. Antonia ist weg.

Waaarteee!

Am Ende des Waldes hole ich sie ein.

Eine Zeit lang laufe ich neben ihr her; jetzt fällt sie zurück.

Plötzlich tritt sie erneut in die Bremsen und braust davon, in die Richtung, aus der wir gekommen sind. Sie tut es wieder, wieder und wieder.

Ist ja gut, ich hab' verstanden! Ich soll bei dir bleiben!

Natürlich bin ich bald wieder dran; ich renne viel schneller, als sie strampeln kann. Doch es dauert jedes Mal ein bisschen länger. Nicht nur die Belastbarkeit meiner Lunge, auch meine Energie scheint endlich zu sein. Ich bin zäh, aber solche Sprints am laufenden Band bin ich einfach nicht gewöhnt. Auf dem Nachhauseweg fehlt mir für panisches Herumgehüpfe schlicht die Luft.

Ich mache mir Sorgen.

Was ist, wenn ich es eines Tages nicht mehr schaffe? Wenn sie mir einfach abhaut? Ich darf sie keine Sekunde aus den Augen lassen!

Es wurmt mich, dass Antonia mich auf so gemeine Weise unter Druck setzt. Aber ich verstehe auch, dass Freiheit nur möglich ist, wenn ich mich dabei in dem Rahmen bewege, den sie mir vorgibt. Antonia wird noch deutlicher: »Wer zu weit wegläuft, wird entweder erschossen oder kriegt lebenslänglich Leinenpflicht. Da kannst du dir was aussuchen.«

Ich nehm' den Rahmen!

Seit ich so viel sausen darf, geht es mir richtig gut. Manchmal kommt Benni mit. Das ist klasse! Wenn Antonia plötzlich ihren Drahtesel herumreißt wie in Winne-Dingsdas Wildem Westen, rennen wir hinter ihr her und testen, wer schneller ist. Meistens gewinne ich, obwohl Benni früher mitbekommt, dass Antonia ausbüchst.

Fetzi findet Radfahren doof. Beim Ballspielen springt sie noch quietschfidel durch den Garten, wenn alle anderen längst vor Erschöpfung zusammengebrochen sind. Aber am Fahrrad bleibt sie sofort weit zurück, während Benni und ich den Geruch jedes Grashalms in der Gegend, der jemals von einem anderen Hund oder einem wilden Tier markiert wurde, auswendiglernen.

Ich glaube ja, das Problem ist ein seelisches. Fetzi hat keine Lust auf Joggen, oder sie traut es sich nicht zu, und das fühlt sich für sie dann wirklich so an, als ob sie keine Luft kriegt. Vielleicht hat jeder Hund sein ganz persönliches Teufelchen auf seiner Schulter sitzen?

Formel Sieben

Der letzte Rückschlag ist fast vergessen, mir geht es gut. Das furchtsame Häufchen Elend, das ich einmal war, lebt nur mehr als böse Erinnerung. Antonia sagt, meine Angst ist zwar noch immer viel größer als bei anderen Hunden, aber die ganz große Bühne hat sie verlassen.

Wenn ich auf mein bisheriges Leben zurückblicke, denke ich an ein Auto. Es kommt aus der Fabrik, wird in einer Garage geparkt und vergessen. Jahre später entdeckt es jemand und versucht, den Motor anzulassen. Der stottert und hustet ein paar Mal, das war's. Doch der Mensch probiert es immer wieder. Er zieht einen Fachmann zurate, möbelt die Technik auf, füllt besseren Sprit hinein – und siehe da: Es funktioniert! Dabei dachten alle, es wäre ein Fall für den Schrottplatz.

Ich war ein Fall für den Schrottplatz – aber jetzt fahr' ich bald in der Formel Sieben, sagt Antonia. Das sind die flottesten Flitzer! Paul guckt manchmal im Fernsehen zu. Ganz schön laut, nichts für mein empfindliches Gehör.

Es ist schon verrückt: Anfangs, als ich gar nichts auf die Reihe gebracht habe, ging mir das Lernen so schwer von der Pfote. Je mehr ich aber kann, desto schneller gelingt es mir, noch mehr dazuzulernen. Gebildete Hunde wie Benni und Fetzi, die sowieso alle anderen in die Tasche stecken, tun sich am leichtesten – ganz schön gemein eigentlich, aber ich gönn' es ihnen ja. Ich kann nur jedem Hund empfehlen: Hängt euch rein, dann habt ihr ein besseres Leben!

An die Dinge, von denen ich weiß, dass ich sie hinkriege, gehe ich schon richtig cool ran. Antonia sagt, das sieht man an meiner Körperhaltung. Aufrecht, wie ein richtiger Hund; ganz anders als früher. Ich bewege mich sicher und fließend, selbst wenn ich so seltsame Übungen machen soll wie ›Rückwärts gehen!‹ und ›Wälz' dich!‹.

Richtig gut geworden bin ich darin, Dinge nachzumachen, die mir Antonia zeigt. Manchmal finde ich sogar selbst eine Lösung, wenn kein Fremder zusieht.

Besonders stolz macht mich, dass ich nur noch ein ganz kleines bisschen tollpatschig bin. Ich fange Köder aller Geschmacksrichtungen am laufenden Band und öffne angelehnte Türen, indem ich sie mit der Pfote zu mir herziehe.

Uns Tricks beizubringen ist nicht nur eine erfolgreiche ›Winni-soll-glücklich-werden‹-Maßnahme, sondern ein richtiger Tick von Antonia. Sie hat solchen Spaß daran, dass wir ihr zuliebe den größten Quatsch mitmachen. Wir haben ihr schließlich viel abverlangt in den vergangenen Jahren. Sie musste ungezählte Buddellöcher auffüllen, in ihre Einzelteile zerlegte Spielsachen reparieren, Attacken auf komisch riechende Artgenossen unterbinden, Futter und Tierarzt bezahlen, Bürsten, Zähneputzen, Wehwehchen verarzten und so weiter und so fort. Und natürlich tausende Stunden mit uns üben.

Unser neuester Trick heißt ›Kreis!‹. Da müssen wir um einen Stuhl, die Wäschespinne, das Gartenhaus oder etwas anderes herumsausen, auf das Antonia deutet. Zuerst fand ich das ganz schön langweilig, aber jetzt können wir den Trick schon so gut, dass wir richtig weite Strecken zurücklegen; zum Beispiel wenn sie uns um Bäume oder Hochsitze schickt. Das macht richtig Spaß, auch wenn es kein Ersatz ist für einen richtigen Glücksdrachenkreis.

Ich kenne mehr als zweimal zehn Spielsachen beim Namen und bringe Antonia das Gewünschte, sogar wenn sie etwas Neues, Unbekanntes dazulegt. Jeweils der Gegenstand, den ich noch nicht kenne, gehört zu dem neuen Wort, das sie mir sagt. Darauf bin ich von selbst gekommen!

Und meine Mieze, die hab' ich Antonia kürzlich zum ersten Mal direkt in die Hand gegeben!

Die andere Seite des Gartenzauns kriege ich inzwischen ganz gut geregelt, abgesehen von besonders belebten Straßen und Plätzen. Die Strecke zwischen den beiden unvermeidlichen Schüttelanfällen, auf der ich selbst Hasenbraten zitternd zurückweise, wird immer kürzer.

Ohne Leine draußen im Wald schaffen wir es problemlos an wildfremden Menschen vorbei. Ich bin zwar angespannt, aber das nehmen wir hin. Das Bedürfnis, mich im Gebüsch zu verstecken, hat stark nachgelassen. Das ist wirkliche Freiheit: Ich *könnte* verduften – aber ich will nicht.

Wenn Antonia mich ruft, bin ich sofort da.

Meine zwanghaften Glücksdrachenkreise gehören der Vergangenheit an. Hin und wieder darf ich mir einen gönnen, wenn Antonia es mir ausdrücklich erlaubt. Den genieße ich zwar sehr, aber dann reicht es auch wieder, denn Gelegenheit zum Sausen habe ich mehr als genug, seit wir zusätzlich zum Mieze-Training alle paar Tage radeln. Wenn wir nach Hause kommen, sind wir alle richtig kaputt. Sogar Hochleistungssportler legen hin und wieder mal einen Tag Pause ein, sagt Antonia.

Toll geholfen hat uns ein neues Kommando, das ›Dableiben!‹ heißt. Das bedeutet, dass ich höchstens zehn Hundelängen von Antonia weglaufen darf. Mir das beizubringen war ein Kraftakt. Immer, wenn ich zufällig in ihrer Nähe war, hat sie »Dableiben!« gesagt, mich mit Lob überhäuft, ein »Fang!« hinterhergeschoben und mir ein Fischbonbon zugeworfen. Irgendwann hab' ich damit begonnen, mich von selbst nach ihr umzusehen, wenn ich das Gefühl hatte, dass ich der unsichtbaren Zehn-Hundelängen-Linie zu nahe komme.

Besonders gut geht es mir beim Suchen. Da vergesse ich die ganze Welt um mich herum.

Ich glaube nicht mehr, dass ich dumm bin. Vielleicht ein bisschen komisch, aber mehr nicht. Benni und Fetzi fragen mich sogar immer öfter nach meiner Meinung!

Und ich bin viel fröhlicher als früher. So fröhlich, dass ich Antonia kürzlich, an einem kalten, verregneten Tag, zum ersten Mal in meinem Leben zum Spielen aufgefordert habe. Ich war so gut drauf, dass ich wie ein Wilder vor ihr auf und ab gehopst bin und gebellt habe, um sie dazu zu bringen, etwas zu werfen, das ich dann holen darf.

Den einen oder anderen kleinen Aussetzer habe ich noch, aber das sind keine lebensgefährlichen mehr, sondern eher lustige. Neulich zum Beispiel bin ich mit Vollgas unter unserer Hürde durchgekrabbelt, als wär' ein Geier im Tiefflug hinter mir her, anstatt drüberzuhüpfen, was viel einfacher gewesen wäre. Keine Ahnung, warum ich das gemacht habe. Antonia hat sich kaputtgelacht.

Oder die Sache mit dem riesigen schwarzen Hund. Der Bursche lief in unsere Richtung, als wir auf der großen Wiese Ball gespielt haben. Wahrscheinlich wollte er nur zugucken, aber das war mir egal. Ich bin los, bis auf zwei, drei Schritte ran, hab' eine Vollbremsung hingelegt und ihn so böse angegiftet, dass er sicher dachte, ich gehe ihm gleich an die Gurgel. *Der Arme!* Dann hab' ich kehrtgemacht.

Mit der Aktion habe ich meine Befugnisse als Omega-Hund natürlich gewaltig überschritten. Antonia hat geseufzt und sich die Hände vors Gesicht gehalten. Eindringlinge sind nun mal ein rotes Tuch für mich, so wie der Postbote. Es ist schon besser geworden mit ihm, aber von gegenseitiger Zuneigung sind wir noch weit entfernt.

Alles in allem bin ich ein richtiger Musterknabe geworden, ein fast glücklicher Hund. Ich würde sagen, wir haben unser Gewinner-Ziel so gut wie erreicht.

Warum hat das alles nur so lange gedauert! Antonia sagt, es war einfach zu schwierig, sich auch nur für ein klitzekleines Momentchen meine Aufmerksamkeit zu erkämpfen. Und die ist nun mal Voraussetzung für jede Art von Training. Als ich dann endlich so weit war, ging es flott voran.

Na, egal. Am Ende zählt nicht mehr, wie lange es gedauert hat, sondern dass wir es geschafft haben.

Teil 3

Kostas

Abgrund

Wir sind auf dem Rückweg vom Doktor, ich habe eine Spritze bekommen. Nur ein kleiner Pieks, kein Problem.

Die Straße mit den vielen Menschen haben wir hinter uns, der restliche Weg ist Routine. Ich bin ja beinahe schon ein Einheimischer.

Gerade haben wir eine Nachbarin getroffen, die ich wirklich nett finde. Von ihr nehme ich sogar Gemüsebonbons; eigentlich mag ich ja lieber was Handfestes.

Ich schlage mich wacker, da vorn ist schon unsere Straße. Nur noch einmal abbiegen …!

Wuuummmm.

Plötzlich ist alles schwarz.

Ich muss weg gewesen sein, weit weg. Antonia sitzt auf der Straße und hält sich den Kopf; rundherum Menschen.

Warum bin ich am Zaun festgemacht?

Oh Hundegott, da drüben!

Dort, ganz in Antonias Nähe!

Ich muss sie warnen!

Ich versuche zu bellen, doch mein heiseres Krächzen geht im allgemeinen Trubel unter. Ich zittere am ganzen Körper.

Kostas!

Seinen Namen auch nur zu denken löst Übelkeit in mir aus. Ich schlottere wie an meinen schlimmsten Tagen.

Er ist noch immer da; jetzt fasst er Antonia am Arm!

Was ist hier los!?

Ein Auto steht mitten auf der Straße, die Fahrertür weit offen. Weiter vorne hat jemand ein Fahrrad hingeworfen; ein halber Lebensmittelladen liegt über die Fahrbahn verstreut. Zwei Polizisten machen sich Notizen, es ist wie im Fernsehen.

Muss ich ins Gefängnis?

Ein Krankenwagen rast herbei.

Tatüüü, Tataaa.

Zwei Männer in roten Jacken steigen aus und drängen sich durch die Menschenansammlung zu Antonia. Die ist gerade aufgestanden. Etwas wackelig zwar, aber sie steht.

Ein Unfall!

Antonia spricht mit den Männern. Einer von ihnen, ein älterer mit weißem Haar, hat einen silbergrauen Koffer in der Hand. *Unser Doktor aus dem Tierheim?*

Antonia soll mit ihnen kommen, aber sie lehnt ab.

Die Männer reden weiter auf sie ein. Jetzt kehren zu ihrem Wagen zurück, fahren aber nicht los. Vielleicht glauben sie, dass Antonia sich noch umentscheidet.

Die Neugierigen verlassen nach und nach den Ort des Geschehens. *Kostas* und eine fremde Frau führen Antonia in meine Richtung.

Antonia dreht sich mit steifem Hals zu ihm um und flüstert ihm etwas zu. *Kostas* bleibt stehen.

Hat sie endlich gemerkt, wer das ist!

Es kostet mich unendlich viel Kraft, ihn anzuschauen. Ich tue es trotzdem.

Sehr, sehr langsam beschleicht mich eine Ahnung. Nein, ein ganz handfester Verdacht.

Dieser Mensch da, das ist nicht Kostas, obwohl er verdammt danach aussieht.

Die Erkenntnis, dass ich wohl riesengroßen Mist gebaut habe, schnürt mir die Luft ab.

Antonia setzt sich neben mich auf den Gehweg, ächzend vor Anstrengung wie eine alte Frau. Wahrscheinlich hat sie Schmerzen.

Ich bin froh, sie in meiner Nähe zu haben. Mein Kopf fühlt sich an, als ob jemand darin unsere Küchenmaschine eingeschaltet und bis zum Anschlag aufgedreht hat. Kostas – beziehungsweise der Mann, der so aussieht – wartet in sicherer Entfernung.

»Du hast mich auf die Straße geschubst.«

Sie redet mit mir! Hundegott sei Dank! Es hätte doch sein können, dass sie ohne mich weggeht.

»Herr Meier kam mit seiner Heckenschere aus seinem Gartentor, und irgendwie hat da bei dir was ausgesetzt. Was ist denn mit ihm? Den haben wir doch schon so oft gesehen, im Vorbeilaufen. Du hast einen Riesensatz gemacht, dein Schädel ist gegen mein Knie geknallt. Mit voller Wucht, wirklich. Wie soll ich auf sowas gefasst sein? Genau in dem Moment kam natürlich ein Auto. Ich lag da auf der Nase; der ist in die Bremsen gestiegen und hat sich quer zur Fahrbahn gedreht. Um ein Haar wär' er in den Laternenmasten geschlittert. Die Frau auf dem Fahrrad konnte noch rechtzeitig abspringen, aber ihre Einkäufe sind natürlich futsch.«

Antonia schüttelt versehentlich den Kopf. »*Auaaa!*«

Verdammt, ich bin schuld, schon wieder! Ich dachte, das wär' vorbei!

Enttäuschung, Trauer und Hilflosigkeit brechen wie ein Sturzbach über mich herein.

»Was kann dich nur so erschreckt haben! Herr Meier ist doch kein Ungeheuer. Du warst die ganze Zeit, als ich da saß, irgendwie weggetreten, haben die Leute gesagt. So richtig unter Schock. Jemand hat dich in eine Einfahrt gescheucht und eingefangen. Gott sei Dank! Wenn du vor ein Auto gelaufen wärst ... das hätte ich mir nie verziehen.«

Antonia hätte tot sein können, und ich bin schuld. Sie opfert sich auf für mich, und ich schubse sie dafür vor ein Auto. Bravo, Winni!

Ich schäme mich dafür, auf der Welt zu sein.

Antonia kennt mich. »Mach dir bloß keine Vorwürfe. Ich wüsste nur gern, woher dieser Aussetzer kam. Hat dich die Situation an irgendwas erinnert? Oder Herr Meier als Person? Etwas in deinem früheren Leben? Ich meine, irgendeinen Grund muss es ja haben, dass wir seit fast zwei Jahren gegen diese Panik ankämpfen.«

Wir wären alle gestorben, wäre der alte Setter nicht zufällig zur richtigen Zeit am richtigen Ort gewesen.

Ein Polizist und der Doktor mit dem Koffer kommen auf uns zu. Ich fühle gar nichts mehr, nicht mal Angst. »Wenn es Ihnen gut geht, würden wir fahren«, sagt der Koffermann.

Antonia nickt, diesmal langsam und vorsichtig. »Danke. Mein Kopf tut ein bisschen weh. Ich leg' mich nachher hin. Notfalls geh' ich später noch zum Arzt.«

Der Polizist steckt sein Notizbuch weg. »Sie melden sich dann morgen bei uns, ja?«

Die Männer verabschieden sich und gehen zu ihren Autos.

Antonia bindet mich los. »*Auaaa!*«

Die Schmerzen scheinen stark zu sein.

Sie nimmt die Leine in die eine Hand, mit der anderen winkt sie Herrn Meier zu. Der Krankenwagen fährt weg, die Polizei auch.

Wir schleichen nach Hause. Mein Kopf verschwindet zwischen meinen Schultern. Ich schäme mich in Grund und Boden.

Die Tage seit unserem Unfall vergehen quälend langsam. Antonia hat erst am nächsten Morgen gemerkt, dass es sie doch schlimmer erwischt hat. Paul musste sie mit sanfter Gewalt zum Doktor befördern, sonst hätte sie versucht, es auszusitzen.

Der Doktor hat eine Gehirnerschütterung und eine Prellung an der Schulter festgestellt. Gut, dass sie so sportlich ist. Sportler tun sich weniger, wenn sie stürzen.

Mir selbst geht's dreckig, das kann man nicht anders sagen. Ich tue nur, was unbedingt sein muss – zum Beispiel mich in den Garten schleppen, um mein Geschäft zu erledigen. Glücklicherweise ist das selten nötig, weil ich keinen Hunger habe und nur hin und wieder einen Schluck trinke, wenn jemand mir den Eimer vorbeibringt.

Schlafen geht gar nicht. Sobald ich die Augen schließe, sehe ich Kostas und Herrn Kostas-Meier gemeinsam vor unserem Gartentor. Sie machen sich über mich lustig.

Antonia kümmert sich rührend um mich, obwohl ihre Schulter weh tut.

Es ist Abend, sie setzt sich zu mir an mein Hundebett. »Also ich weiß ja nicht, aber falls es Herr Meier war, der dich so erschreckt hat, dann müssen wir schnellstens was unternehmen. Ich hab' keine Lust, wieder unterm Auto zu landen, wenn er das nächste Mal aus seinem Garten kommt. Sah ein bisschen so aus wie ein klassischer Flashback. Als ob ein traumatisches Erlebnis in deinem Kopf wiederaufgeblitzt wäre. Wenn du mir doch sagen könntest, was dich so umgehauen hat!«

Kostas!

Ich sehe Antonia durchdringend an, um ihr klarzumachen, dass sie richtig liegt.

Versteh' mich doch, versteh' mich doch!

Antonia legt den Kopf schief und schaut mich prüfend an.

»Ein Wunder, dass uns das nicht schon früher passiert ist. Die Meiers wohnen seit Ewigkeiten in dieser Straße, sie sind wirklich nett.«

Na klar. Der Mann, der aussieht wie Kostas, ist nett.

Er heißt Meier und wohnt seit Ewigkeiten in dem Haus und dem Garten, aus dem er genau im falschen Moment auf den Gehweg getreten ist, um seine Hecke zu schneiden. Mit zerschlissener, früher mal blauer Arbeitsjacke und abgetragenen Stiefeln, die genauso aussehen wie die von Kostas.

Warum zieht Herr Meier sich an wie ein notleidender Bauer aus meinem Land im Süden!

Warum hat er das gleiche ausgemergelte Gesicht, die gleichen grauen Haare? Ich bin *wütend*!

Vorhin habe ich durchs Arbeitszimmerfenster gespäht. Antonia hat an unserem Gartentor mit ihm geplaudert. Ich musste mich arg zusammennehmen, um den Anblick auszuhalten. Aber, ehrlich gesagt: Auf den zweiten Blick sieht Herr Meier wesentlich gepflegter und jünger aus als Kostas, und tatsächlich viel sympathischer. Er trägt Hemd und ein Sakko, so ähnlich wie das von Paul. Die Schuhe konnte ich von da oben nicht erkennen.

Wie haben wir es geschafft, ihm zwei Jahre lang aus dem Weg zu gehen, obwohl er doch nur ein paar Häuser weiter wohnt? Vielleicht habe ich in meiner Kopflosigkeit auf der anderen Seite des Gartenzauns zwar überallhin *geschaut*, aber nichts *gesehen*. Zumindest nicht, wem Antonia auf die Entfernung so alles gewunken hat.

Antonia drückt mein Ohr. »Übrigens, Herr Meier ist ein großer Hundefreund. Er wollte wissen, ob du den Schock schon verdaut hast. Nett, oder? Ich hab' gesagt, es geht schon besser. Damit er sich nicht so viele Vorwürfe macht. Er kann ja wirklich nichts dafür. Wie soll er wissen, dass du ältere Herren so fürchtest?«

Ältere Herren, so ein Quatsch. Kostas! Wie soll ich euch das nur begreiflich machen!

Aber egal. Was zählt, ist: Es kann nicht Kostas gewesen sein, der da aus dem Gartentor kam. Kostas ist in seinem Land im Süden.

Schon wieder ist es meine Unfähigkeit, die alles durcheinanderbringt. Und diesmal hätte sie Antonia fast das Leben gekostet. Dabei lief es doch ganz gut bei mir in der letzten Zeit.

Ich bin fertig mit der Welt. Wie es sich wohl anfühlt, wenn man nicht mehr da ist?

Der größte Schreck ist vorüber, aber aus irgendeinem Grunde kommen plötzlich die ganzen alten Sachen wieder hoch. Sie türmen sich zu einem Berg und verstellen mir den Blick auf die Erfolge von vor dem Unglück mit Herrn Kostas-Meier. Ich weiß, dass es die gibt, aber ich kann sie nicht mehr fühlen.

Kostas' Männer, der Lieferwagen. Die Hoffnungslosigkeit im Wald. Mamas trauriges Gesicht. Die schwierigen Anfangstage im neuen Zuhause. Die andere Seite des Gartenzauns. Die Vorwürfe, die ich mir mache, weil ich Mama im Tierheim zurückgelassen habe.

Und weil das wohl noch nicht reicht, hagelt es seit dem Unfall Demütigungen, als ob jemand mir einen roten Pfeil auf den Rücken gemalt hätte mit der Aufschrift: *»Alles hier abladen, is' eh schon wurscht!«*

Zum Beispiel gestern in der Hundeschule, als ich zum Zuschauen mit musste, damit ich nicht so viel im Bett rumhänge. Da war schon wieder dieser arrogante Rettungshund, Edgar heißt er. So einer, der sich nur vor großem Publikum ins Zeug legt, nicht weil er helfen will.

Jedes Mal, wenn er uns mit seiner Anwesenheit beglückt, lässt er abfällige Bemerkungen los, und ich bin sein Lieblingsopfer. Der hat mich doch tatsächlich ausgelacht wegen Kostas-Meier. Woher er das überhaupt wusste! »Du wirst nie ein richtiger Suchhund«, hat er zu mir gesagt. Anscheinend gibt es überall Typen, die auf ihren Mithunden herumtrampeln müssen, um sich selbst groß zu fühlen. Die haben einen Riecher dafür, wann es anderen richtig schlecht geht, und genau dann laufen sie zu Hochform auf.

Ich weiß ja, beinahe hätte ich Antonia umgebracht. Meine Angst, einem von Kostas angezettelten Mordanschlag zum Opfer zu fallen, ist bei Herrn Meiers Anblick mit einem großen Knall an die Oberfläche gekommen.

Der kleine, niedliche, nervensägende Oli hat sich zu einem ätzenden, fetten Diabolos ausgewachsen.

Seitdem kreist mein Denken um die immer gleichen, quälenden Fragen, auf die es keine Antwort zu geben scheint.

Wofür bin ich auf der Welt, wenn ich alles nur kaputtmache? Wenn ich niemandem etwas bringe, sondern nur Probleme verursache? Wenn jeder Tag eine Schinderei ist und es keine Hoffnung gibt, dass sich das ein für allemal ändert?

Genau genommen lohnt es sich doch überhaupt nicht, geboren zu werden, weil man sowieso irgendwann sterben muss. Gar nicht erst da zu sein würde einem all' die Kränkungen und Selbstzweifel ersparen. Es wäre sozusagen eine Abkürzung von ›*Vor dem Leben*‹ zu ›*Nach dem Leben*‹.

Antonia erkennt, dass ich mich fürchterlich fühle, auch wenn ihr die eigentlichen Gründe verborgen bleiben. Dankenswerterweise lässt sie mich nach mehreren vergeblichen Versuchen, mich aufzuheitern, in Ruhe.

Sogar Benni und Fetzi sind wirklich fair zu mir. Sie haben mich schon mehrmals aufgefordert mitzukommen, wenn sie gemeinsam durch den Garten streifen. Schade, dass ich jedes Mal absagen muss. Fetzi hat mir sogar ihren Knochen geschenkt, was ein echtes Wunder ist.

Ich hab' wirklich versucht, mich angemessen zu freuen über so viel Nettigkeit, aber mir fehlt selbst dazu die Kraft.

Gerade eben haben sich die beiden wieder neben mir zusammengerollt, um mir Gesellschaft zu leisten. Fetzi druckst schon die ganze Zeit so komisch herum.

Das macht mich dann doch neugierig. »Jetzt sag', was is' denn?«

»Weißt du, was wir gemacht haben?«

Ich schüttle den Kopf.

»Wir haben das Ekelpaket vom Hundeplatz in den Hintern gebissen. Mit schönen Grüßen von unserem Winni.«

Ich glaub's nicht.

»Das ging, weil der nie im Leben gedacht hätte, dass jemand es wagen würde, seine Majestät anzurühren. Niemand hat's gesehen, Antonia auch nicht. Sie wird also keine Schwierigkeiten kriegen.«

Jetzt kommt mir doch ein Lächeln aus, wenn auch ein ganz winziges.

Valentina

Nichts wird besser. Antonia meint, ich habe zu meiner Angst eine zweite Krankheit bekommen. Irgendwas mit *D*… Das ist eine Krankheit, bei der man das Leben anstatt durch die rosarote durch die kohlrabenschwärzeste aller Brillen sieht. Wahrscheinlich war sie immer schon ein Teil von mir, sagt sie. Die Tatsache, dass es eine Zeit lang aufwärtsging, bedeutete nicht, geheilt zu sein. Die D-Krankheit schlummerte nur, tief drinnen in meiner Seele. Wir hatten sie unter Kontrolle, mehr nicht. Die Sache mit Herrn Kostas-Meier war der Donnerschlag, der einen neuen Schub ausgelöst hat, und diesmal einen richtig schlimmen.

Antonia hat mir vorsichtshalber versichert, dass man an dieser Krankheit für gewöhnlich nicht stirbt, zumindest als Hund nicht, wobei ich im Moment ernsthaft darüber nachdenke, ob ich das gut oder schlecht finden soll. »Beruhigend, dass ihr euch nicht so ohne Weiteres auf eigene Faust ins Jenseits verdrücken könnt«, hat Antonia gesagt. »Ich mache mir auch so schon so viele Sorgen um dich.«

Seit ich so krank bin, spielt sich unser Leben vorwiegend zuhause ab. Die Hundeschule muss wohl für längere Zeit auf meine aktive Mitarbeit beim Gehorsamstraining verzichten, was denen sicher keine Probleme bereiten wird, bei dem Zulauf an ›von und zu Irgendwas‹-Schnöseln, auf denen jeder Punkt seinen exakt vorausberechneten Platz einnimmt. Meine Weltuntergangsstimmung erreicht ihren Tiefpunkt, wenn ich an meine Kumpels in meinem Land im Süden denke, die schon so lange auf ein schönes Zuhause warten. Fetzi sagt, die haben sicher auch die falschen Punkte. Es ist *ungerecht*.

Das Einzige, wozu meine Familie mich zwingt, ist Suchen. Für Widerspruch bin ich zu schwach; die schleppen mich einfach ins Auto. Und – ich geb's ja zu –, wenn ich dann mal bei der Sache bin, rückt das ganze verdammte Schlamassel für kurze Zeit ein kleines bisschen in den Hintergrund. Ich trage es in einem unsichtbaren Rucksack mit mir herum, bis ich Paul wiedergefunden habe oder Lenja, die Paul im Kinderwagen vor sich herschiebt. Danach kreucht es wieder heraus und macht mir das Leben zur Hölle.

Es ist später Nachmittag; heute muss ich ran. Antonia legt mir mein Suchgeschirr an, Benni rempelt mich freundschaftlich mit der Schulter, was für seine Verhältnisse ein wahrer Liebesbeweis ist.

Paul muss sich wieder mal für uns in die Büsche schlagen.

Oma holt Lenja zu sich, weil es heute so kalt ist draußen und Lenja Schnupfen hat. Menschenbabys wären überfordert so ganz alleine zu Hause, sagt Fetzi. Lenja hat zwar endlich Haare bekommen, kann aber noch nicht viel mehr als auf allen Vieren robben, unverständliche Laute brabbeln und Unmengen Brei verdrücken.

Bein eins fühlt sich heute wieder genauso zentnerschwer an wie Nummer zwei bis vier. Meiner Familie zuliebe raffe ich mich trotzdem auf. Ist vielleicht ganz gut, eine Zeit lang an Hautfitzelchen denken zu müssen.

Fetzi stupst mich und schaut mich fragend an.

»Jaja, ich geh' ja mit. Weiß aber nicht, ob ich was finde außer Gras und Bäumen. Die können mir eine ganze Hautfitzelchenautobahn hinkleben; bei dem Matsch in meinem Hirn wird das nix helfen.«

Benni und Fetzi schauen sich gegenseitig an und lassen exakt im selben Moment einen Seufzer los, aus dem eine ganze Welt der Ratlosigkeit und Verzweiflung spricht.

Benni läuft auf hundert plus achtmal zehn. Suchen ist für ihn wichtiger als essen, trinken und schlafen. Paul sagt, das ist ganz logisch. Der Mensch hat Jagdhunde nach seinen Vorstellungen erschaffen, damit wir seine schlechte Nase, sein mieses Gehör und seine grauenvollen Schießkünste ausbügeln. Nimmt man uns diese Arbeit weg, werden wir vor Langeweile krank, weshalb viele von uns anfangen, Sachen kaputtzumachen oder ohne ihren zweibeinigen Rudelführer spazierenzugehen und sich mit Gleichgesinnten zu einem netten Plausch mit kleiner Hasenjagdeinlage zu treffen. Deshalb ist es so wichtig, dass Benni genügend Stoff vor die Nase kriegt.

Wir fahren mit dem Auto zum Waldrand, was mir sehr entgegenkommt, da belebte Straßen für mich zur Zeit absolut tabu sind. Nicht, weil *ich* darauf bestanden hätte, nein – Antonia hält mich von allem fern, was mich auf selbstmörderische Gedanken bringen könnte.

Einen Haken hat die Sache trotzdem: Genau da, wo wir losgehen, befindet sich eine kleine Kirche mit Dutzenden von Bänken davor und einem großen Parkplatz, wo sich bei schönem Wetter Heerscharen von Ausflüglern tummeln. Die meisten sind mindestens zehnmal so alt wie Antonia und Paul – schätze ich, weil ich keine Ahnung habe, wie lange es die beiden schon gibt. Sie haben weiße oder graue Haare und können sich nur mit Stöcken auf den Beinen halten. Dieser schwankende Gang macht mich fertig. Wie Kostas nach einer Zechtour.

Früher bin ich vor Angst fast gestorben, wenn ich gemerkt habe, dass wir dort vorbeikommen. Sogar bei Regen, wenn keine Menschenseele in Sicht war. Inzwischen geht es besser, wir müssen aber weiter dran arbeiten.

Unglücklicherweise ist Rebecca der Meinung, es könnte mir helfen, wenn Antonia mich absichtlich hier suchen lässt, wo ich mich fürchte. Dass meine Leidenschaft mich mit diesem Ort versöhnt. Und Antonia findet, Rebecca hat Recht behalten.

Benni darf wie immer als Erster.

Der soll sich bloß Zeit lassen!

Klar, dass er seinen Job auch heute wieder schulbuchmäßig erledigt; Antonias zufriedene Miene spricht Bände. Der Preis, den er dafür bezahlt, ist die totale Erschöpfung. Ein Suchhund in Aktion veratmet unglaubliche Mengen Luft, und das schlaucht ganz schön. Antonia sagt, es ist wie bei ihrer elektrischen Zahnbürste. »Wenn ich aus der ständig die maximale Leistung raushole, weil ich grundsätzlich auf Stufe drei putze, dann ist der Akku viel schneller leer als im Normalbetrieb.«

Dazu das Ziehen an der Leine. Und immerzu aufpassen, mit dem Kopf dabeibleiben. Einmal falsch abgebogen und die Spur endet im Nichts. Dann heißt es: Umkehren, herausfinden, wo man sich verhaspelt hat, und das Ganze nochmal von vorne.

Wahrscheinlich haben Antonia und Paul für Benni ein paar besonders knifflige Stellen eingebaut, zum Beispiel eine Kreuzung von Pauls neuen Spuren mit denen von gestern, als er mit Fetzi hier durchkam. Noch mehrere Tage danach kann ein guter Suchhund feststellen, ob jemand hier gewesen ist oder nicht, und welche Spur die jüngste – also die richtige – ist.

Benni hat immer alles perfekt gelöst, sein Leben lang. Er arbeitet schnell, zuverlässig und selbstständig. Paul sagt, er wäre ein außergewöhnlicher Rettungshund geworden.

Antonia gießt ihm eine Schüssel Wasser ein, die er bis auf den letzten Tropfen leer trinkt.

»Winni, du bist dran!«, ruft sie und setzt ihr strahlendstes Lächeln auf.

Suchen ist lustig, Suchen macht Spaß …

Ich ergebe mich in mein Schicksal und gleite aus dem Wagen, leise und unauffällig, wegen der torkelnden Weißhaarigen.

Antonia setzt mich mithilfe einer getragenen Socke direkt am Auto auf Paul an. »Such!«

Es geht kreuz und quer durchs Gelände; die superschlauen Spaziergänger – ›*Also der* Hund *zieht aber an der Leine, dafür gibt es doch Hundeschulen!*‹ – jucken mich nicht mehr in der miserablen Verfassung, in der ich mich zur Zeit befinde. Je stärker ich mich reinhänge, desto schneller bin ich am Ziel.

Die Kreuzung, die jetzt vor uns liegt, arbeite ich ganz nach Vorschrift ab.

Rechts scheidet aus, da riecht nix. Links oder geradeaus?

Alles klar: links ab!

Nochmal um die Kurve auf die große Wiese. Wie es sich für einen ordentlichen Suchhund gehört, bleibe ich auf der Spur, anstatt abzukürzen, indem ich der Witterung, die der Wind zu mir herüberträgt, nachlaufe. *Geschafft!*

»Hey *Winniii, suuuper*!« Paul hält mir die ganze Wurstscheibchentüte auf einmal hin. Das ist das Schöne, wenn sich jemand aus der Familie versteckt: Man kann sich angstfrei über das Wiedersehen freuen und Wurstscheibchen mampfen. Großen Hunger habe ich nicht, aber zwei, drei nehm' ich dann doch, nach der Anstrengung.

Wir gehen zurück zum Auto.

Die Heckklappe schwingt auf; Antonia schiebt mich in meine Box und verriegelt die Tür.

»Hallo, hallo! Hilfe!« Von der Kirche her stürmt eine Frau auf

uns zu, so aufgelöst, wie ich das nur von mir selbst kenne. Hat sie auch so eine Heidenangst vor torkelnden Weißhaarigen?

Na obwohl, so aussehen tut sie eigentlich nicht. Eine richtig feine Dame. Ganz anders als Antonia mit Jeans, dem alten Pulli und ihrer schlammverkrusteten Hundejacke, die dringend mal wieder eine Wäsche nötig hat. Die fährt bestimmt ein Wahnsinnsauto.

In ihrem Gesicht sehe ich so viel Angst, dass ich meine eigene völlig vergesse, obwohl sie wild mit den Armen vor uns herumfuchtelt.

»Ich hab' gesehen, was Sie da machen. Ihre Hunde können Vermisste suchen, oder? Sowas war kürzlich im Fernsehen. Bitte, meine Tochter ist weg. Ich war abgelenkt, wir haben Freunde getroffen. Plötzlich war sie verschwunden. Sie ist erst zehn!«

»Jetzt beruhigen Sie sich erst mal«, sagt Antonia. »Sie ist sicher ganz in der Nähe.«

»Jaja, bestimmt. Ich bin ganz durcheinander. Man hört doch so viel, von Männern, die fremde Kinder mitnehmen. Und was, wenn sie sich verirrt hat? Sie ist manchmal ein bisschen konfus.«

»Was tut ihre Tochter denn normalerweise, wenn Sie mit ihr im Wald sind? Was interessiert sie, wo läuft sie hin?«

»Sie liebt alles, was vier Beine hat, oder sechs, oder acht. Oder Flügel. Vielleicht hat sie einen Hasen gesehen und ist hinterher, ohne darauf zu achten, wie sie wieder zurückkommt. Sowas ist uns schon zweimal passiert. Beim ersten Mal kam sie nach einer Viertelstunde von selbst wieder. Beim zweiten Mal haben wir sie nach einer halben Stunde aufgelesen. Diesmal ist sie ganz sicher schon länger weg. Und es soll heute noch regnen, sagen die Wetterleute.«

Sie drückt einen Knopf an ihrer Armbanduhr. »Dunkel wird es auch bald. Hätte ich nur besser aufgepasst!«

»Vorwürfe helfen uns jetzt nicht weiter«, sagt Antonia. »Solange es so warm bleibt, ist Regen kein Problem. Die Frage ist nur, ob Ihre Tochter in Panik gerät, sollte sie sich wirklich verlaufen haben.«

»Also die Mutigste ist sie nicht, eher etwas verträumt. Oh Gott!«

»Würde Ihre Tochter mit einem Fremden mitgehen? Ich will Ihnen ja nichts vorschreiben, aber – sollten Sie nicht vielleicht die Polizei rufen?«

»Wahrscheinlich sagen die, die wird schon zurückkommen, ich soll mich nicht so aufregen. »

»Glaub' ich nicht. Das Mädchen ist noch so klein, die Polizei wird alle Hebel in Bewegung setzen. Die wissen genau, was ihnen droht, wenn sie bei einem vermissten Kind einen Fehler machen. Wäre Ihre Tochter dreizehn, vierzehn, läge die Sache anders.«

»Ich dachte selbst auch, sie wird gleich wieder da sein. Man will ja nicht gleich so einen Wirbel veranstalten. Aber jetzt bin ich doch schon einige Male um die Kirche hier rumgelaufen, ich hab' die Toiletten überprüft, Leute angesprochen.«

»Ich würde die Polizei verständigen.«

»So ein Schlamassel! Wahrscheinlich stellen die erst mal einen Haufen Fragen. Und bis die dann Hunde herschicken ... Können wir nicht wenigstens schon mal anfangen zu suchen? Ihre beiden da können das doch, oder?«

»Ja, schon. Wir haben viele Trainings absolviert. Aber uns fehlt die Erfahrung mit echten Einsätzen.«

»Sie verlieren doch nichts, wenn Sie es wenigstens versuchen, oder? Ich mache Ihnen auch keine Vorwürfe, wenn es schiefgeht. Hauptsache, wir nutzen die Zeit, bis die Polizei sich kümmert.«

Antonia guckt Paul an. Paul nickt.

Ein kleines Mädchen alleine im Wald.

Ich denke an Anni, Lisa und den alten Setter.

»Na gut, versuchen wir's. Hoffentlich ist Benni noch fit genug; der war eigentlich schon reif für die Heia.«

»Danke!«

Die Frau tritt zur Seite und zieht ein winziges Telefon aus ihrer Handtasche. Vielleicht redet sie mit der Polizei.

Kurze Zeit später ist sie wieder da.

»Und?«, fragt Antonia.

»Die wollen einen Wagen herschicken. Dann sehen wir weiter.«

»Haben Sie denen gesagt, dass wir schon mal selber suchen wollen?«

Die Frau schüttelt den Kopf.

Antonia fühlt sich unwohl, das sehe ich an ihrem Blick. »Ja warum denn nicht? Am Ende fühlen die sich von mir bei ihrer Arbeit gestört oder sowas.«

»Daran hab' ich auch gedacht. Vielleicht hätten sie gesagt, wir dürfen das nicht, damit wir keine Spuren verwischen oder so. Dann verlieren wir aber zu viel Zeit.«

»Ach du grüne Neune!« Antonia hält sich die Hände vors Gesicht. Paul klopft ihr beruhigend auf die Schulter.

»Na, sollen sie mir halt den Kopf abreißen.«

»Oder mir«, sagt die Frau. »Ich nehm' das auf meine Kappe.«

»Haben Sie ein Kleidungsstück von Ihrer Tochter dabei, das sie heute anhatte – nur sie und sonst niemand?«

»Ja, ihr T-Shirt. Sie musste sich im Lauf des Tages zweimal umziehen. Einmal, weil sie sich beim Trinken ihren Tee drübergekippt hat, und beim zweiten Mal ist sie durchs Gebüsch gekrochen und war danach dermaßen mit Kletten übersäht, dass es mir zu mühselig war, die alle einzeln rauszuklauben.«

Sympathisches Kind.

Antonia verdrückt sich ein Schmunzeln. »Dann nehmen wir ein T-Shirt. Vielleicht das, das sie zuletzt anhatte.«

»Ist im Auto, ich hol' es.«

»Nehmen Sie aber die Tüte hier.« Antonia reißt eine frische Plastiktüte von unserer Plastiktütenrolle. »Stülpen Sie sich die Außenseite über die Hand, bevor Sie das T-Shirt anfassen, und ziehen sie die Tüte dann drüber. Sonst vermischen Sie Ihren Geruch mit dem Ihrer Tochter und das erschwert den Hunden die Arbeit. Wie heißt sie denn eigentlich?«

»Wer?«

»Na, Ihre Tochter.«

»Valentina.«

»Schöner Name.«

Die Frau nickt. Sie dreht sich um und läuft zu einem riesigen, nagelneuen, tiefschwarzen Auto mit abgedunkelten Scheiben. So eines, wie man sie für gewöhnlich nur im Fernsehen sieht, wenn es um richtig reiche Leute geht. Da passen einige Hunde mehr rein als bei uns.

Antonia öffnet die Tür von Bennis Box. »Hopp!« Benni krabbelt müde aus dem Wagen. Sie klinkt die Suchleine in sein Halsband. Jetzt legt sie meinen Riegel um.

Äääh … was hat das Ganze mit mir *zu tun?*

Antonia befestigt eine der vielen Leinen, die in unserem Auto herumliegen, an meinem Halsband. »Winni, hopp! *Hopp! Jetzt steig' aus, verdammt nochmal*!«

Dieser Ton kommt selten vor bei Antonia. Sie scheint nervös zu sein.

Ich gleite hinaus und zwänge mich zwischen Benni, Paul und sie.

Die Frau ist wieder da. Sie drückt Antonia die Tüte in die Hand; etwas Rotes steckt darin.

»Wo haben Sie Ihre Tochter denn zuletzt gesehen? Ich muss es genau wissen, auf den Quadratmeter.«

»Hier entlang«, sagt die Frau. Sie führt uns auf den Platz vor der Kirche – genau dahin, wo ich es am schrecklichsten finde.

Ich fühle mich verfolgt. Ich gebe diesem verdammten inneren Zwang nach und schaue mich um. Natürlich ist niemand da.

Schon wieder so peinlich!

Ungefähr in der Mitte des Platzes halten wir an.

Was für ein unheilvoller Ort. Hier verschwinden kleine Kinder!

Ich kämpfe gegen das Gefühl, mich an Pauls Bein festklammern zu müssen, um dunkle, geheimnisvolle Mächte daran zu hindern, mich von hier zu verschleppen, indem sie mich in Luft auflösen und bei sich zu Hause wieder zusammensetzen.

Wie war das nochmal mit Pauls Materieteilchen?

Sowas brennt sich natürlich in mein falsch verdrahtetes Gedächtnis. Dafür vergesse ich bei Stress die einfachsten Dinge, zum Beispiel meinen Namen.

»Hier haben wir gestanden.«

»Kein Zweifel?«

»Keiner.«

»Sitz!« befiehlt Antonia Benni und hakt die Suchleine in sein Brustgeschirr.

Menschen bleiben stehen und starren uns an. Mir ist das sowas von unangenehm, aber Antonia ist zu beschäftigt, um es zu bemerken, und Benni ist sowieso alles andere egal, wenn sich seine Nase im Arbeitseinsatz befindet. Der besteht dann nur noch aus Gehirnzellen und Riechnerven. Fetzi sagt, die grauen Riesen sind so. Richtige Streber.

»Kann jemand hier auf die Polizei warten und denen die grobe Richtung zeigen?«, fragt Antonia die Umstehenden.

»Ich bin die Verkäuferin von dem Andenkenladen hier«, sagt eine Frau. »Ich seh' die, wenn sie kommen.«

Antonia nickt. Ihr Blick fällt auf Valentinas Mutter. »Hm. Gehen Sie doch nochmal schnell zum Auto und holen Sie einen zweiten Gegenstand von Ihrer Tochter. Tun Sie den auch in eine Tüte und lassen Sie ihn der Dame von dem Laden da. Falls die Polizei mit eigenen Hunden kommt, während wir weg sind, hätten die gleich den Geruch da, um selber suchen zu können.«

Valentinas Mutter ist im Handumdrehen zurück. »Da, zwei Socken.« Sie drückt der Verkäuferin die Tüte in die Hand.

Antonia übergibt Paul meine Leine. Ich bin also nicht gefragt, *puh*!

Es wird ernst.

»Rieeech!« Benni hängt seine Nase kurz in die Tüte mit Valentinas T-Shirt und setzt zum Raketenstart an. »Stopp! Riech' gescheit rein! Ich muss sicher sein, dass du's dir richtig gemerkt hast.« Benni verdreht die Augen, seufzt und nimmt noch eine Nase voll. Er tut zumindest so, denn nötig ist es sicher nicht.

»Such!«

Das ist *sein* Kommando! Benni flitzt los. Die Erschöpfung von vorhin ist passé.

Es dauert nur einen Wimpernschlag, festzustellen, an welcher Stelle Valentina den Kirchplatz verlassen hat. Dabei ist freie Flächen zu überprüfen so ungefähr das Schwierigste, was es in unserem Sport gibt, weil die Hautfitzelchen sich da überall verteilen und entsprechend schwer aufzuspüren sind, sodass man erst mal gewaltig im Nebel stochert – es sei denn, man ist ein Genie wie Benni. Rebecca sagt, seine Nase, aber vor allem auch sein strategisches Vorgehen und seine taktische Klugheit sind einfach der Wahnsinn. Wir sind alle mächtig stolz auf ihn. Wenn er ein ›von und zu Irgendwas‹ wäre und einen Stapel Papiere besäße, die das bestätigen, dann würden eine Menge Menschen ein Vermögen dafür ausgeben, Benni zum Vater einer neuen Generation genialer grauer Suchhundebabys zu machen, nach denen sich Jäger, Polizisten, Zollbeamte und Hundevermehrer die Finger ablecken, sagt Antonia. Aber solche Papiere gibt es nicht, und deshalb ist Benni einfach nur Benni. Außerdem leben auf den Straßen und in den Tierheimen der Welt Hunde genug mit einer Menge Talent, die keiner will, weil sie die Punkte an den falschen Stellen haben. Solange das so ist, werden in unserer Familie keine neuen Welpen in die Welt gesetzt, sagt Antonia. *Punkt.*

Benni geht wie auf Schienen. Als ob Valentina einen roten Faden hinter sich hergezogen hätte, dem er nur nachzulaufen braucht.

Ihre Mutter behält Recht: Die Spur führt auf einem schmalen Pfad in den Wald. Benni macht Abstecher nach rechts und links in die Wildnis, kehrt aber schnell wieder um. Ich bin mir sicher, dass Valentina dort wirklich gewesen ist. Er würde in diesem dichtbewachsenen Gelände, in dem sich jedes noch so winzige Hautfitzelchen sofort im Gebüsch verfängt, nie auch nur eine Hundelänge in die falsche Richtung laufen. Dazu ist er zu gut. Wahrscheinlich hat Valentina etwas gesucht und ist dann zurück auf den Weg.

Wir kreuzen mehrere Fußwege und eine holprige Forststraße. Mal geht es rechts, dann wieder links.

Antonia denkt das Gleiche wie ich. »Ist Ihre Tochter gut zu Fuß? Ich meine, wie schnell läuft sie denn so? Wir sind schon verdammt weit gegangen, aber Benni ist sich ganz sicher.«

Die Frau ringt nach Luft wie ein alter Hund, den man im Hochsommer zu einem Geländelauf zwingt. Ihre Stöckelschuhe scheinen ihr heftige Schmerzen zu verursachen. »Ziemlich schnell. Wenn sie was interessiert, entwickelt sie irrsinnige Fähigkeiten. Bei ihrem vorletzten Ausflug war sie in der Viertelstunde richtig weit gelaufen. Wir sind nochmal gemeinsam hingegangen, weil sie mir die Stelle unbedingt zeigen wollte. Da gab es Pilze, die sie aus der Schule kannte.«

Benni ist am Ende. Kein Wunder, das war ein halber Marathon. Marathon kenn' ich aus dem Fernsehen; da laufen die Leute freiwillig so lange, bis sie umkippen.

Jetzt macht er Anstalten, sich weiterzuschleppen. Ein grauer Riese arbeitet nun mal bis zur völligen Erschöpfung. Wenn es sein muss, kriecht er seinem Ziel auf dem Bauch entgegen.

Doch Antonia greift ein. »Schluss, wir brauchen dich noch länger!«

Er plumpst der Länge nach ins Gras, aber da hält es ihn nicht lange.

Der will schon wieder los! Der spinnt!

»Lass' gut sein!«, zische ich. Ich habe Angst um ihn. Nun wird wohl die Polizei nach dem Mädchen suchen müssen.

Benni fügt sich, aber er leidet. Er hätte es so gern durchgezogen. Antonia nimmt ihn von der Leine und streichelt seinen Hals, während Paul eine Schüssel mit Wasser füllt und sie vor seiner Nase abstellt. Es dauert eine Weile, bis er die Kraft findet, den Kopf zu heben und ein paar Schlucke zu trinken. Das Würstchen, das Paul ihm hinhält, lässt er Würstchen sein. Sehr ungewöhnlich für einen so verfressenen Bruder.

Valentinas Mutter blickt ängstlich in die Runde. »Heißt das, wir müssen aufgeben?«

Antonia überlegt. »Tja, ich weiß nicht…«

Benni liegt schwer atmend vor seinem Wassernapf. Er schielt zu mir. »Ich kann nicht mehr.«

»War ja auch ganz schön lang«, antworte ich.

»Und was machen wir jetzt?«

»Keine Ahnung.«

»Mach' du weiter!«

»*Ich*? Ich kann das nicht!«

»Jetz' hör' aber auf! Du hast eine Jagdhundnase und ein Hirn im Kopf, also kannst du suchen. Außerdem weiß ich, dass du es kannst. Sehr gut sogar.«

»Ein bisschen rumsuchen – ja. Aber sowas hier?«

»Du hältst dich immer noch für viel dümmer als du bist, trotz der vielen Fortschritte bis zu dem verdammten Unfall. Das muss aufhören!«

Jetzt bleibt auch Antonias Blick an mir hängen. »Hey, willst du es versuchen? Du hast das drauf, das weiß ich!«

Ich drehe mich um. Vielleicht steht ja einer hinter mir, den sie meint. Antonias Mundwinkel zucken.

Was gibt's da zu lachen!

Benni setzt dem Drama ein Ende. »Du löst mich jetzt ab, *sofort*! Denk' an das Mädchen da draußen!«

Ein kleines Kind allein im Wald.

Etwas kitzelt mich am Kinn, ich kratze mich heftig.

»Ah, das heißt also Ja?«

Nein!

»Super, Winni, danke!«

Benni rappelt sich auf und verzieht sich hinter Paul; damit bin ich Antonia schutzlos ausgeliefert. Die ergreift ihre Chance und klickt die Suchleine in mein Brustgeschirr.

Doch Valentinas Mutter traut mir nicht.

»Nehmen wir jetzt den anderen Hund?«, fragt sie. »Der sieht aber sehr ängstlich aus. Er zittert ja die ganze Zeit.«

Vielleicht komm' ich doch noch drumherum!

Antonia schluckt. Die Frau hat Recht: Kann ein Hund, der sich dermaßen fürchtet, in einer so ernsten Lage überhaupt etwas leisten?

»Wir müssen es versuchen.«

Jetzt geht alles ganz schnell. Antonia hält mir Valentinas T-Shirt hin. Widerwillig, aber doch ein bisschen neugierig nehme ich eine Nase voll.

»Such!«

Antonias Kommando hallt in meinem Kopf, als ob ich gegen einen Baum geprallt wäre, aber mein Unterbewusstsein ordnet das Wort sofort richtig ein und schaltet auf Autopilot. Es gibt Flugzeuge, die das können, sagt Paul. Man sitzt drin und die fliegen von alleine.

Da vorne rechts liegen ein paar größere Häufchen Hautfitzelchen im Gras. Das ist schon mal ein gutes Zeichen.

Wir erreichen eine weitläufige Kreuzung mit – *ich fass' es nicht! – sechs* Armen.

Sowas kann wirklich nur mir passieren!

Der Wind frischt auf. Ich bitte Valentinas Hautfitzelchen, an Ort und Stelle liegenzubleiben, bis ich mich auskenne – vergeblich. *Warum einfach, wenn man es auch schwierig haben kann!*

Benni rümpft die Nase. Will heißen: Auch er müsste erst Abzweigung für Abzweigung abklappern, um die richtige zu finden.

Wo steckst du, Marathonkind!

Ich überprüfe Abzweigung eins bis drei.

Ein Wunder, dass ich so klar denken kann. »Wenn du suchst, bist du ganz nah bei dir«, hat Antonia nach einer meiner ersten Unterrichtsstunden bei Rebecca gesagt, und da hat sie wohl Recht.

Abzweigung vier: Fehlanzeige.

Man könnte ein Blatt zu Boden fallen hören. Es ist, als hätten alle Angst, mich durch ein plötzliches Geräusch aus der richtigen Spur zu katapultieren.

Abzweigung fünf: wieder nichts.

Bleibt noch eine Chance, sonst muss ich nochmal von vorn anfangen.

Also, Abzweigung Nummer sechs von sechs, *uuund …*

… Bingo!

Der Stein, der mir vom Herzen fällt, ist größer als der Fels in der Wildnis in meinem Land im Süden. Der ohne Berg.

Mamaaa!

Im Verlauf der nächsten Hundelängen verdichtet sich Valentinas Duftspur zu einem dicken Teppich. Mein Puls galoppiert. Wir sind ganz nah, ich weiß es.

Benni fiept; natürlich hat er es auch gemerkt, obwohl er die ganze Zeit nur müde neben Paul hergetrottet ist.

Oder – tut er vielleicht nur so? Der könnte schon längst wieder und lässt mich hier hilflos durch den Wald irren?!

Plötzlich verläuft die Spur im Zickzack; ich muss mich konzentrieren.

Vor uns am Wegesrand liegen mehrere Baumstämme aufgestapelt, die so dick sind, dass sogar Benni durchkrabbeln könnte, wenn sie denn hohl wären. Der Anblick macht mich traurig, wie so vieles in diesen Tagen. Lebendige Bäume wären mir lieber.

Plötzlich bewegt sich etwas. Da hinten, am Ende des Stapels. Da liegt ein Bündel im Gras!

Die Angst vor den letzten Hundelängen ist wieder da. Dabei besagt unsere auf mich maßgeschneiderte Angsthasen-Sonderregelung doch, dass es ausreicht, wenn ich *andeute*, ob ich *glaube*, den Richtigen gefunden zu haben, zum Beispiel indem ich in sicherem Abstand hin- und hertripple und Antonia durchdringend ansehe. Meine furchtlosen Geschwister dagegen setzen sich ihren Vermissten praktisch auf die Füße, was so viel heißt wie ›Der isses, ganz sicher!‹.

Noch während ich verzweifelt nach einer Möglichkeit suche, das Bündel zu überprüfen, ohne mich in Lebensgefahr zu begeben, stürmt Valentinas Mutter an mir vorbei, gefolgt von mindestens einem Dutzend Leuten, die ich die ganze Zeit über nicht bemerkt habe.

Waren die alle hinter mir?

Wenn ich das gewusst hätte! Ich tu' keinen Schritt, wenn mich jemand verfolgt!

Antonia wirft die Leine weg und rennt, Paul lässt Benni stehen.

Jetzt seh' ich's auch: Das Bündel ist ein Kind! Zusammengekauert und zitternd vor Angst und Aufregung, so wie ich mein halbes Leben lang gezittert habe.

Vorsichtig schleiche ich näher. Alles hier, jeder Grashalm riecht nach Valentina.

Wir haben es geschafft!

Ich denke an mein Land im Süden. Heute bin ich der alte Setter und Valentina ist meine Familie: Mama, Filippo, Ilias, Makis, Sofie und ich.

Benni und ich, wir haben ein kleines Mädchen gerettet, verloren im Wald!

Der Kreis schließt sich. *Mein Kreis.*

Jetzt merke ich erst, wie kaputt ich bin. Sowas Anstrengendes ist mir noch nie untergekommen. Ich setze mich abseits ins Gras; der Trubel da drüben überfordert mich.

Plötzlich stupst mich eine Schnauze an. »He, bin stolz auf dich. Kleiner Bruder.« Tränen schießen mir in die Augen. Benni stellt sich ganz nah neben mich und stupst mich nochmal. »Hey, wir gehören zusammen!«

Antonia kommt angelaufen, wirft sich zu mir ins Gras, nimmt mich in den Schwitzkasten und quetscht meinen Brustkorb. »Hast du *toll* gemacht! *Suuuperleistung!*«

Lass mich los, ich krieg' keine Luft!

Ich winde mich aus Antonias Würgegriff und wedle beschwichtigend mit dem Schwanz. Antonia verschwindet wieder in der Menschentraube, die sich um das Mädchen gebildet hat.

Benni sitzt am Wegesrand und sieht dem Treiben scheinbar gelangweilt zu. *Der Coolste von allen.*

Valentina scheint ihr Abenteuer körperlich unversehrt überstanden zu haben. Ein Hase war der Grund für den kleinen Ausflug. Sie dachte, vielleicht hat er irgendwo ein Nest mit Jungen.

Hat die Sache mit Ostern wohl falsch verstanden, die Kleine.

Ein Hasennest hat sie jedenfalls vergeblich gesucht, und den Weg zurück auch.

Die Leute haben das Mädchen in mehrere Jacken gewickelt. Nur die Augen und der Pferdeschwanz schauen oben heraus. Ich denke an meine Ankunft am Flughafen, und an meine Ritterrüstung.

»Den Benni kennst du ja schon, und das ist der Winni«, sagt die Mutter zu Valentina.

Valentina schafft es, einen Arm aus ihrer Jackenrüstung zu ziehen. Sie hält mir ihre Hand hin; ich schnuppere daran und stupse freundschaftlich mit meiner Nase dagegen. Sie ist ja quasi eine alte Bekannte von mir, beziehungsweise ihre Hautfitzelchen.

Ich hab' überhaupt keine Angst!

Antonia kämpft mit den Tränen.

Die Abenddämmerung hat eingesetzt. Paul und Antonia packen unsere Sachen zusammen, wir machen uns auf den Rückweg. Ein kräftiger Mann schultert Valentina und ihre Jackenrüstung. Die übrigen Fremden, die uns begleitet haben, müssen vor uns gehen; mit denen im Nacken liefe ich den ganzen Weg im Rückwärtsgang. Benni ist auf diese Weise schon mal gegen ein geparktes Auto geknallt, *grchchchch.*

Schadenfreude, ich weiß ...!

Er lief ein Stück vor Antonias Fahrrad, wollte sie aber im Auge behalten, und plötzlich – *Bummm!,* volle Breitseite. Das tat weh!

Valentina schüttelt ihre Rüstung ab bis auf eine Jacke mit viel zu langen Ärmeln und besteht darauf, selbst zu gehen, was ihre Mutter erst nach einer kleinen, aber heftigen Diskussion zulässt. Ihre Beine sind fast so dünn wie meine. Ein ziemliches Fliegengewicht, aber zäh, so wie ich.

Es ist beinahe vollständig dunkel geworden. Auf halber Strecke höre ich Stimmen. Die Leute, zu denen sie gehören, und wir bewegen uns aufeinander zu. Durch die Büsche leuchtet ein knallgelbes Suchgeschirr, über dem ein Lichtpunkt auf und ab hüpft.

Unheimlich.

Da sind sie! Erst jetzt, in unmittelbarer Nähe, erkennt man den schwarzen Schäferhund, der das Geschirr trägt. Dahinter warten weitere Lichtpunkte, die sich als Stirnlampen entpuppen. Auf den dunklen Jacken ihrer Träger blitzt in Weiß das Wort POLIZEI.

Mit ein paar kraftvollen Sätzen springt der Hund auf Valentina zu, setzt sich vor sie und bellt. Valentina erschrickt.

Der Mann am anderen Ende der Leine, ein Riese mit Vollbart und der forschen Ausstrahlung eines Chefs, tritt vor und zeigt auf Valentina. »Ist das die Vermisste?«

Ja wonach sieht's denn aus?

Valentina starrt ihn an, was ihm als Antwort zu genügen scheint; jedenfalls schiebt er dem Hund ein Stück Wurst ins Maul. »*Guuuter Zorro*, hast du toll hingekriegt!«

Sein Blick bleibt an Antonia hängen. »Sind Sie die Dame mit den Jagdhunden?«

Antonia nickt.

Zorro schwänzelt uns zu. Er scheint anders zu sein als das Ekelpaket vom Hundeplatz, das meine Geschwister für mich in den Hintern gebissen haben.

»Sie haben uns die Arbeit ja schon abgenommen. Auch gut; dann kommen wir früher nach Hause. Wir haben in zwei Trupps gesucht. Die Kollegen mit Edgar sind erst später am Parkplatz eingetroffen. Die dürften gleich hier auftauchen. Lassen Sie uns schon mal umkehren; wir treffen die auf jeden Fall. Dann kriegt Edgar auch noch sein Erfolgserlebnis.«

»Wollten Sie nicht erst mal nur einen Wagen schicken?«

»Der Polizeianwärter, der den Anruf entgegengenommen hat, hat die Sache wohl ein bisschen unterschätzt. Wenn es um Kinder geht, ziehen wir gleich alle Register. Gut, dass Sie uns die Socken dagelassen haben. Je nach Sachlage hätten wir noch so viel Verstärkung anfordern können wie nötig.«

»Hat's ja wohl nicht besonders schwer, Trupp zwei«, brummt Benni. »Welcher Vermisste kommt einem schon den dreiviertelten Weg entgegen?«

Der Polizist drückt Valentina ein Stück getrockneten Pansen in die Hand.

Uiii, das duftet!

»Hast du Lust, dem zweiten Hund seine Belohnung zu geben, wenn er nachher bei dir ankommt?«, fragt er Valentina.

Valentina nickt.

»Wir haben denen die Show gestohlen«, flüstert Benni. »Das wird ihnen nicht schmecken.«

Doch Zorro, der ziemlich gute Ohren zu haben scheint, sieht die Sache sportlich. »Naja, das meiste habt ihr uns abgenommen. Aber ich freu' mich trotzdem für euch! War heftig, oder?«

Wie immer, wenn wir mit Fremden sprechen und Fetzi nicht dabei ist, übernimmt Benni das Antworten. »Ich war schon platt, stimmt. Aber wir haben uns die Arbeit ja geteilt. Mein kleiner Bruder hier, der hatte als junger Kerl ein hartes Leben, und trotzdem schafft er heute so schwierige Aufgaben. Bin stolz auf ihn.«

Wirklich?

Der Schäferhund lächelt.

Weise wie der alte Setter. In meiner Fantasie verwandelt sich die Nacht um uns herum in eine südländische Wildnis in der Nachmittagssonne.

Mamaaa!

Zorro sieht mich prüfend an. Polizeihunde-sind-was-Besseres-Gehabe hat ein Hund dieses Formats nicht nötig.

Die Lichter der Kirche kommen in Sicht; wir stoßen auf den zweiten Suchtrupp. Ein weiterer Schäferhund trabt mit hoher Nase voran.

Benni stupst mich an. »Wie will denn der was finden, mit der Nase da oben? Ganz schön hochnäsig.«

Was für ein Wortspiel…

»Oh nein, den kennen wir!«

Tatsächlich. Das Ekelpaket vom Hundeplatz!

Benni stellt sein Nackenfell auf und zuckt kampfeslustig mit den Lefzen. »Wie heißt es so schön: Man sieht sich immer zweimal im Leben.«

Der Hund trottet daher und guckt so vorwurfsvoll zu seinem Rudelführer auf, als ob er sagen wollte: ›Läppische Suche hier. Bin sowas von unterfordert!‹

Er hat uns noch immer nicht entdeckt.

Valentina ist die Einzige, die merkt, dass bei uns Hunden etwas im Gange ist.

»Edgar, grchchchch…« Benni hält sich die Pfote vor die Augen und schüttelt den Kopf. »Wahrscheinlich ›von und zu Trage-die-Nase-besonders-hoch‹.«

Edgar setzt sich vor Valentina und fordert seine Belohnung. Doch Valentina tut, als ob sie den Pansen selbst essen wollte.

Die ist cool!

Edgar fallen die Augen raus.

Ich glaub' ich platze, grchchchch.

Jetzt bekommt er sein Häppchen doch noch. Er würgt es sofort hinunter, damit Valentina es ihm nicht mehr wegnehmen kann, lässt sie stehen und flaniert an der Seite seines Rudelführers an uns vorbei wie ein Filmstar auf dem roten Teppich. Plötzlich reißt ihn eine unsichtbare Hand herum, als hätte ihn jemand von vorne mit dem Gartenschlauch unter Beschuss genommen.

»Du hier?!« Der Schrecken steht ihm ins Gesicht geschrieben. *»Du kleiner Wicht* machst hier einen auf *Suchhund*?«

Er muss sich hinsetzen.

»Au weia, der Kreislauf«, lästere ich. Benni grinst.

»Reines Glück war das. Ich sag' euch: Pfuscht mir nie wieder in meine Arbeit!«

Benni und ich schauen uns an. *»Bpfrchchchchchchch ...«*

Ich glaube nicht, dass wir jemals zuvor so gelacht haben in unserem gemeinsamen Leben.

Ein Mann mit roter Jacke, ein Sanitäter, wie mir Antonia nach unserem Unfall erklärt hat, führt Valentina zu einem Krankenwagen. »Mir fehlt nichts«, hör' ich sie sagen.

Plötzlich schaut Benni mich an, als wäre ich gerade vor seinen Augen einem Ufo entstiegen. So einem wie in Pauls Computerspiel. »Hey Winni!«

»Ja?«

»Ist bei dir alles in Ordnung?«

Seit wann interessiert sich mein großer Bruder dafür, ob bei mir alles in Ordnung ist!

»Du zitterst überhaupt nicht.«

»Waaas?!« Oh Mann, ich bin krank! Paniiik!

Das Zittern setzt ein, Hundegott sei Dank. Benni schlägt sich die Pfote vors Gesicht.

Plötzlich platzt ihm der Kragen. *»Hör' auf! Hör' endlich auf zu zittern! Du hast überhaupt keine Angst, du bildest dir das nur ein! Du hast dich an dieses Scheißzittern so gewöhnt, dass du ohne nicht mehr leben kannst. Du warst jetzt den ganzen Abend total locker. Du hast die Zitterei einfach vergessen. Und deswegen hörst du jetzt sofort wieder damit auf!«*

Ich schrumpfe innerlich auf die Größe einer Maus, aber mit Hut.

»Und fang' ja nicht wieder an, dich ständig vor uns auf den Rücken zu schmeißen!«

Das saß. Wie durch ein Wunder widerstehe der Versuchung, mich zu unterwerfen.

Ich atme eine Zeit lang tief und gleichmäßig; das Zittern vergeht. In Gedanken fange ich Fischbonbons und öffne Türen in der Hoffnung, dass es wegbleibt.

»Hör einfach auf, drüber nachzudenken. Kapier doch: Es ist gar nicht mehr die Angst vor Menschen. Es ist reine Gewohnheit.«

Gewohnheit?

Ich denke darüber nach.

Vielleicht hat er Recht: Ich zittere, weil ich schon immer gezittert habe. Mein Gehirn hat Zittern als Normalzustand abgespeichert.

Wie es wohl wäre, nie mehr zu zittern?

Das macht mir Angst.

Zittern ist ein Teil von mir. Es ist meine Art, mit dem Leben da draußen umzugehen.

Nehmt mir das nicht weg!

Wir fahren nach Hause. Ich will in mein Bett.

Winni Superstar

Die Nacht ist vorbei. Ich bekomme meine Augen kaum auf. Mein Körper fühlt sich an wie der eines Hundeurgroßvaters.

Das Telefon läutet, Antonia geht ran.

Das Gespräch ist kurz.

»*Tsss!*« Sie schüttelt den Kopf. »Jetzt rat' mal, wer das war!«

Uaah, kann ich hellsehen? Oma vielleicht? Die Nachbarin? Die Hundeschule?

»Jemand vom Abendblatt. Sie wollen ein Interview mit dir machen. Wegen Valentina.«

Ich lach' mich kaputt. Verstehen die hündisch?

»Also Winni, wenn du nichts dagegen hast, dann kommt diese Reporterin heute Nachmittag hierher. Die sind über den Polizeibericht auf uns gestoßen. Valentinas Mutter scheint euch zu Helden erklärt zu haben.«

Ritter Winni die Supernase, grchchchch!

»Keine Angst, ich mach' das für euch.«

Ich leg' mich nochmal aufs Ohr.

Nachmittags

Es klingelt. Ich schieße aus dem Bett. *Haus und Hof in Gefahr!*

Wir machen ein Heidentheater, bis Antonia uns befiehlt, die Luft anzuhalten und in unser Hundebett zu verschwinden.

Sie öffnet die Tür.

Die Reporterin hat den Sympathietest offenbar bestanden, denn Benni und Fetzi bleiben ohne Meckern liegen. Glücklicherweise ist kein Mann dabei.

Antonia führt sie an den großen Tisch im Esszimmer. Scheint eine angeregte Unterhaltung zu sein, die Frau kritzelt fleißig auf ein Blatt Papier.

Endlich sind sie fertig. Sie schaut sich neugierig um. »Wir brauchen ein Bild von Ihren Wunderhunden«, sagt sie und schaut auf ihre Armbanduhr. »Unser Fotograf müsste gleich da sein. Schade, dass Valentina nicht kommen kann. Wir müssen ein privates Foto von ihr nehmen.«

»Tja, es war doch recht frisch gestern Abend. Kein Wunder, dass sie sich erkältet hat«, sagt Antonia. »Als wir sie in die Jacken gewickelt haben, war es schon zu spät.«

Es klingelt wieder; wir fahren hoch. Antonia schickt uns auf unsere Polster im Wohnzimmer und verschwindet in Richtung Haustür. Sie bringt einen Mann mit. Dunkelhaarig, Fünftagebart (mindestens), mit einer schwarzen Jacke, wie sie Motorradfahrer tragen.

Ein Bankräuber!

Eine zum Platzen gefüllte Tasche hängt von seiner Schulter.

Da muss das Geld drin sein. Den beiß' ich ins Bein!

Ich weiß nicht, wie sie es anstellt, aber Antonia errät meine Gedanken. Ihr Blick durchbohrt mich; ich bleibe liegen.

Vor Schreck über den Bankräuber hab' ich vergessen zu zittern. Das hole ich jetzt nach.

»Das ist der Fotoheini«, flüstert Benni mir zu. »In der Tasche ist bestimmt seine Kamera.«

Antonia ruft uns zu sich. Fetzi darf mit aufs Bild; sie ist so nett anzusehen mit ihrer hübschen Zeichnung im Gesicht. »Da rührt man keine Pfote und wird trotzdem berühmt«, lästert Benni und zwinkert mir zu. Fetzi streckt ihm die Zunge raus.

Die Reporterin gibt Anweisungen; Antonia schiebt uns hin und her, vor und zurück. Mal sitzen, mal stehen, mal hier, mal dort. Antonia steht der Schweiß auf der Stirn, während sie meine Glieder mit sanfter Gewalt in die gewünschte Position biegt.

Antonia kniet sich zu uns und drückt uns, der Motorradfahrer schleicht mit seiner Kamera um uns herum. Ich muss mich ganz arg zusammennehmen.

Am nächsten Morgen

Antonia hält uns die Zeitung vor die Nase. Wir sind auf der ersten Seite. Drei Spalten Text, mit einem Riesenbild dabei.

HOBBY-SPÜRHUND FINDET VERMISSTES MÄDCHEN

Wau, das bin ich!

Fetzi begutachtet das Foto von allen Seiten und dreht sich mit einem zufriedenen Blick zu mir um. »Hey Winni, ihr seid berühmt! Habt es echt verdient.«

Schon wieder ein Kompliment aus dem Munde meiner großen Schwester!

Ich betrachte das Bild genauer. Ich sehe größer darauf aus als ich bin. Wie ein richtiger Jagdhund, den alle ernst nehmen.

»Weißt du was?«, sagt Fetzi.

»Was?«

»Am Anfang war es ja nicht ganz einfach mit uns Dreien. Aber heute sind wir ein richtig gutes Team.«

Den ganzen Vormittag über hat das Telefon im Fünfminutentakt geläutet. Die halbe Verwandtschaft, Rebecca, die Kumpels aus Antonias und Pauls Sportverein, die Bürgermeisterin, sogar der Polizeipräsident. Und dazwischen viele, viele Reporter. Dabei ist die Geschichte doch schon zwei Tage her. Wir sollen sogar ins Fernsehen. Und wir bekommen einen Preis, weil wir uns für Menschen in Not eingesetzt haben, sagt Antonia.

Komisch. Ist doch klar, dass man ein kleines Mädchen rettet, das alleine mitten im Wald hockt, oder?

Ich weiß, wie sich das anfühlt.

Um die Mittagszeit waren auch Valentina und ihre Mutter hier, sagt Fetzi. Sie haben für jeden von uns einen Riesenkauknochen mitgebracht und für Antonia Blumen, aber das habe ich verschlafen, obwohl die doch geklingelt haben müssen. Darüber bin ich ganz froh, weil mir Besuch in meinen eigenen vier Wänden noch immer unangenehm ist. Sogar so netter wie Valentina. Ob ich das jemals ganz wegkriege?

Wahrscheinlich muss man manche Dinge einfach hinnehmen, wie sie sind, wenn das Leben einem noch *irgendwas* bringen soll. Andere ändern sich vielleicht von selbst, wenn man mal aufgehört hat, ständig dran zu denken. Wäre mir das früher aufgefallen, hätte es mir viel Kummer erspart.

Es klingelt schon wieder. Gut, dass meine Familie das alles für mich regelt. Nur einmal kommt Antonia zu mir ans Hundebett. »Hey Winni, weißt du, wer uns geschrieben hat? Eine E-Mail, übers Internet?«

Schon wieder eine Frage für Hellseher. Aber wenn es unwichtig wäre, hätte Antonia mit der Neuigkeit gewartet, bis ich ausgeschlafen habe.

»Ioanna aus deinem Tierheim. Sie hat es in der Zeitung gelesen. Sie ist mächtig stolz auf dich.«

Mamaaa!

Ich drehe mich um und schiebe die Sehnsucht beiseite.

Draußen ist es schon dunkel. Antonia sitzt neben meinem Bett und tätschelt mich am Ohr. »Hallo, du hast dein Essen verschlafen. Magst du noch was?«

Ich rolle mich wieder ein.

»Kannst du dich eigentlich noch dran erinnern, wie wir dich früher mal genannt haben? Ganz am Anfang?«

Neee.

»Ich weiß es noch: Winni Winzig.«

Ach du Schande, brrrh!

»Weil du so eine Handvoll Hund warst, als du aus deinem Land im Süden gekommen bist. Aber wir haben damals vereinbart, wir hören sofort damit auf, wenn du groß bist und weniger Angst hast. Also ich finde, es wird höchste Zeit!«

Finde ich auch.

»Weißt du auch noch, was Frau Schumacher damals gesagt hat? Denk' an unser Gewinner-Projekt. Der ganze Aufwand hat sich *doch* gelohnt, findest du nicht? Du weißt jetzt, dass du zu großartigen Dingen in der Lage bist. Du hast nicht nur die Herzen gewonnen. Du bist auf dem besten Weg, deine Angst so zu kontrollieren, dass du ein glückliches Leben führen kannst. Eine Seelenkrankheit ist kein Grund, sich zu verstecken. Ich finde, wir haben unser Projekt erfolgreich zu Ende geführt.«

Ich bin gerührt.

Der Kreis schließt sich

Unsere dramatische Rettungsaktion liegt Wochen zurück. Wir haben Fototermine hinter uns gebracht, Antonia war mit Benni sogar im Fernsehen. Mich haben sie von zuhause aus auf eine riesige Leinwand ins Studio übertragen. Da hat Paul mit mir im Garten Ball gespielt. Wir haben auch ein paar Kunststücke vorgeführt, zum Beispiel ›Durch!‹. Da muss ich unter Pauls Beinen durchschlüpfen. Und ›Dreh dich!‹: Man dreht sich um die eigene Achse und bekommt dafür ein Wurstscheibchen zugesteckt. Antonia war der Meinung, ihr Winni zusammen mit so vielen fremden Menschen auf so engem Raum, das wäre dann doch zu stressig.

Mittlerweile hat sich die Aufregung gelegt. Ich fühle mich entspannt und ausgeglichen, solange ich besonders furchterregende Plätze meiden kann. Sogar der Postbote lässt mich erstaunlich kalt. Ich tue mich schwer, mich ernsthaft aufzuregen, weil ich so zufrieden bin. Schlimm gezittert hab' ich schon lange nicht mehr.

Gestern war schon wieder mein Geburtstag, diesmal mein zweiter. Wir haben uns die Bäuche vollgeschlagen! Geburtstage sind eine nützliche Einrichtung. Sollten wir beibehalten. Ich frage mich allerdings, warum Antonia und Paul neuerdings so geheimnisvoll tun. Mein dritter Geburtstag kann es nicht sein, nach so kurzer Zeit.

Wir tagträumen friedlich auf unseren Hundebetten.

Antonia kommt herein; sie zückt ein winziges Tütchen. »Schaut mal, Haare!«

Haare?

»Vielleicht sollen wir jemanden suchen«, sagt Benni und stellt hoffnungsvoll seine Schlappohren auf.

Fetzi schiebt ihn weg und hält ihre Nase in die Tüte. Sie lässt ihren Schwanz einmal gelangweilt hin und her baumeln und dreht sich weg mit einem Blick, der so viel sagt wie ›Uaaah, habt ihr nichts Spannenderes?‹.

Sie verzieht sich auf ihr Hundebett, legt ihr Kinn auf ihre Vorderpfoten und verfolgt durch halb geöffnete Augen, was weiter passiert.

Benni zerfetzt das Tütchen beinahe, während er darin wühlt. *Schnüffschnüffschnüffschnüff.*

Hat der Schnupfen?

Er zieht seine Nase heraus, niest herzhaft und schaut Fetzi fragend an. Die stellt sich blind und taub.

Was geht hier vor?

Benni wedelt einmal nach rechts und nach links, macht es sich auf seinem Hundebett bequem und schaut interessiert zu, wie Antonia mit dem Tütchen zu mir kommt. Antonia nickt aufmunternd.

Vorsichtig schiebe ich meine Nase über den Rand.

Haaatschi! Brrrh!

Zweiter Anlauf. Benni und Fetzi starren mich an.

... Mama?!

Das Hundebett unter mir fühlt sich an wie ein fliegender Teppich. Antonia guckt besorgt. Sie tätschelt mein Kinn, packt die Tüte weg, verlässt das Zimmer und kommt mit drei dicken Stücken getrocknetem Pansen zurück, meiner Lieblingssorte. Kauen beruhigt. So wie damals, im Auto.

Was hat das zu bedeuten?

Die Antwort bleibt Antonia mir schuldig.

Stattdessen holt sie ihren Koffer aus dem Keller und packt eifrig Sachen hinein. Unsere Rudelführerin verlässt uns! Und Paul unternimmt nicht den geringsten Versuch, sie davon abzubringen. Ich versteh' die Welt nicht mehr.

Am nächsten Morgen

Antonia kündigt offiziell an, dass sie in Urlaub fährt. Sie muss sich erholen.

Kann ich verstehen. Bei dem Stress, den sie mit mir hatte.

Glücklicherweise will sie bald wiederkommen. Paul fährt sie zum Flughafen.

Einige Tage später

Mamas Geruch verblasst langsam in meinem Gedächtnis.

Glücklicherweise ist Paul wiedergekommen, noch am gleichen Tag. Seitdem war er die ganze Zeit bei uns. Er sitzt an seinem Computer, telefoniert dann und wann. Zwischendurch vertreten wir uns draußen die Beine.

Vorhin ist er ins Auto gestiegen und weggefahren. Wir verlassen uns darauf, dass er auch diesmal zurückkommt, und legen uns nochmal aufs Ohr.

Aaah, unser Auto!

Wir stürzen die Treppe hinunter und pressen unsere Nasen an die für drei Hunde viel zu kleine Scheibe in der Haustür.

Antonia steigt aus, Paul fährt den Wagen direkt vor die Garage. Die Heckklappe springt auf. Antonia redet auf unser Auto ein.

Hm.

Jetzt kriecht sie in unsere Transportbox! Ich sehe nur noch ihre Schuhe. *Hallo?*

Da kommt sie rückwärts herausgerobbt, mit einem Paket unterm Arm.

Ein Geschenk?

Unsere Nasen sind platt, aber wir sehen trotzdem nicht, was es ist. Die Lampe neben der Außentreppe produziert nur ein schwammig gelbes Licht.

Die Sache wird immer merkwürdiger. Paul befestigt unsere Suchleine an dem Paket, Antonia verschwindet damit um die Ecke. Unsere Neugier wächst ins Grenzenlose.

Endlich öffnet Paul die Haustür einen Spalt breit und Fetzi darf hinaus.

Wir wagen kaum zu atmen in der Hoffnung mitzubekommen, was draußen gesprochen wird, doch die Tür hält dicht.

Fetzi kommt zurück. Sie guckt völlig gleichgültig, aber es sieht so verkrampft aus.

Ein Lächeln?

Sie legt sich auf eine Stufe irgendwo in der Mitte der Treppe zum oberen Stockwerk und knabbert scheinbar gelangweilt an einem Knoten in ihrem Fell. Das ist verdächtig, denn Antonia bürstet alles, was Fetzi Unwohlsein bereiten oder ihrer Schönheit Abbruch tun könnte, schon im Ansatz aus.

Jetzt darf Benni mit. Er quetscht sich durch den Türspalt,

rabiat wie immer, wenn er ganz fürchterlich neugierig, hungrig oder auf Katzenjagd ist, und verschwindet mit Paul in der Dunkelheit.

Benni ist wieder da. Er macht keinen Mucks, geht einfach nur an mir vorbei. Jetzt schaut er sich um. Wie kommen die Tropfen auf seine Nase?

Kann mir jetzt mal einer sagen, was hier los ist!

Endlich darf ich raus.

Unter unserem Wohnzimmerapfelbaum bewegt sich etwas.

Ein Einbrecher!

Ich schlage Alarm.

»*Schnauze, Mann!*«, zischt Paul. »Das ist deine Chefin!«

Stimmt, jetzt riech' ich's auch. *Typisch Winni. Erst kläffen, dann denken.*

Wir kommen näher. In Antonias Duft mischt sich ein anderer, fremd und doch vertraut.

Ein paar Schritte noch; da ist Antonia.

Hinter ihren Beinen duckt sich etwas Kleines, Dunkles an den Baumstamm. Es riecht nach Hund. Er hebt die Nase, als er mich bemerkt.

Vorsichtig nähere ich mich. In meinem Hals sitzt ein dicker Kloß. Was ist, wenn ich mich täusche? Wenn das da doch nicht der Hund ist, den ich mehr liebe als jeden anderen auf der Welt?

Der Hund weint.

Ich weine mit.

Mama!

Ich sehe Antonia an. Antonia nickt und weint.

Mama bleibt bei uns.

Ich träume ein Chaos aus Bildern, Geräuschen und Gerüchen.

Endlich bricht der Morgen an. Ich wache müde auf – im Wohnzimmer, was ungewöhnlich ist. Ich strecke mich ausgiebig und spaziere eine Runde durchs Haus. Am großen Hundebett bin ich schon fast vorbei.

Haaalt!

Vorsichtig taste ich mich zwei Schritte zurück.

Mama!

Mama ist wirklich da. Sie liegt allein auf unserem Hundebett und blinzelt verschlafen.

Fetzi guckt um die Ecke, Mama knurrt. »Das macht sie jedes Mal, wenn wir auf unser Bett wollen«, flüstert Fetzi mir zu. Wenn Mama knurrt, wirkt sie keineswegs ängstlich, sondern sehr bestimmt. Benni und Fetzi mussten sich erst mal andere Schlafplätze suchen, aber sie nehmen's locker.

Ich trinke einen Schluck, um klarer zu werden im Kopf.

Antonia hat Mama nach Hause geholt. Deshalb die Haare in dem Tütchen! Sie wollte, dass uns Mamas Geruch vertraut ist, wenn sie hier hereinspaziert.

Mama musste noch zwei Jahre warten in unserem Land im Süden, bis sie nach Hause kommen durfte, sagt Antonia. Doch für mich fühlt es sich an, als wären wir nie getrennt gewesen.

Nur ein Blinder könnte übersehen, dass wir verwandt sind. Wie sagt man so schön: Der Apfel fällt nicht weit vom Stamm. Deshalb riechen wir ja auch so ähnlich, dass Benni und Fetzi sofort Bescheid wussten, als sie Mamas Haare in dem Tütchen überprüft haben.

Mama gähnt wie ich, und sie klappert leise mit den Zähnen, wenn ein Gedankengang ins Stocken gerät und sie sich dabei ertappt fühlt. Krault Antonia ihr den Bauch, dann brummt sie ganz genüsslich, so wie ich. Manchmal auch schon vorher, um Antonia zum Kraulen aufzufordern. Die beiden führen ein richtiges Gespräch. Mama brummt, Antonia brummt, Mama brummt und so fort. Das klingt ziemlich lustig, aber manchmal auch schwer und traurig. »Wie ein Wal, der weint«, sagt Antonia. Ich weiß nicht, was das bedeutet, aber es erfüllt mich mit Ehrfurcht.

Bei Dingen, die ihr neu sind, verhält Mama sich klüger als ich. Sie wartet erst mal ab, bevor sie sich für Flucht oder Bleiben entscheidet, und wenn sie unsicher ist, versteckt sie sich hinter Antonia, anstatt kopflos davonzustürzen. Da merkt man, dass sie schon Lebenserfahrung hatte, bevor Kostas sie zu sich geholt hat. Wenn sie aber ernsthaft Angst bekommt, weicht sie auf die gleiche Art zurück wie ich.

Auf der Treppe bewegt sich Mama wie auf rohen Eiern. Sowas gibt es in unserem Land im Süden nicht. Ich schaue ihr zu und bemühe mich, dabei ernst zu bleiben. Mama spielt die Empörte, bis sie selber lachen muss.

Zu meiner großen Erleichterung kommen Mama und Fetzi gut miteinander aus. Anfangs sind die beiden ein-, zweimal aneinandergeraten, dann hat Fetzi Mama offiziell ins Rudel aufgenommen. Mama steht in der Rangordnung irgendwo zwischen meinen Geschwistern und mir. Ein Gamma-Hund vielleicht. Ich bin dadurch noch mehr Omega als bisher, aber wenn man eh der Letzte ist, ist das egal. Es hat ja auch wirklich große Vorteile. Fetzi würde ihr Leben geben, um Mama und mich zu beschützen.

Es ist Nachmittag; der Frühling hat Einzug gehalten, endlich. Antonia hat uns Mäppchen gekauft. Für jeden von uns eines, auch für Mama. Die riechen toll, sind extra für Hunde gemacht. Der Sommer kann kommen!

Unser Leben ist klasse, wie es ist. Wenn es mal eng wird auf der anderen Seite des Gartenzauns, dann beißen wir die Zähne zusammen und kämpfen uns durch. Ich habe verstanden, dass ich kein Superheld zu werden brauche, um ein Recht auf ein würdiges Leben zu haben. Man muss sich das nicht erst verdienen. Man darf einfach *da sein*, so, wie man ist. Diese Erkenntnis hat eine Menge Druck von mir genommen.

Das bisschen Zittern, das noch übrig ist, darf ruhig bleiben. Es gehört zu mir wie meine Nase, meine Ohren und meine Augen.

Ich stelle mir das vor wie bei diesen süßen, gelben Früchten von dem Baum in unserem Garten. Da bedienen wir uns manchmal, wenn Antonia gerade wegschaut. Die Frucht ist meine Seele, und im Inneren befindet sich ein Kern. Jeder Versuch, ihn aufzubeißen, ist zum Scheitern verurteilt und endet mit Zahnschmerzen, wie ich aus Erfahrung weiß. Was drin ist, ist unveränderlich und bleibt für immer ein Rätsel. Man kann nur mutmaßen; meine Ängste und mein Zittern gehören ganz bestimmt dazu. *Das bin ich.* Meine Familie versteht das.

Mama ist ausgesprochen clever und lernt schnell. Sie springt wie ein Floh und saust im Zickzack durch den Garten, so wie ich. Antonia hat sie schon nach kurzer Zeit von der Leine gelassen, draußen im Wald. Sie würde niemals weglaufen. Und wehe, es kommt eine Pfütze! Da flitzt sie durch, hin und zurück und gleich nochmal, mitten durch den Schlamm wie ein übermütiges Hundekind. Auch bei den neuen Tricks, die uns Antonia beibringt, macht sie schon begeistert mit. ›Stups!‹ zum Beispiel. Das bedeutet, dass wir einen Gegenstand, auf den sie zeigt, mit der Nase anstupsen sollen.

Mit Benni und Fetzi um die Wette rennen, spannenden Gerüchen auf den Grund gehen, Mäuse und Vögel erschrecken – wir haben das Paradies auf Erden gefunden.

Mama sagt, dass es Filippo und den anderen gut geht; Ioanna hat von ihnen berichtet. Ich frage mich, warum sie Kostas und den Wald so viel besser weggesteckt haben als ich. Mama meint, das ist wohl eine Typsache, und eine Frage der Rangordnung in der Familie. Ich hatte einfach das Pech, dass ich sowieso schon der Kleinste und Schutzbedürftigste war, der mit dem geringsten Selbstvertrauen. Da fängt man sich leichter einen bleibenden Schaden ein.

Wir sind unterwegs, trainieren. Antonia hat Mama und mir zwei Futtermäppchen versteckt, irgendwo inmitten unserer Lieblingswiese. Die Nasen am Boden folgen wir der Spur, die sie beim Auslegen gezogen hat, und sammeln die Mäppchen auf.

Ich schaue Mama an, sie mich.

Juhuuu!

Wir sausen an Antonia vorbei, lassen die Mäppchen fallen. Ihr verdutzter Blick, ihr Lachen, alles verschwimmt.

Es gibt nur noch uns, Mama und mich.

Wir sind der Braun-schwarze Blitz!

Unsere Ohren flattern im Wind, die Wolken rasen über den Himmel. Die Sonne strahlt nur für uns.

Laaalalalalalalaaalalaaa, lalalaaalalalalalalalalaaaaaaaaa...

Ich bin glücklich!

Ich liege mit Mama auf der Terrasse; wir saugen die Wärme der Frühlingssonne auf. Wie schön wäre es, wenn die Menschen verstünden, dass wir perfekte Momente wie diesen genauso intensiv empfinden wie sie! Natürlich auch die weniger schönen, aber von solchen Gedanken lasse ich mir diesen Augenblick nicht trüben. Ich glaube, Antonia ist schon recht weit auf diesem Weg der Erkenntnis. Was für ein Glück, dass bei ihr unser Zuhause ist!

Mama legt ihre Pfote auf meine. »Mein kleiner Grisu, ich bin so stolz auf dich! Du hast den härtesten aller Kämpfe gewonnen: den Kampf gegen dich selbst. Vielleicht gerätst du eines Tages in Versuchung, der Angst wieder zu viel Raum zu geben, weil sie wie ein alter Vertrauter für dich ist, und Vertrautes sucht man, sogar dann, wenn es einem schadet. Aber du wirst auch diese Herausforderung bestehen.«

Der Kloß in meinem Hals wächst auf die Größe von Fetzis gelbem Ball.

»Irgendwo tief in der Seele eines jeden Lebewesens bleibt etwas zurück von allem, was es jemals erlebt hat. Auch in deiner. Es gehört zu dir, es ist Teil deiner ganz persönlichen Geschichte. Es ist *da*, aber du kannst deinen Frieden damit machen.«

Momentaufnahmen

Winni & Mama

Fetzi & Benni

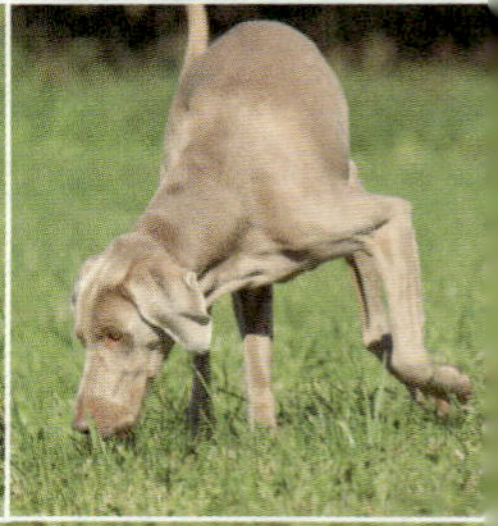

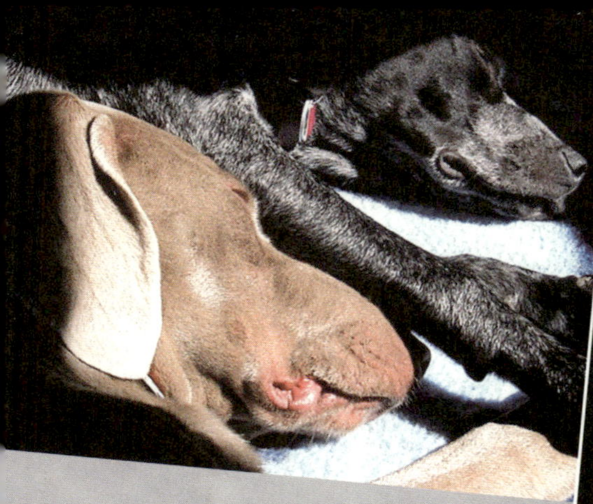

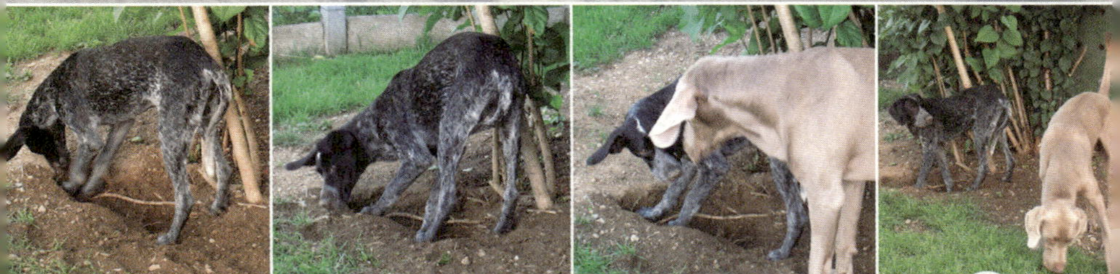

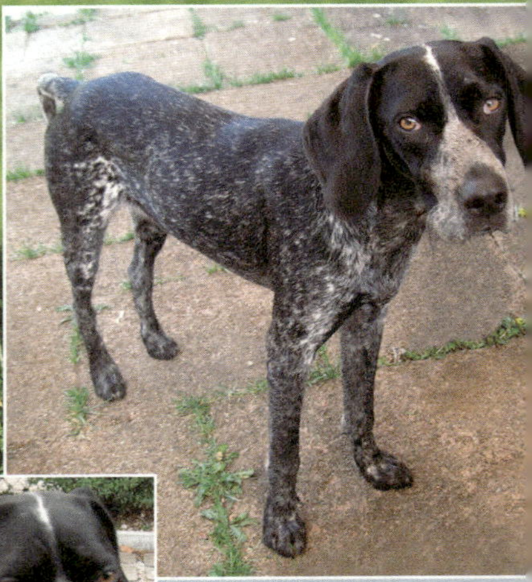
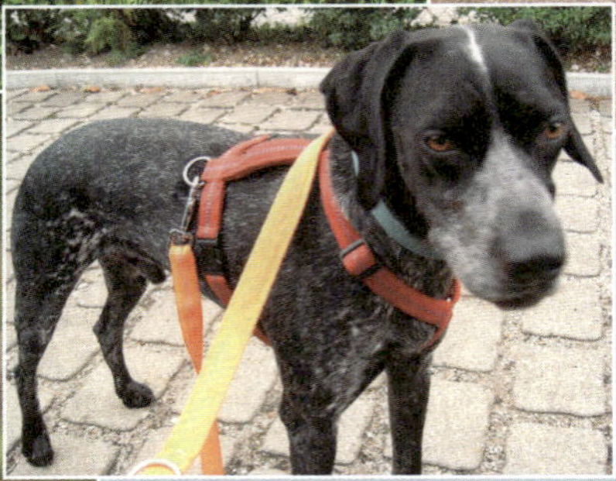

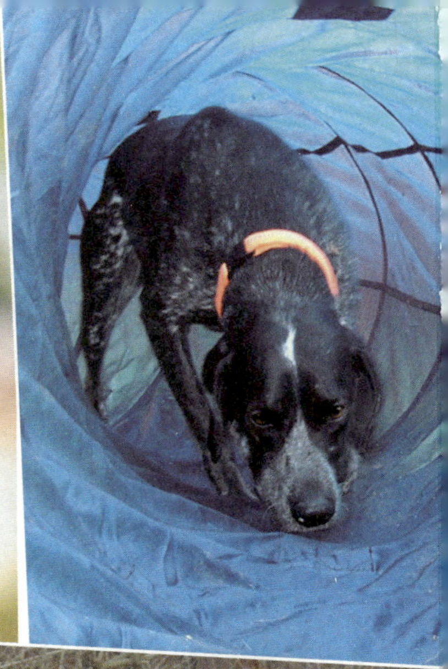